3
男子禁制ゲーム世界で
俺がやるべき唯一のこ
百合の間に挟まる男として転生してしまいました
端桜 了
Ryo Hazakura
[illust.] hai

NAME
スノウ

「生きてるなら、
連絡くらいよこせっ！
ふざけんなふざけんな！」

「ヒイロッ！」
NAME
アステミル・クルエ・
ラ・キルリシア

「ヒイロくん、おかえり……」
NAME
月檻桜

「驚嘆したよ。
お前、まだ、自分の立場が
わかっていなかったのか」
NAME
クリス・エッセ・
アイズベルト

NAME
ミュール・エッセ・
アイズベルト

EVERYTHING FOR
THE SCORE
[VOLUME]
THREE
DANSHI KINSEI GAME
SEKAI DE
ORE GA YARUBEKI
YUIITSU NO
KOTO
3

男子禁制ゲーム世界で俺がやるべき唯一のこと3
百合の間に挟まる男として転生してしまいました

端桜 了

MF文庫J

口絵・本文イラスト●hai

ぼんやりとした視界に、天井の木目が映った。

「……………」

なんで、生きてる？

三条燈色《さんじょうひいろ》として転生した俺は、オリエンテーション合宿で本懐を遂げて、アルスハリヤと共に爆死した筈《はず》だ。

四肢に力を入れた瞬間――激痛が全身を走り抜ける。

悲鳴を口内で噛《か》み潰し、下方に向けた視界に包帯が巻かれた全身が映り込む。爆発に巻き込まれて死んだ筈の俺は、命を繋《つな》いで手当てを受けている。

痛みと熱に浮かされて、意識が時たま途絶える。

意識と無意識の狭間《はざま》を彷徨《さまよ》いながら、気力を振り絞って目線を動かした。

純白の供花《くげ》が供えられたローテーブル。十二辰刻《しんこく》の文字盤を持つ柱時計は、振り子を揺らしながら、重苦しい時を刻んで鎮座している。

酸化した銅枠を持つ大鏡に俺――三条燈色が映り、死にかけの自分を見つめていた。

ふと、気配を感じる。

部屋の隅の暗がりに潜んでいる何者かが、じっと、こちらを見つめていた。

お前、誰だ？　ココはどこだ？

誰何《すいか》する言葉は声にならず、また意識を失った俺は目覚める。

横たわっているベッドを挟んで、三人の少女が立っていた。彼女らは、丁寧な手付きで、俺の身体《からだ》の汚れを拭き取っている。

全身くまなく弄《いじ》られて、俺は、ふと気づいた。

俺、全裸じゃん。

男の裸を拭いても、嫌悪感は覚えていないのか。

慣れた様子で、彼女らは俺の全身を拭いていった。我が物顔で股間も清められ、他人には見せられない部分まで綺麗《きれい》にされる。

「えっちぃ……け、けだものぉ……やめてぇ……！」

恥辱で涙を浮かべた俺は、胸を両手で隠して首を振る。

「教主様」

赤黒い髪の毛。

垂れ落ちる涙を思わせるピアスを身に着けた少女は、そっと、俺の耳元に唇を寄せてささやいた。

「今は、ただ、なにも考えずにお眠りください」

額に指先で触れられて、とろんとした眠気が音もなくやって来る。

彼女らに身を任せた俺は、潮の満ち引きのように覚醒と入眠を繰り返した。

全身を拭かれたり排泄物《はいせつぶつ》を処理してもらったり、ご飯を食べさせてもらったり添い寝してもらったり、音楽を聞かせてもらったり寝物語を聞かせてもらったり……厚意的な三人の少女は、付きっきりで俺を介護していた。

献身的な手助けもあってか、ようやく、俺は介助付きで立てるようになった。

とはいえ、まだ、ひとりで出来ないことの方が多い。

「……あの、脇から覗《のぞ》き込まないでください。視線がオフサイドしてますよ」

「失礼いたしました。股間のオフサイドラインの判定が難解で」

「それ解き明かしちゃったら、一発、レッドカードだよ」

俺が倒れるのを心配しているのか、トイレの時には監視付きだし。

「きょーさまぁ？　おかゆいところなぁい？　だいじょぶですかぁ～？　えぇ～？　もしかして、恥ずかしがってるんですかぁ？　かわぃ～！」

風呂の時には、身体を洗ってもらってるし。

「足、開いて」

「か、堪忍……堪忍しておくれやすぅ……ッ！」

「良いではないか良いではないか」

「絶対、ココまで開く必要ない！　絶対、ココまで開く必要ない！　股の間を拭くだけなのに、V字になるまで大開脚する必要は絶対にない！　いやぁあ、足でピースサインしちゃってるよぉ！　もう、皆のところに帰れなくなっちゃうぅ！」

風呂に入れるようになったのに、両足ピースサインで股の間を拭かれたりしていた。

恥辱に満ちた日々を送った俺は、徐々にひとりで歩けるようになる。

部屋の外に出た瞬間、両の眼《め》を光が貫いて――青が見えた。

ひとつひとつ丁寧に雲を吹き散らした夜空みたいな、まっさらな青紫の水面は陽《ひ》を受ける度に光を瞬かせる。

その中央に、ぽつんと、佇立《ちょりつ》している水上家屋。

水中から延びる四柱に支えられ、水上を棲家《すみか》と定めた杭上住居《こうじょう》には、手漕《てこ》ぎの木製ボートが括《くく》り付けられている。

心もとない一本のロープを頼りとし、ゆらゆらと、波間で揺れているボート。

遥《はる》か彼方《かなた》まで広がる湖面を眺めて、滄海《そうかい》の一粟《いちぞく》の気分を味わった俺は家内へと戻る。

「まずは礼を言う、ありがとう。君たちが世話を焼いてくれたお陰で、二度と忘れられないデッドオアアライブになったよ」

腕の包帯を巻き直しながら、俺は、赤黒髪《レッド・ブラック》をもつ少女に問いかける。

「それで？　俺を死なせてくれなかった、心優しいあんたのお名前を聞こうか？」

「シルフィエル・ディアブロートと申します」

微笑《ほほえ》んだ彼女は、端整な顔立ちの横で、真っ黒な尾をフリフリと揺らした。

「深淵の悪魔《グレーターデーモン》です。三百八十二年前から、教主様にお仕えしております。人間どもの船から貴方様《あなたさま》をお連れして、治療の補助をさせて頂きました。身に余る光栄、恐悦至極に存じます」

いや、深淵の悪魔って。

無手の自分を顧みて、俺は、冷や汗を垂れ流す。

魔人よりかはマシだが、この序盤に遭遇《エンカウント》したら、即死レベルのボスキャラじゃねぇか。エルフや精霊種とは違って、現界の人間とは相性が悪いし、前準備なしに戦闘になったらほぼ確実に敗《ま》ける自信がある。

「あっちの子は？」

ガーリーコーデの少女は、俺に向かってウィンクを飛ばしてくる。

「幽寂の宵姫《ヴァンパイアロード》です」

「……今、ココに居ないもうひとりは？」

「死せる闇の王《リッチキング》です」

あ、アカン……タイムを縮めるために、低レベルのまま、ひたすらに駆け抜けてきたRTA走者みたいになっとる……！　噛《か》ませお嬢の気分を味わってる……！

ボスキャラに囲まれた俺は、恐る恐る、彼女たちに尋ねる。

「と、ところで、教主様というのはどなた……？」

「もちろん、貴方様《あなたさま》のことです。ココは、魔神教、アルスハリヤ派の拠点《ホーム》ですので。今後、教主様にはアルスハリヤ派を率いて頂く必要があります」

なに言ってるかわかんねーけどさぁ！　俺がアルスハリヤを殺したと知られたら、即死だということだけはわかるぜ！　敵の陣地のド真ん中、イェイイェイッ！

なるべく相手を刺激しないように、俺は、ニコニコとしながら問いかける。

「俺の魔導触媒器《マジックデバイス》は？」

シルフィエルは、ぱちんと、指を鳴らした。

ごとんと音を立てて、テーブルの上に九鬼正宗《くきまさむね》が現れる。

や、やべぇ、転瞬の導体《コンソール》もってやがる。よーいドンで逃げ出した瞬間、三途《さんず》の川の向こう側で0メートル走の表彰台に上ることになるぞ。

「他になにか、ご要望は御座いますか？」

「百合《ゆり》カップルの結婚式に参列して、隅の方で拍手しながら余生を終えたい」

「承知しました」

「承知しないで」

真顔で了承してくる彼女に恐怖を覚えながら、俺は恐る恐る問いかける。

「ココって、異界だよな？　現界の鳳嬢《ほうじょう》魔法学園に戻りたいんだけど……良《い》い……？」

「教主様の行動を縛る権利を持ち合わせている者はおりません。我々の生殺与奪も貴方様が握っておられます。御心《みこころ》のままに」

ホッと、俺は、安堵《あんど》の息を吐《つ》いた。

とりあえず、現界に戻って、師匠のところに避難すればどうにかなる。コイツらがどれだけ強かろうとも、静けさと引き換えに強さを得た哀れな四百二十歳の敵ではない。

ククッ……（他人の）力を見せてやるよ……！

「じゃあ、俺、現界に戻っ――」

衝撃と共に視界が左右に揺れて、強烈な破砕音が鼓膜を揺さぶった。

人影が天井をぶち破って床を貫き、床下の水面に人体が叩《たた》きつけられ、打ち上がった水《み》飛沫《ずしぶき》が壁と床を濡《ぬ》らす。

シルフィエルは、俺の方へと飛び散った飛沫を手で防ぐ。

「教主様の御前ですよ。心得てゴミ掃除に励みなさい、ハイネ」

水中から飛び出してきた少女は、骨で作られた杖《つえ》を片手に首をコキコキと鳴らした。

「無理。数が多すぎる。夏場のゴキブリみたい」

「フェアレディ派ですか？」

「ううん、七椿《ななつばき》派」

「ええ、まじぃ？　フザケてんですかぁ、あの女狐《めぎつね》？　アルスハリヤ様に、アレだけ構っておいてもらってぇ～？　絶好の機会だからって、卑怯《ひきょう》にも程がありますよぉ！」

「貴女《あなた》たちふたりで処理しなさい。私は、教主様を現界まで送り届けます。動くゴミは厄介ですね……教主様に、ホコリが付いてしまいました」

座り込んだシルフィエルは、丁寧な手付きで、俺のズボンに付いたホコリを払い取る。

悠長にホコリを払っている彼女の背後で、蒼白《そうはく》の魔力光がぶつかっては瞬いて、宙空を滑るようにして人体が飛翔《ひしょう》する。

襲来した数十人もの敵対勢力を相手に、アルスハリヤ派幹部のふたりは、余裕綽々《よゆうしゃくしゃく》で魔導触媒器《マジックデバイス》を振るっている。

「では、付近の次元扉《ディメンジョン・ゲート》までご案内いたします」

「いや、アレ良《い》いの？」

「あの程度で死ぬなら、そこまでの器ですし、アルスハリヤ派の幹部に相応《ふさわ》しくありません」

敵対勢力を圧倒しているふたりを確認した俺は、加勢は必要ないと判断し——七椿《ななつばき》派らしい眷属《けんぞく》たちが現れて、俺たちの行く手を阻む。

殺気を隠そうともしないシルフィエルが一歩踏み出し、俺は慌てて押《お》し止《とど》める。

「いや、俺がやる。お前は下がってろ」

「御下知、承りました」

殺意ＭＡＸのシルフィエルを押さえつけ、俺は適当に引き金《トリガー》を引き――

「は？」

右腕の周りに、十二本の不可視の矢《ニルアロウ》が生み出された。

「ちょっと待って！　なんかおかしい！　出ちゃってる！　なんか、出ちゃっ――」

眷属たちが飛びかかってきて、反射的に俺は右腕を構える。

そして、視《み》た。

視界上を埋め尽くす、おびただしい数の経路線《レール》。

脳内で想像《イメージ》したありとあらゆるパターンの弾道が、瞬時に表示されて構築され、驚愕《きょうがく》で目を見開いた俺は――撃った。

目の前の壁が、消し飛ぶ。

猛烈な勢いで回転しながら、木片が周囲に飛び散る。轟音《ごうおん》と共に天井は吹き飛び、暴れ狂った迅風が全身を煽《あお》って、逆立った髪から足先にまで痺《しび》れが伝わっていく。

咄嗟《とっさ》に、狙いは外していた。

腰を抜かした眷属たちは、震えながら俺を仰ぎ見る。

ぱちぱちと拍手をしながら、笑顔のシルフィエルはささやいた。

「まさに快刀乱麻、お見事です」

……股の間を拭かれて、パワーアップするとか有り得る？

敵対眷属《けんぞく》から逃れた俺は、現界《トーキヨー》に押し出される。

次元扉《ディメンジョン・ゲート》の向こう側で、シルフィエルは跪《ひざまず》いて頭《こうべ》を垂れていた。

「では、また、いずれ。現界であれば、そうそう奴《やつ》らも仕掛けてはこないと思いますが、御用がある際は何時《いつ》でもお呼びください」

「女の子同士のキスが見たくなったら呼ぶね」

「承知しました」

「承知しないで」

目の前で次元扉が閉じて、人気のない裏路地に取り残された俺は安堵《あんど》の息を吐《つ》いた。

人気のある大通りに出て、駅前を歩きながら、俺は思考を巡らせる。

なぜ、俺は生きている。間違いなく、俺は、古典芸能的爆発オチで死んだ。避けようがなかった。死の瞬間に巡った走馬灯は、俺が『神』とランク付けした百合《ゆり》作品たちで、俺って純愛作品が大好物なんだなって感心した。

物思いに耽《ふけ》りながら、俺は、自動ドアを抜けて書店に入る。

俺の魔力量が、桁違いに増えていたことも気にかかる。爆死限定アームバックキャンペーンをやっているわけでもあるまいし、消し飛んだ左腕が復元しているのも意味不明だ。

なにが原因で生き返って、教主様と呼ばれるようになり、魔力量が増えることになったのか。

書店から出た俺は、駅前のベンチに座り込む。

グズグズしている暇はない。一刻も早く、その原因を突き止めなければ。

焦りを覚えながら、俺は、購入してきた『たとえとどかぬ○だとしても4』のページをめくる。

クソッ……俺の身体《からだ》は、どうなっちまったんだよ……ッ！

早くこの原因を調べなければと焦燥感に苛《さいな》まれながら、書店に戻って『たとえとどかぬ○だとしても5』を買ってくる。

クソッ……ふたりの関係性は、どうなっちまうんだよ……ッ！

ベンチで読み終えた俺は、焦燥に駆られながら、書店にダッシュして6巻と7巻を購入してきた。

全巻読み終えた俺は、ニコニコとしながら頷《うなず》いた。

百合は、いずれ癌《がん》にも効くようになる。

しかし、この世界の本屋は最高だな。殆《ほとん》どの漫画や小説は、主人公もヒロインも女性だから『犬も歩けば百合に当たる』状態で至高としか言いようがない。なぜ、俺の周囲では百合の発生率が低いのか研究チームを組みたいくらいに謎。

百合《ゆり》の美しさを再確認した代償として、俺は電車賃を失ってしまい、喪失感に苛《さいな》まれながら空の財布を振る。

ベッドで眠りっぱなしで身体《からだ》も鈍《なま》ってたし、学園まで軽く走っていけばいいか。

引き金《トリガー》を引いた俺は、走り出して――凄《すさ》まじい勢いで景色が流れ去り、驚愕《きようがく》で止まる。

「……あ？」

振り向いて、走行痕を確認し、焦げ付いている道路を見て立ち尽くす。

おいおい、嘘《うそ》だろ？　魔力なんて、まともに籠《こ》めてないぞ。百合を求める熱意が燃料に変わり、制御不能の百合暴走特急と化してしまったのか俺は？

人を轢《ひ》き殺しかねないと判断して、俺は、学園まで歩いていくことにする。

その道中で、偶然、スノウとすれ違った。

「よう、スノウ。買い物？　今晩は、俺、ハンバーグの気分だから憶《おぼ》えといてね」

「あいも変わらず、能天気で洗濯物乾かせそうな顔して。Ｓｉｄｅスノウは、行方不明になった貴方《あなた》の捜索で忙しいんですよ。寝不足でお肌のコンディションは最悪、あのバカ主人、帰ってきたら脳天かち割って直接脳に帰巣本能流し込んでやる」

げっそりと頬《ほお》がこけたスノウの目の下には、くっきりと隈《くま》が浮き出ていた。腫れ上がった両目を擦《こす》り、彼女は鼻声でささやく。

「おいおい、メイド、自前の嘲笑《スマイル》はどうした。俺の真心を踏み躙《にじ》るステップを踏みながら、

主人罵倒ソングでネガキャンに勤《いそ》しむのがお前の畜生道だろ」

「うっさいですよ、顔がうっさい、その薄汚い顔面はウザさの広告塔ですか。人様の傷心に寄り添えないその道徳心、どこの肥溜《こえだ》めスクールで学んできたんですか。捻《ね》じれ曲がったその倫理観、岡崎正宗《おかざきまさむね》でも打ち直せませんよ。私は貴方《あなた》を探すのに忙しいので、シーユートゥモローでまた明日。今晩は草でも食ってろ。さよなら」

「悪口雑言《あっこうぞうごん》で辞書作りそうな口しやがって。本来であれば、教育的指導で俺への崇拝を脳髄に植え付けてやるところだが、今日のところは俺が泣きそうだから勘弁してやる」

俺は、スノウと別れて——背後から、ドロップキックを喰《く》らう。

「手加減を感じられないぃッ！」

ずざぁっと、俺は、景気よく地面を滑る。

あれよあれよという間に、ひっくり返されて、スノウは俺の腹の上に馬乗りになった。両眼《りょうめ》に涙を溜めた彼女は、勢いよく俺の胸ぐらを掴《つか》んで引っ張る。

「生きてるなら、連絡くらいよこせっ！　ふざけんなふざけんな！　死ね、死ね、死ねッ！」

「すいませんすいません、ご寛恕《かんじょ》ご寛恕！　そこまで、心配してるとは思わなかったんです！　死にかけてて、連絡出来なかったので！　グーはおやめください！　徒手空拳整形外科クリニックを設立するな！　お慈悲を！」

ぽこぽこぽこぽこ、殴るだけ殴った彼女は、嗚咽《おえつ》を上げながら俺の胸に突っ伏した。

「ふざけんなぁ……しね……しねぇ……っ！」

「すいません、死に損ないました。ご期待に添えず、申し訳ない。次はベストを尽くします」

「ふざけんな！　死ぬなっ！　でも、死ね！　死ぬな（ドンッ）死ね（カッ）死ね（カッ）死ぬな（ドンッ）！」

理不尽の極みで、フルコンボだドン！

数十分後、スノウは落ち着きを取り戻し、俺たちは並んで公園のベンチに腰掛ける。

「あの……服の裾、放してもらっていいですか……？　死に損ない記念に炭酸抜きコーラで一杯やりたいんですよね」

「……放したら、またどこかに行くでしょ」

「行かない行かない。死に場もなければ行き場もない」

ずびずびと洟《はな》をすすりながら、スノウは俺の服の裾を掴んで放してくれなかった。

否応《いやおう》なく、従者同伴で自販機に向かう。

「スノウ、なに飲む？　炭酸抜きコーラ？」

「……お茶」

「ＯＫ（炭酸抜きコーラ、連打）」

「鼓膜にノイキャン付いてんのか？　私、お茶って言いましたよね？」

受け取り口に出てきた炭酸抜きコーラを取り出し、予想外の結果に俺は狼狽《うろた》える。

「どうなってんだ、俺の身体《からだ》は……？　死闘の後遺症で、茶葉とコカの区別もつかずチャバアンドコカで結果が出力されるようになっちまったのか……？」

「そんなチャ〇アンドアスカみたいなユニット単位で取り扱う程に類似性ないでしょ。もういいですよ、それはご主人さまの分で。次こそ、お茶、押してください」

「ＯＫ（炭酸抜きコーラ、連打）」

「ぶっ殺しますよ？」

よくよく考えてみれば、俺はスコア0なので、炭酸抜きコーラしか買うことが出来なかった。なので、コレは俺の責任ではなく、政府による圧政の一端と言えよう。

俺たちは、飲み物片手にベンチに座る。

「それで？　オリエンテーション合宿で、なにがあったんですか？」

コレだけ心配をかけて、隠すわけにもいかない。

道連れ覚悟で爆死を選んだことは伏せて、俺は、スノウに経緯を話した。アルミ缶を両手で包んだ彼女は、何時《いつ》になく神妙な顔つきで、相槌《あいづち》を打ってから口を開く。

「また、新しい女が増えたんですか……」

「嘘《うそ》でしょ？　俺の命懸けの戦いは、その一言に集約されちゃうの？」

「冗談です。まずは、今後の方針を立てる必要がありますね。正直、こんなにあっさりと帰ってくるとは思わなかったので、頭の中がスクランブル状態ですが……なるべく、レイ様たちにはショックを与えないような形で再会しましょう」

「え？　なんで？　普通に『帰ってきたよ～』で良《い》いんじゃないの？」

スノウは、深いため息を吐《つ》く。

「ご主人様のその見通しの甘さ、一日の目安糖分摂取量を余裕で超過しますね。口から、砂糖、ダボダボですよ。歯、溶け落ちちゃいますよ。女子たちが群がるわけですよ」

「おいおい、スノウさん。そいつは言い過ぎ罪で、ごめんなさい刑じゃないの？　遊び人の男が二週間消えただけだろ？　女のところで、遊《あそ》び呆《ほう》けてたとか思って終わりじゃね？」

「貴方《あなた》の御母堂様は、貴方に客観視のオプションを付けずに産み落としてしまったんですか？　主観のみで己の道を突き進み、次々と女を落としていくファーストパーソン・ラブハンティング野郎が」

スノウは、懇々と諭すように現状を説明してくれた。

どうやら、レイは、俺が消息を絶った原因が三条《さんじょう》家にあると考えたらしい。

鉄仮面をかぶった彼女は、後継者としての地位をフル活用して三条家の面々を追い詰めていき、分家の連中は恐怖で夜も眠れない始末とのことだ。

「もう、アレは、ヤクザ同士の抗争ですよ。この二週間、私は、目も口も笑ってないレイ様の横で、人間の醜さと薄汚さ、力を得た人間の恐ろしさを目の当たりにしてきました。

箍《たが》が外れたレイ様は暴走しています。早く止めないと、三条《さんじょう》家は根幹から崩れますよ」

予想外の事態に凍りついた俺は、続いて、耳を疑うような話を聞かされる。

「ラピス様は、神殿光都《アルフヘイム》に帰られました」

「は？　そりゃ、実家なんだから、たまには帰るだろ」

「頭の中身が里帰りしてるんですか、もう二度と現界には戻らないという意味ですよ。ヒイロ様のことを思い出すから、もう日本を訪れることはないと断言していました。実家引きこもり姫になった要因は、疑いようもなく貴方《あなた》の行方不明ムーブにあります」

ゆっくりと、冷や汗が、俺の額を垂れ落ちてゆく。

「あ、師匠《アステミル》と月檻《つきおり》は？　あのふたりは、仲良くやってるよね？」

「もちろん、仲良くやってますよ。ふたりでタッグを組んで、魔神教の日本支部を片っ端から襲ってます。アレは、最早《もはや》、逆恨みの八つ当たりで見ていられません」

あ、アカン……気軽に死んで、あの世からアイルビーバックしたら、この世の方が地獄になってた。シナリオがメタメタにぶっ壊されて原型がない。早く修正しないと、百合《ゆり》どころじゃなくなる。俺が必死で整えた百合園で、ヒロインたちが焼畑農業やってる。

「す、スノウさん、折り入ってご相談が」

「無理ですよ。貴方が生存している証拠を彼女たちに突きつけて、それから失踪するつもりでしょう？　私はご主人様に付いていくつもりなので、別にソレはソレで構いませんが、彼女たちだってこの世の果てまで探しに来ますよ」

僕はね、百合の味方になりたかったんだ（辞世の句）。

絶望した俺は「と、トイレ……」と断りを入れて、スノウから距離を取り、公園に併設された噴水の縁に腰掛けて頭を抱える。

ど、どうすれば良《い》い。レイたちに俺が生きていることを伝えれば、謎の好感度ＵＰが発生し取り返しがつかなくなる予感がする。俺の自殺や失踪が、シナリオの流れを乱す可能性が出てきた以上、気軽にその選択肢を選ぶわけにもいかなくなった。

逃げられない、かと言って、正面から立ち向かうわけにもいかない。

コレは、もう、詰ん――

「お困りのようだね、三条燈色《ひいろ》くん」

勢いよく、顔を上げる。

茶色のトレンチコートが、風で揺れて。

赤色に光る玩具《おもちゃ》の煙草《たばこ》の先端の向こう側で、翠玉《すいぎょく》色の目玉が爛々《らんらん》と輝いていた。

「僕ならば、この窮地から君を救えるが」

俺が殺した筈《はず》の魔人――アルスハリヤは、嗤《わら》った。

「どうす――」

「死ね（投擲《とうてき》）」

「だろうね（直撃）」

俺が投げつけた九鬼正宗《くきまさむね》が直撃したアルスハリヤは、勢いよく後ろに倒れ——投げつけた刀の刃先が、地面に突き刺さっていた。

「おいおい、二週間ぶりの再会にもかかわらず、野蛮に拍車をかけてくれるもんだな」

全身が透けている。

俺が投げつけた九鬼正宗は、アルスハリヤを素通りしていた。

俺が投じたと同時にアルスハリヤが倒れたので、刀が突き刺さったように見えていたが……アルスハリヤは、実体を持っているわけではない。

「なんで、お前が復活してる？　それに、なんか、なんか小さくなってね？」

ちょこんと、百四十センチメートルくらいに縮んだアルスハリヤは、幼さを残した顔立ちで舌足らずな声を上げる。

「おいおい、誰のせいだと思ってるんだ。そもそも、君には、他に気にすべきことがあ——やめろ（1HIT）。殴るな（2HIT）。見た目が子供の顔を（3HIT）。ボコボコに殴るのはやめろ（4HIT、5HIT、6HIT、7HIT）」

ノーダメージ。

修復したわけでもなく、多少の変形すら起こっていないアルスハリヤの顔面を見つめる。

「形状記憶汚物……？」

「汚いのは君の口だろ。少しは汚言を慎しんで、芳香剤でうがいしてこい。一から説明してやるから、まずは、話を聞いてくれ」

「ご主人様？　また、道端で盛ってるんですか？」

何時《いつ》まで経《た》っても、戻ってこない俺を心配したのか。とことこ歩いてきたスノウが、訝《いぶか》しげに声をかけてくる。

「スノウ！　来るなッ！　アルスハリヤが、また復活しやがっ――」

「はい？」

俺が指差した先を見つめて、スノウは小首を傾《かし》げる。

「さっきから、ひとりでなにを言ってるんですか？」

「え……？」

ちっこいアルスハリヤは、苦笑して肩を竦《すく》める。

「素敵なアホ面をお披露目《ひろめ》するのは結構だが、恋する乙女に無様な痴態を見せつけるのが趣味じゃないなら、君の大切な淑女にはお下がりいただいた方が良《い》いんじゃないか？　感動の再会の直後に、百年物の恋が冷めたら大変だ」

「い、いや、なんでもない……か、可愛《かわい》いお花があったから興奮して……」

「お願いですから、百合《ゆり》以外の花には盛らないようにしてくださいよ。新たに追加された主人の異常性癖を世間様にばら撒《ま》くのも手間なんですから」

「勤め先の損害に長《た》けたワーカーホリックなんて雇った憶《おぼ》えねぇぞ」

一仕事終えた職人みたいな笑みを浮かべ、スノウはベンチに戻ってゆく。

白い悪魔を追い払った俺は、ちっちゃな両手で炭酸抜きコーラを飲んでいるアルスハリヤを見つめた。

「うぇぇ……ドラえ◯んがいないの◯太みたいな味がするぞ……」

「良いから、とっとと説明しろ。うっかり、刃《やいば》が滑っちまうかもしれないぜ？」

「君の『うっかり』は『しばしば』を意味するのか？　さっきから刃は滑りまくってて、僕の全身が生鮮食品コーナーに並ぶお刺し身みたいになってる。運命で結ばれたパートナーに対して随分と酷《ひど》い扱いじゃないか」

気色悪いセリフに我慢しながら、俺は、アルスハリヤに向き直る。

「まず、初めに。なかなか、人間の精神では受け入れ難《にく》いことかもしれないが、受け入れてほしい事実がある。君は死んだ」

「あ、そう。で？」

「……では、なぜ、君は生きているか？」

もくもくと、水蒸気や紫煙や霧をくゆらせながら、ミニ・アルスハリヤはささやく。

「僕が生き返らせたか――普通、そこは拳じゃなくて礼だろ」

俺の拳がアルスハリヤの脳天を貫き、ズボズボと抜き差しを繰り返す。

「余計なことしやがってよぉッ！　俺とお前が死んでれば、それでハッピーエンドだったんだよ！　ヒイロとアルスハリヤをダブルキルして、俺はあの世でユリンピックの表彰台に上る予定だったんだぞ！　彼岸の百合《ゆり》メダリストに謝罪のひとつもねぇのか⁉」

「おいおい、自分の都合ばかり優先するなよ。僕は、あのまま犬死にするのは御免だったからね。あの状況下で、魔人アルスハリヤが生き残る手立てはひとつしかなかった」

　アルスハリヤは、指を一本立てて振る。

「あの爆発の直前、僕の優秀な頭脳は、どうすれば生き残れるのか……その一点のみを追求し、手段を選ばず、即座にソレを実践した。死廟《しびょう》のアルスハリヤには可能で、他の魔人には不可能な権能。それ即《すなわ》ち、人間の肉体の構築。六柱の魔人の中で、最も人間を愛し理解している僕だからこそ、人間を詳細に分析し肉体を再構築することに成功した。僕は、魔人の中で唯一、死者ですらその情報《データ》をもって再構築出来るからね」

「知ってる。お前のクソ下らない権能のことはな。でも、なんで、わざわざ俺《ヒイロ》を再構築した。自分で自分を治した方が、よっぽど簡単で都合も良かっただろ」

「ところがどっこい、それは不都合に分類される方の解答でね」

　足を組んだアルスハリヤは、可愛《かわい》らしい声で続ける。

「魔人は、人間と異なり、肉体という確固たる器が存在しない。朧気《おぼろげ》に人の型が存在しているだけで、その実質はただの魔術演算子の塊だ。だからこそ、肉体の再生も変形も回収も自由自在なんだ。あの爆発の瞬間、周囲の魔術演算子ごと吹き飛ばされれば、基の型通りに修復なんて出来やしないさ。なにせ、その型を創り上げたのは魔神で、僕はその型の情報《オリジナル》を持っていないわけだから」

確かに納得は出来る。考案者でもないのに、型も設計図もなしで、事物を一から創り上げることなど不可能だ。逆に言えば、創造物を理解して解釈し、その構造を細部まで十全に把握していれば複製は叶《かな》えられる。

「俺が生き返った理由はわかった。でも、なんで、お前まで生き返ってるんだよ」

「生き返ってはいない。僕は、完膚なきまでに消滅した。ブラウン、ウィダードにイズデイハールにアティーファ、緋墨《ひずみ》の連中にアイミアとソフィーの血族、僕が取るに足らない存在だと見下していた人間連中……そして、君、三条燈色《さんじょうひいろ》。魔人として永遠を授かった僕は、人間として一瞬を繋《つな》いだ君らに敗《ま》けたんだよ」

ぷかぁと、円環《トーラス》の形をした水蒸気を吐いて、アルスハリヤは自嘲した。

「あの時、僕は、君の肉体を再構築した直後に、魔人アルスハリヤを構成している魔術演算子を君の内部に移した。ご存知《ぞんじ》の通り、人間は、肉体の内部に魔術演算子を溜《た》め込むことが出来る。君たちは、ソレを魔力と呼んで魔法行使に用いている筈《はず》だ。

つまるところ、君は、魔人アルスハリヤと入り混じっ――」

瞬時に、九鬼正宗《くきまさむね》を自分の腹に突き刺そうとし――対魔障壁で、刃《やいば》が阻まれる。

「死ねぇええッ！」

「躊躇《ちゆうちよ》も情緒もないのか、君には。やめろ。魔力だって無限じゃないんだぞ。いきなり、自分の腹を捌《さば》き始めるなよ。人間解体ショーのノーカット版を放映しようとするな」

幾度も幾度も、切腹にチャレンジするものの失敗する。ぜいぜいと、息を荒らげながら、俺はゆっくりと膝を折った。

死んだ目で、涙を流した俺は青空を仰いだ。

「コロシテ……コロシテ……」

「生き返った直後に、喜びもせずに死のうとする人間は初めて見たな……こ、こわい……普通、少しくらいは躊躇《ためら》うだろ……自分の命くらい、大切にしろよ……」

渦巻いていた謎、その先が答えへと結ばれる。

なぜ、俺が教主と呼ばれ、魔力量が桁外れに増えたのか——アルスハリヤの魔力が、俺の全身を巡っているからだ。

膨大な魔人の魔力が、俺の内部へと溶け込み安定すれば、異常なくらい魔力量が増えて当然。魔人は魔術演算子の塊、つまりは魔力そのものなのだから、アルスハリヤ派の連中が魔力を持つ俺を『主人《アルスハリヤ》』と見做《みな》すのも納得がいく。

十分ほどかけて、立ち直った俺は、アルスハリヤを見上げた。

「どうすれば、俺の身体《からだ》からお前を追い出せる……？」

「おいおい、僕を家賃の滞納者だとでも思ってるのか？　僕と君の相性は抜群だからね。普通、魔人の魔術演算子なんて取り込めば、人間は耐えきれずに自壊する。理由はわからないが、君には僕を受け入れる下地があって、魔人と化す才能があったってことだ」

閃《ひらめ》きと共に、俺の脳裏に答え《ワード》が過《よぎ》る――魔人、三条《さんじょう》燈色《ひいろ》。

ラピス・ルートで、ヒイロは、アルスハリヤに気に入られて魔人となっていた。それはつまり、アルスハリヤの一部、彼女の魔力を受け入れたことに相違ない。

俺《ヒイロ》には、魔人《アルスハリヤ》を受け入れる下地が存在している。

「僕たちは、きっと、ジキルにハイド、精密機器に静電気、核融合に核分裂くらい上手《うま》くやっていけると思うんだ」

「その方程式の答え、全部、破滅だけど大丈夫そ……？」

きらめく笑顔で、アルスハリヤは言った。

「僕は、百合《ゆり》の間に男を挟むのが大好き。君は、百合の間に挟まるのが大好き。僕らは、最強のコンビで利害も一致！　さぁ、一緒に百合をぶっ壊――」

俺が斬り飛ばしたアルスハリヤの首が、ころころと地面を転がっていく。

「ふざけるんじゃねぇ！　俺の身体から出ていけ、この悪霊が！　現世から失《う》せろ、害悪が！　お前の薄汚い口から、百合という美しい音律を発するな！　口から下衆《げす》が漏れ出て、大気汚染を発生させる汚言物質が口を開くなッ！」

「なんだよ、ひどいなぁ」

首なし状態で、とてとて歩いて、アルスハリヤは自分の首を拾い上げる。俺は、その首を蹴飛ばし、くるくると回った頭は噴水にぽちゃんと落ちた。

傷口の断面から、にょっきりとアルスハリヤの首が生えてくる。

「家庭内暴力ならぬ体内暴力だ」

「なんで、スノウにはお前が見えずに、俺にだけ見えて触れるんだよ」

「当たり前だろ。僕には、実体がないんだから。僕の魔力を君の両目に集中させて、君が見たいように見せてるだけだ。こんなチンケな身体《からだ》に見えてるのも、こうでもしないと、君の殺意が暴走するからだろ。拳やら足やらに魔力を集中させて感触も再現してるが、実際には、君は虚空を殴りつけたり蹴りつけてるだけだ」

「本当に、悪霊じゃねぇか……寺院の本堂に生首デコられてそうな面しやがって……」

「そんな世紀末寺と生臭ギャル坊主が存在してたまるか。そう邪険にするなよ、仲良くしようじゃないか」

笑いながら、ぽんぽんと、アルスハリヤは俺の肩を叩《たた》いてくる。

「恐らく、この世界に、僕の魔術演算子を受け入れられる人間は君以外に存在しない。つまるところ、君が死ねば僕も死ぬんだ。まさに、運命共同体！　素晴らしい！　僕らは、親友もといパートナー！　さぁ、ご唱和ください！　百合《ゆり》をぶっ壊――」

「気安く、俺に触れるなゴミがァッ！」

俺の肘でアルスハリヤの顔面が陥没し、俺は、その憎たらしい面に連打を叩き込む。

「冗談冗談。君の考えていることは、僕に全て筒抜けなんだ。僕を道連れにして死を選ぶほど、君は百合を護《まも》りたいんだろ。正直、僕の信条には合致しないが、親愛なるヒーローくんのためなら一肌脱ごうじゃないか。君は『実は生きていました』を周知しつつも、月檻《つきおり》桜《さくら》たちからの好感度を下げ、彼女らを元の生活に復帰させたいんだろ？」

肘によるダイレクト破壊工作に勤《いそ》しんでいた俺は、ぴたりと動きを止める。

「なら、僕に任せたまえ。なにせ、僕は、愛を破壊するプロフェッショナルだ。彼女たちから君へと注がれている好意を、立ちどころにゼロへと変えてみせるよ」

「……テメエ、自分の仕出かしたことを理解してねぇのか」

俺は、差し伸べられた右手を払う。

「お前みたいな醜悪下劣女と組むくらいなら、百○姫の巻頭カラーを飛ばした方がマシだ」

「その比喩はわからないが、君の気持ちならわかるよ。だがしかし、今までの僕は魔神の影響下にあったせいで、人間への『興味』を人の道徳から程遠い形で表現することしか出来なかった。ある種、被害者であるし、この献身は償いでもあるんだよ」

「なにが償いだ。その言葉を鵜《う》呑《の》みにして、アホ面で頷《うなず》くとでも思ってんのか？」

「ならば、試すだけ試してみれば良《い》い。この状態の僕では、大したことは出来ないと君も理解しているんだろう？　僕が道を逸《そ》れたなら、君が道を正せば良いだけの話だ」

「物も道理も知らねぇゴミクソが。子供《ガキ》の気分で、俺から教えを乞うつも――」

「ちなみに、僕の今までのカップル破局成功率は百パーセントだ」

「あ、アルスハリヤ先生……？」

教えを乞うた俺の前で、頷《うなず》いたアルスハリヤの背後から後光が差した。


「……本当に、コレで合ってる？」

その数十分後、俺は、百合《ゆり》の花がデザインされた白い仮面を身に着けていた。

焦げ茶色のローブを羽織って、純白の仮面をかぶった俺は、春先に出没するヘンシツシャーそのものだった。腰にぶら下げている九鬼正宗《くきまさむね》は、安物のカバーで偽装されており、傍目《はため》から見れば二束三文の量産品にしか見えないだろう。

「教えを乞う立場で、偉そうに疑問を挟むなよ。師である僕を信頼したまえ」

自信満々のアルスハリヤは、裏路地のゴミ箱に腰掛ける。

「さて、君の名前はなんだ？」

「三条燈《さんじょうひ》――」

「違う。仮面を身に着けた今の君の名を聞いている」

「……謎の白百合仮面V3」

俺は、仮面の裏側でため息を吐《つ》く。

「もうちょっとさ、名前、どうにかなんなかったの？　なに、V3って？　どこから、Vが三つも舞い込んできたの？　ポケ○ンの個体値厳選でもしてんの？」

「Vは『Version』の頭文字だ。僕の灰色の脳細胞は、既に、この『白百合仮面計画』を第三段階まで進めている。君のような愚昧には理解不能かもしれないが、往々にして、優秀な人間というのは計画を段階《フェーズ》に分けて考えるわけだ。ドゥー・ユー・アンダスタン？」

「アンダスタンッ！」

俺は水の矢《ウォーターアロー》を射出し——

「OK！」

アルスハリヤのおでこに突き刺さり、彼女はニヤリと嗤《わら》った。

「さて、改めて、計画の最終確認をしようじゃないか。無線機《イヤホンマイク》の感度はどうだい？　シルフィエルに連絡をとってみたまえ」

「もしもし、こちら、三条燈色《ひいろ》。管弦楽部は百合の聖地だと思う」

『こちら、シルフィエル・ディアブロート。感度良好。後半の読解以外、問題ございません』

青色のメタルボディ。

ランボルギーニ『Aventador 780-4 Ultimae Roadster』に乗っている深淵の悪魔《グレーターデーモン》……シルフィエル・ディアブロートは、運転席でハンドルを握り、胸に手を当てて服従を示した。

『ワラキア・ツェペシュ、準備オーケーでぇ～す！　きょ～も、わ～は、かわい～！』

真っ赤なカワサキ『Ninja ZX-10R』に跨《またが》った幽寂の宵姫《ヴァンパイアロード》、ワラキア・ツェペシュは、こちらに投げキッスを送ってくる。

『ハイネ・スカルフェイス、搭乗完了』

４９９円のママチャリに乗った死せる闇の王《リッチキング》、ハイネ・スカルフェイスは、チリンチリンとベルを鳴らした。

「我ながら完璧だな」

「待て待て待て。ココまでわかりやすい間違い探しを作り上げといて、罵倒のひとつも受けずに進行しようとするな」

俺は、チリンチリンと、やかましいママチャリ・ガールを指差す。

「スーパーカー、スーパーバイクと来て、急になんで、日本製ホームセンター産シティサイクルが特別価格で肩並べちゃってんの？　我が物顔で同格面してるけど、『スーパー』要素あるの行き先だけじゃねぇか」

「今回の計画に万全を期すためにスーパーカーとスーパーバイクを買ったら、その時点で予算が尽きてしまったんだ。仕方ないだろ」

「いきなり、ガバってんじゃねぇか！　今回の計画に、スーパーカーもスーパーバイクも絶対に要らねぇよ！　失敗するプロジェクトのお手本みてぇなことしやがって！」

俺は、駅前に佇《たたず》む死せる闇の王に視線を向ける。

「見てみろ！　あの悲しそうな顔！　死せる闇の王が、近所のおばちゃんと並んで、ママチャリに乗ってベルを鳴らしてるんだぞ！　あの子の威厳をたったの４９９９円で破壊するんじゃない！　人の尊厳を破壊するために生まれてきた二輪じゃないんだぞ！」

「………………（スカッスカッ）」

「ほら、見ろ！　特価に釣られて粗悪品なんて買うから、もうベルが壊れて、ベルすら鳴らせなくなったぞ！」

灰色の髪をもつハイネ・スカルフェイスは、鳴る筈《はず》もないベルを鳴らし続けている。

「おいおい、我儘《わがまま》もそれくらいにしておけ。そもそも、君が一気に今回の問題を解決したいと頼むから、このリレー形式を採用したんじゃないか。スーパーカーに乗って三条《さんじょう》家に突っ込み『三条黎《れい》再会問題』を解決し、スーパーバイクで魔神教日本支部にカチ込んで『月檻桜《つきおりさくら》及びアステミル再会問題』をどうにかして、ママチャリで神殿光都《アルフヘイム》に突撃し『ラピス・クルエ・ラ・ルーメット引き籠《こ》もり問題』を片付ける……どこに不満がある？」

「白馬の王子の代わりにママチャリの変態がやってくるお姫様の気持ち考えたことあんのか。ラピスの乙女感覚が破壊されるだろ。壊すのはハイネの尊厳だけにしとけよ」

嘆息して、アルスハリヤは「やれやれ」と肩を竦《すく》めた。

「良《い》いか、よく聞け。この『謎の白百合《ゆり》仮面V3計画』は、君が扮《ふん》する謎の白百合仮面V3が短時間で全ての問題を解決出来るかにかかっている。たったの数時間で、三条黎《さんじょうれい》を救い、月檻桜《つきおりさくら》及びアステミルに強さを見せつけ、ラピス・クルエ・ラ・ルーメットを颯爽《さっそう》と攫《さら》う。その成果は、驚愕《きょうがく》に値するものだろう。彼女らは、想《おも》う筈《はず》だ……『この御方《おかた》は、どこの誰なんだろう？　どこかヒイロに似ているが、もしかして彼が帰ってきたんじゃないか？』」

ぱちんと、魔人は、指を鳴らした。

「期待感を煽《あお》って、興味を引いたこのタイミングで正体を明かす。もちろん、その正体は君じゃあない。シルフィエル・ディアブロート、彼女が、白百合の仮面を外して現れる。その後は簡単だ。君が生きている証拠をシルフィエルの手で提示し、信頼関係を築いた上で籠絡していく」

実に愉《たの》しそうに、彼女は両手を広げた。

「彼女らは、君の情報を欲してシルフィエルに喰《く》い付く。しかし、徐々に、シルフィエルの魅力を刷り込んでいけばその目的は変じてくる。あたかも、層を築き上げるようにして『ヒイロ』、『シルフィエル』、『ヒイロ』、『シルフィエル』、『シルフィエル』、『シルフィエル』……シルフィエルの魅力を与える配分を増やしていき、最終的には『ヒイロ』は消えている。この手法は、僕が編み出した百合破壊手法『甘味の層重ね《ミルフィーユ》』を基にしている」

「お……おぉ……！　ま、マーベラス、ファンタジック、アクラッヒドォ……！」

思わず、俺は、拍手をする。

白色の手袋を着けたアルスハリヤは、両手を挙げて俺の歓声を受け止める。

「お静かに、聴衆《オーディエンス》。僕は、この手を使って、たくさんの百合カップルを破壊してきた。愛というのはね、所詮、打算の塊に過ぎない。言うなれば、君よりも優れた存在が現れれば、間違いなく彼女らの好意は対象をすり替える。断言しよう。この『謎の白百合仮面Ｖ３計画』を完遂した時、君は、彼女らの好意ひとつ得られないただの三条燈色《ひいろ》に戻っている」

「せ、せんせー！　アルスハリヤせんせー！」

俺は、目を輝かせて、アルスハリヤへと駆け寄る。

「あっはっは、そんなに騒ぐんじゃな――」

そのまま、右ストレートで、彼女を壁に叩《たた》きつけた。

「コレは、お前が破壊してきた百合の分！　そして、コレがァ！」

俺は、アルスハリヤの腹に左拳をブチ込む。

「ただの憂さ晴らしだァ！」

「醜い人間がッ！」

俺の腹パンで、両足が宙に浮いたアルスハリヤは、ふわりと着地する。俺の着地狩りに遭って、すっ転び、後頭部を強《したた》かにコンクリートに叩《たた》きつけた。

「ストリートで、子供相手にコンボを繫《つな》げるんじゃない。まったく。君という男は、ストリートファイトの常識も知らないのか」

立ち上がったアルスハリヤは、ぱんぱんと砂埃《すなぼこり》を払う。

「さて、そろそろ、シルフィエルたちを配置につけたまえ。繰り返しの注意喚起となるが、コレは時間との勝負だ。なおかつ、君の正体がバレないことが最重要視される。絶対に仮面を外したりするなよ。賢く立ち回れ」

「おいおい、俺の百合《ゆり》ＩＱを幾つだと思ってる……？」

「３」

チョークスリーパーで静かにアルスハリヤを失神させた俺は、無線機《イヤホンマイク》を繫げてシルフィエルたちに指示を与える。

『了解《ラジャー》』

ハイネ・スカルフェイスは、おばちゃんたちにお裾分けしてもらった大根や人参《にんじん》をカゴに挿したまま、キコキコキコキコ、神殿光都《アルフヘイム》へと通じる次元扉《ディメンジョン・ゲート》へと向かっていった。

俺は、第一作戦地点《ファーストポイント》に控えるランボルギーニへと乗り込み、運転席のシルフィエルに声をかける。

「もう呼ぶことはないと思ってたんだが……今回限りで、協力よろしく」

「教主様の御心《みこころ》のままにお使い頂けるのが、このシルフィエルめの喜び。光栄に存じます」

彼女は、流麗な所作で胸に手を当てお辞儀し、美しい笑みを浮かべる。

「では、発進しても？」

「いや、待ってくれ。さっき、スノウにレイの居場所を確認してもらってたんだ。そろそろ、連絡が……あ、来た。もしもし」

目の前に画面《ウインドウ》が広がり、焦燥で顔を歪《ゆが》めたスノウが映り込む。

画面に映るなり、彼女は、物凄《ものすご》い大声で叫んだ。

『レイ様が攫《さら》われましたっ！』

「……は？」

『きっと、分家の連中です！　早くしないと、手遅れにな――』

真っ黒な高級車とすれ違って、後部座席に押し込められた少女と目が合う。

粘着テープで口を塞がれて、結束バンドで拘束されているレイは、座席の上で藻掻《もが》いており――一瞬にして、その車は、俺の視界から消える。

瞬間、俺は叫んだ。

「シルフィエルッ！」

「はい、我が主よ《イエス・マイ・ロード》」

シルフィエルは、ギアチェンジしてハンドルを握った。

「ご下命の栄を賜りました《レシーブ・ユア・オーダー》」

エンジンが唸《うな》りを上げ――一息で加速した青い車体《ボディ》は、アスファルト上をぶっ飛んだ。

ブォオオオオオオオオオオオオオオオオオオオッ！

猛烈なエンジン音を立てながら、ランボルギーニ・アヴェンタドールがコーナーへと突っ込む。

「曲がらん曲がらん、ソレはさすがに曲がらん！」

「試してみましょう」

スピードを落とさず、青色の車体が曲がり角へと突っ込んだ。

ギャギャギャギャギャギャギャギャギャギャギャギャギャッ！

煙を上げたアスファルトに、タイヤ痕が刻まれる。

慣性に従ったアヴェンタドールは、斜めに軌道を変えて爆進した。

ほぼほぼ真横になったスーパーカーは、シルフィエルの巧みなハンドリングに押さえつけられながら、速さの女神《ヘルメス》に微笑《ほほえ》まれる。

ドッ！　ベタ踏みにされたアクセル、直線、一気に距離を詰める。

背もたれに全身を押し付けられた俺の目は、真っ黒なポルシェ９１１を捉えて、二台の車は横並びになった。

「ヒーロくん」

俺の膝の上で、アルスハリヤは懐中時計を指した。

「三時間だ。三時間で決着をつける。この制限時間《タイムリミット》を過ぎたら、白百合《ゆり》仮面計画は失敗すると思いたまえ」

「俺を納得させられるだけの根拠はあるんだろうな？」

にたぁと嗤《わら》って、彼女は、自分の頭をトントンと叩《たた》いた。

「情報《データ》だ。まずは、三条黎《さんじょうれい》を救いたまえ。僕の完璧な人心掌握術によって、彼女が分家の連中に攫《さら》われるのは計算尽くのことだからね。あの時間にあの地点をポルシェ９１１が通り過ぎるところまで、僕の情報《データ》を基にした計算通りだ」

「あまりにも出来すぎてると思ったら、テメェの仕業か!?　いつの間に、そんな仕掛け施しやがった!?」

アルスハリヤは、肩を竦《すく》める。

「なにも驚くことじゃない、君が眠りこけてる間だよ。完全に意識を失っている午前一時から二時までの間、それが僕にとっての黄金の時間《ゴールデンタイム》。多少であれば、君の身体《からだ》を動かすことも可能だからね」

「ああん!?　聞いてねぇぞ、そんなこと!?　お前、悪用しなかっただろうなぁ!?」

「安心したまえ。主導権はヒーロくんが握っているから、君の人格を否定するようなことは出来ない。出来るのは、単純作業くらいのものだよ。チャットを送るとか、メールを送るとか、その程度のものだ」

「分家の誰かの連絡先をスノウ辺りから入手して、この事態を作り上げたってことか……」

俺の胸を背もたれにして、アルスハリヤはぱちぱちと拍手をする。

「お上手お上手、猿並の知能はあるらしい」

「テメェ、誰がレイを危険に晒《さら》してまで好感度を下げたいって言った……!?」

「おいおい、そう怒るなよ。今回のことはタイミングの問題で、いずれ起こっていたことだぞ。むしろ、問題事を先に解決する良《い》い機会を作ってくれたと感謝して欲しいくらいだね。さて、おしゃべりを楽しんでる場合じゃないみたいだぞ」

助手席に乗っていた黒スーツの女が、小刀型魔導触媒器《タイプ:ナイフ》をこちらに向けて——砲口から火が噴いた。

「失礼」

シルフィエルは、片手で俺をシートに押さえつける。破砕音と共にガラスが割れ飛び、高熱を発する火球が俺の眼前を通り過ぎる。

「あっつ！　あっつあっつ！　金色に光り出したパチンコ台くらいアツゥイ！」

「ヒーロくん。アホなこと言ってないで飛び移るぞ、アクション映画の基本を実践しよう」

愉《たの》しそうに、アルスハリヤは指で扉を示した。

「お前、スピードメーターの見方わかんねぇのか!?　百二十キロだぞ、百二十キロ!?　下りた瞬間に、時速百二十キロで三途《さんず》の川を遡上することになるわ！」

「一度は死んだんだから、二度三度、死ぬくらいは別に構わないだろ。恐怖で萎縮してる暇なんてないぞ、救いを求める妹のためにアスファルトのシミになってみせろよ」

連続で発砲音が響き渡り、シルフィエルは顔をしかめる。

「人間ごときに舐《な》められるのは癪《しゃく》ですね」

助手席と後部座席から身を乗り出しているふたりの黒スーツに狙い撃ちにされ、真顔のシルフィエルはハンドルを思い切り左に回した。青と黒の車体《ボディ》がぶつかり、扉と扉が勢いよく歪《ゆが》み、助手席の俺は跳ね飛んでお尻が浮き上がる。

射撃のために、シートベルトを外していたのだろう。ポルシェ９１１内の狙撃者は、天井に頭を打ち付けてひっくり返っている。

「二回行動は、上級者の基本。ご搭乗の教主様にご案内いたします。再度、大きく揺れますので、致命傷を避けるためシートベルトをご確認ください」

「シルフィエルさん!?　怪我《けが》を前提に次手を組み立てる二回行動はバグってません!?」

右にハンドルを切りながらアクセルを踏みつけ、純黒の高級車を追い越したアヴェンタドールは、急激に左へと曲がりケツの部分で黒い車体をぶっ叩《たた》いた。

強烈な摩擦がアスファルトを焦がし、タイヤが溶ける臭いと共にポルシェ９１１が大きくブレる。運転手は、泡を喰《く》って、ハンドルを回している。

銃撃が収まった完璧なタイミングで、シルフィエルはロックを外しドアを開いた。

ギャァアアアアアアアアアアアアアアアアアンッ！

四輪から白い煙を吐きながら、とんでもない勢いでアヴェンタドールは回転し、開いたドアからポルシェ911までの道のりが示される。

片手でハンドルを握ったシルフィエルは、微笑《ほほえ》んで胸に手を当てる。

「いってらっしゃいませ」

「そういう有能さは、銀幕以外で求めてねぇ！」

勢いよく放り出された俺は、低空飛行を続けながら引き金《トリガー》——両手を十字《クロス》させて、人差し指と中指で経路線《レール》を描いた。

「女子限定のピクニックとは、お天道様も羨むね」

真正面から、俺を捉えたポルシェ911の運転手は驚愕《きょうがく》で口を開く。

笑いながら、俺は、二本の指を伸ばした。

「俺も飛び入り参加で」

出力を絞った不可視の矢《ニルアロウ》が、フロントガラスを割り砕き、両足から飛び込んだ俺はダイナミックエントリーをかます。

運転席の女性は、俺の飛び蹴りを顔で受け止め、周囲に鼻血を吹き散らした。

礼儀知らずの闖入《ちんにゅう》者を視認した侍衛は、魔導触媒器《マジックデバイス》をこちらに向けて——ぱしっ——俺の足で弾《はじ》かれる。

「なっ!?」

「よっと」

両腕の力で跳ね飛び、半身を回しながら、左足の甲を顔面にブチ込む。顎に綺麗《きれい》に入って、助手席の彼女は失神した。

「何者だ、貴様!?」

後部座席で藻掻《もが》くレイを押さえながら、最後に残ったひとりが砲口を向けてくる。

「フッフッフッ、よくぞ聞いてくれた」

狭い車内で手をぶつけながら、ポーズを決めた俺は、喉を潰したようなだみ声で言った。

「私の名前は、謎の白百合《ゆり》仮――」

「死ね、変態！（パァンパァン）」

「是非もなし！」

助手席に隠れて、俺は、火の球を避《よ》ける。

後部座席の侍衛は身を乗り出し、助手席の俺へと砲口を突き付ける。同時に、九鬼正宗《くきまさむね》の砲口を彼女の喉に当てた。

「西部劇よろしく、誇りをかけて早撃ち勝負でもするか？」

彼女は、震えながら、額から冷や汗を垂れ流す。

「俺は、百合《ゆり》ゲーの特典のために、PCに貼り付いてF5を連打したこともあるプロフェッショナルだ。商品をカートに入れて注文確定させるまでの速さは、誰にも敗《ま》けないという自負がある。ちなみに、新作の百合ゲーは特典付きであろうとも、ほぼほぼ売り切れることはないので、そんなことをする必要は全くない。どうする、この話を聞いても、まだ俺と勝負す――」

「死ね、変態！（パァンパァン）」

「でしょうねぇ!?」

紙一重で避《よ》けた俺の手から、九鬼正宗《くきまさむね》が弾《はじ》き飛ばされる。俺は、咄嗟《とっさ》に鏃《やじり》を丸めた水《ウォーター》の矢《アロー》で侍衛を殴りつけた。

「矢《や》ァ！」

俺の懇親の一撃《ギャグ》を受けた彼女は気絶して、こちらを見つめるレイに親指を立てた。

「安心しろ、もう大丈夫だ。怪我《けが》、ないか？　直《す》ぐに拘束を外すから、じっとしてろ」

余程、怖かったのか。

涙を流しながら、レイは俺を見つめ――グォングォングォォオオン！

エンジンがかかったままのポルシェ９１１は、意識を失った運転手が踏んでいるアクセルに従って走り続けていた。

その行く先に広がるのは、ガードレール、その向こうには断崖絶壁。

レイの上に出現したアルスハリヤは、愉《たの》しそうに両手を打って歓声を上げる。

「実に素晴らしいシチュエーションだ。この僕のディレクション、一点の曇りもない。そろそろ有終の美《フィナーレ》だぞ、ヒーロくん。あと数分で、この車は海の藻屑《もくず》と化す。お姫様を抱き上げて、颯爽《さっそう》と脱出する見せ場を堪能したまえ」

俺は、にこりと笑む。

「ちょっと、言いづらいんだけどさ」

「なんだ、この期に及んで遠慮するんじゃない。計画の第一段階は、見事に成功した。数分の余裕はあるのだから、互いの活躍に祝杯を捧《ささ》げて、余裕ぶった嘲笑を襲撃者共に進呈してやれば良《い》い」

「じゃあ、正直に言うね」

俺は、笑って、シートベルトで雁字搦《がんじがら》めになった自身の片足を指差す。

「外れないわ、コレ」

「はははは、それは面白い冗――は？」

俺は、ぐいぐいと、シートベルトを引っ張るが外れる様子がない。

「おいおい、ふざけるなよ。君が死んだら、僕も死ぬんだぞ。こんなアホな死に方、あってたまるか。とっとと、引き千切れ」

「ちょっと前に、強化投影《テネブラエ》の効果が切れちゃってさ」

俺は、爽やかに笑って親指を立てた。

「ついさっき、弾《はじ》き飛ばされた九鬼正宗《くきまさむね》、座席の下だわコレ」

「…………」

真顔のアルスハリヤは、笑い声を漏らしながら白目を剥《む》いた。

「あは……あはは……あはははは……！」

「アハハハハハッ！　壊れちゃったよ、コイツ！　ざまぁ！　ギャハハハ、気持ちい〜ッ！」

「笑ってる場合かぁああああああ！　とっとと、どうにかしろ、このアホがぁああああああ！　ふざけるのも大概にしておけよ、この猿頭がぁあああああっ！」

「ひぃ……ひぃ……！　や、やめろ、もう笑わせんな……あはははは……っ！」

どんどんどんどん、崖が迫ってくる。

焦燥に駆られた俺は、席の下の九鬼正宗に手を伸ばす。指先が微《かす》かに触れて、更に奥へと押し込んでしまい、思わず、顔を歪《ゆが》めて泣き声を上げる。

「わァ……ぁ……！」

「泣いちゃった……」

「うーっ！　うー、うー、うーっ！」

後部座席に転がっていたレイは、身悶《みもだ》えしながら、視線で必死になにかを知らせてくる。

視線の先。そこには、侍衛が落とした小刀型魔導触媒器《タイプ：ナイフ》が落ちている。彼女は、死物狂いで、ソレを顎先で押し出した。

「泣いてる場合じゃねぇッ！」

懸命に、俺は、助手席から手を伸ばす。

俺とレイは、互いに小刀を押し出し、小刻みに震える指を伸ばして——先端が触れる。

「握った！」

「早くしろ早く！　とっとと、脱出しろ！　なにしてる⁉」

無属性の小刀を出した俺は、足に絡まったシートベルトを切る。次いで、気を失った侍衛を担ぎ上げた。

「置いていけ、そんなゴミ！　人間がリサイクル出来るとでも思ってるのか⁉」

「百合《ゆり》は、どこから生まれるかわからないんでね！　人間はリサイクル出来ないが、人間の心はリサイクル出来る！　俺にはわかる！　いずれ、この子たちは、俺に最高の景色を見せてくれるってな！」

強化投影《テネブラエ》——扉を蹴り飛ばした俺は、彼女たちを生成《クラフト》した緩衝材で包み込み、近くの茂みへと全力で投げ飛ばす。

「将来、女の子同士で結婚して幸せな家庭を築きますようにぃッ！」

三人を投げ飛ばしてから、俺は眼前まで迫っていた崖先を見つめた。

「優先順位を間違えたな、アホ猿がッ！　あの雑魚たちを賽銭《さいせん》代わりにしてないで、利用価値の高い三条黎《さんじようれい》を救えば良かったんだ！　今更、三条黎を救うのは無理だ、諦めろっ！」

「口ばっかり達者で、行動が伴わない腐れ魔人の言う事を聞く謂《いわ》れはねーな」

俺は、レイを抱き上げる。

「ココで見捨てられるようなら、お前と一緒に心中してるわけねぇだろ」

目を見開いたレイは、愕然《がくぜん》と俺を見つめる。

正面から突っ込んだバンパーが、ガードレールをへし曲げて折れ砕き、切り立った崖の上から真っ黒な車体が落ちてゆく。

自由落下を始めたポルシェ９１１は、開いた扉から搭乗者を投げ捨てる。全身全霊で魔力を籠《こ》めた俺は、抱えていたレイを崖上まで投げ飛ばした。

一瞬、仮面越しに、俺とレイの目が合った。

そして――落下が始まる。

「まぁた、お前と心中かよ。しかも、お前のバカな企《たくら》みが元で」

「いいや、ヒーロくん、コレで合っている。なにせ、この場所こそが、第二作戦地点《セカンドポイント》だからな」

にたにたと、魔人は嗤《わら》った。

「多少のアクシデントはあったが、ココまで僕の演出範囲内だ。コレで、今度こそ――」

ブォオオオオオオオオオオオオオオオオオン！

「有終の美《フイナーレ》だ」

空気を震わせながら、真《ま》っ直《す》ぐにこちらへと突っ込んでくるエンジン音。切り立つ崖を下りてきた一台のバイクが飛翔《ひしょう》し、俺へと手が伸びてくる。

「お迎えでぇ～す！」

ワラキア・ツェペシュは、俺の手を掴《つか》み取り、後輪で岩上へと着地する。

魔力で耐久性を底上げされたバイクは、大破せずにその衝撃を受け止め、俺を後ろに乗せたワラキアは海沿いを疾走した。

俺は、安堵《あんど》の息を吐《つ》き――

「お兄様ぁあっ！」

「えっ」

崖上からの叫び声を聞いて、声の在り処へと視線を上げる。

「絶対に帰ってくるって信じてた。私が願ったら、必ず貴方《あなた》はやってくるから。お兄様だけは、私の前からいなくならないって想《おも》ってた」

俺の安否を確認したレイは、嬉《うれ》しそうに笑いながら泣いていた。

俺は、顔に張り付いた仮面に両手を這《は》わせ、衝撃で外れていないことを念入りに確認する。

アルスハリヤは、驚愕《きょうがく》の面持ちでレイを見つめていた。

「ば、バカな……こんなの僕の情報《データ》にないぞ……!?」

俺は、クソ雑魚データキャラの首に、生成《クラフト》した縄をかける。

「ま、まさか、声でバレた？　いや、行動で？　どちらにせよ、僕の計画に穴があっただと……そ、そうか……！　アホの魔術演算子と入り混じったことで、僕の灰色の脳細胞が死滅して異常をきたし――」

向かい風の中、俺は、しがみついているアルスハリヤを蹴飛ばす。タンデムシートに括《くく》り付けられた魔人は、後頭部を地面に打ち付けてバウンドし引きずり回される。

「ガァアアアアアアアアアアアアアアアアアアアッ！　こんなの僕の情報《データ》にないぞぉおおおおおおおおおおおおおおおおおおおおおお！」

「スピード上げろ。先生は、まだお目覚めになっていないようだ」

「あいあいさ～！」

「グァアアアアアアアアアアアアアアアアアアアアア！　僕の情報《データ》の力がァアアアアアアアアアアアアアアアアアア！」

後頭部を地面に擦《こす》りつけたアルスハリヤは、猛烈に砂塵《さじん》を上げながら悲鳴を上げる。

俺たちは、キャッキャウフフと処刑を堪能しながら、魔神教日本支部へと突っ走っていった。

「僕のミスではないことを前提に考察してみたんだが」

街中へと入り、軽快に走る真っ赤なバイクの上で、アルスハリヤはささやいた。

「僕は、今まで、百合《ゆり》の間に男を挟むことを生業《なりわい》としてきた。だから、本能的に、男である君の好感度を上げようとしたのかもしれな――」

バイクから蹴り落とすと、アルスハリヤは「わー……」と悲鳴を上げながら、道路を転がっていった。

「ワラキアワラキア、悪いが止めてくれ。中止だ、中止。あんなアホを信じて、突っ走った俺がバカだった」

「え～？　もうおわりぃ～？」

ゆるふわカールヘアの彼女は、人差し指を唇に当てた。

「わー、このデートのために、気合い入れてきたのにぃ。そんなこと言うなら、きょー様、ちゃあんと責任取ってくれるんですかぁ？　この責任の重大さ、胃にもたれちゃうくらいに重いですよぉ？」

自分のことを『わー』、俺のことを『きょー様』と呼ぶ彼女は、チェックのデザインワンピースでスーパーバイクに跨《また》がるというとんでもないことをしていた。

こんなカジュアルデートコーデで転んだら、彼氏との集合場所が病院へと様変わりだ。

「終わり終わり。コレにて終了。さようなら。近場でパフェでも奢《おご》ってやるから、運賃代わりに胃袋で受け取って、胃カメラで自撮りした一枚を病院にアップしてきなさい」

「え～？　パフェとかダサいもの食べたくない～！　わー、おやつだったら、二郎系でニンニクヤサイマシマシアブラマシマシカラメマシマシ食べた～い！」

「だから、健康診断勧めてんだよ」

甘ったるい声で、ワラキアは続ける。

「だってぇ、二郎系、めちゃんこ楽しいですよぉ？　ちょこっと量は少ないけどぉ、必死な顔つきで食べてるオタクとか好きぃ。わー、二郎系でロット乱したり、大学でサークルクラッシュしたり、運命の出逢《であ》いを装った結婚詐欺とかだぁいすき。今度、きょー様も一緒にやりましょぉ～よぉ～？　愛と絆《きずな》を壊した後に食べる一杯はさいこ～ですよぉ？」

「その最高の一杯には、どれだけの悲劇と絶望が盛り付けてあんの？　トッピングの担当は、シェイクスピアか？」

ゆっくりとバイクは停車し、ノーヘルの彼女はウィンクしながら自撮りを始める。

「いぇい！　きょー様とのツーショットチェキ、げっとぉ～！　じゃあ、わーの恋人ってことで、SNSにあげちゃいまぁ～す！　はい、おけおけ。あはっ、恋人匂わせで、わーのフォロワーの女どもが骨肉の争い始めたぁ！　あはは、みにくいみにく～い！」

「悪魔《シルフイエル》よりも悪魔らしいことを息吐くみたいに自然にするね、君」

「え～？　でも、わー、吐くよりも吸う方が得意ですよ～？　二郎系も如何《いか》に吸うかみたいなところあるし～？　わー、吐くのは、にがてぇ～！」

「吐き気を催す邪悪が謙遜するなよ」

俺がバイクを下りると、当然のように、ワラキアは俺の腕を抱き込んだ。

ふわりと、柑橘系《かんきつけい》のオードトワレの香りが鼻孔をくすぐる。

全身で可愛《かわい》いをアピールしてくる彼女は、自然に見える角度で上目遣いを作り、柔らかな体躯《たいく》をさり気なく寄せてくる。

「わー、きょー様のファンだから付いてく～！」

「厄介ファンはお断り。ヤクザ・サークルでもクラッシュさせて遊んでなさい。俺、純愛派（愛があるのであればハーレムも可）だから、恋愛を弄ぶような百合《ゆり》は許せないんだよね。既に道は違《たが》えた。失《う》せなさい」

「え～？　わー、なにもしてないよぉ？　みんな、勝手にわーの二郎系巡りに付き合って、急にぶっ倒れてサークル崩壊するだけだもん」

「それ、崩壊してるのサークルじゃなくて胃《ストマック》だね」

ニコニコしながら、俺から離れようとしないワラキアを見てため息を吐《つ》く。

俺のため息に促されたかのように、目の前にアルスハリヤが現れた。

「早くバイクに戻りたまえ。計画に支障が出るぞ」

「最初から、計画に支障が出ていることにお気づきではない？」

「安心しろ、プランBだ」

「チャート変更は、ガバの素って学校で習わなかった？」

俺の前で、ちょこんと立っているアルスハリヤは嗤《わら》う。

「先程の失敗は、枝葉末節の整え方を間違えただけだ。寛容な心で、僕に慢心があったことも認めよう。だがしかし、このプランBは今までの計画とはまるで異なる」

「どこが？」

「失敗した時のために、プランCも用意してあ――待て、わかった、待て。冗談だ。賢者特有のユーモアに決まってるだろ。聞け。歩き始めるな」

帰ろうとしていた俺は、俺の腕に縋《すが》っていたアルスハリヤへと振り返る。

「もう、オチが見えてるんだよ。どうせ、また俺の正体がバレて、好感度が上がるだけだろ？　あと二回も繰り返すつもり？　二度目三度目があるほど、ヒイロカンパニーは甘くねぇんだよ。お前、もう、魔人やめちまえ」

「いや、次策には一点の抜かりもない。一度、詳細を聞けば、君は首振り人形のように『ＹＥＳ』を垂れ流し、僕に提出させた辞表はシュレッダー行きが決定する」

怪しげに目を光らせながら、アルスハリヤはささやく。

「次は、ワラキアに謎の百合仮面ＢＬＡＣＫをやらせる」

アルスハリヤが考案した策を共有し、詳細を詰めて、俺たちはニタァと嗤《わら》う。

「「勝ったな」」

ひらりと、バイクに飛び乗った俺たちは、フェアレディ派が管理運営している魔神教日本支部へと目的地を定める。

都心の貸しビル、そのひとつにフェアレディ派の拠点《ホーム》がある。

運営を任されている眷属《けんぞく》が有能らしく、テナントビルの一角を担う幽霊会社《ゴーストカンパニー》の胡散臭《うさんくさ》さは完璧に消臭されていた。

ビル内の何社かは、CMでお馴染《なじ》みの英会話教室やヨガ教室。脱税目的の特定非営利活動法人も傘下にあり、スケープゴートを巧みに操る羊飼いによって、本流には辿《たど》り着かないよう巧妙に細工されていた。

月檻《つきおり》たちが強襲を仕掛けている十二階を見上げた俺は、白百合《ゆり》の仮面をかぶって準備する。ワラキアは、黒百合の仮面をかぶって俺と同じ衣服を身に纏《まと》う。

背格好は大差ないので、パッと見は見分けがつかないだろう。

「やだ～！　わー、こんなダサい格好、したくないんですけどぉ！　わーの装備品、『末代までの恥の仮面』、『末代までの恥のローブ』、『末代までの恥のきょー様』で最悪～！」

俺の喉から、ワラキアの声が出てくる。

「なんで、俺、恥ずかしいアクセサリー枠として末代まで語り継がれてんの？」

逆に、ワラキアの喉から、俺の声が出てくる。

仕掛けは、至極単純だ。

互いに咽喉マイクを首周りに取り付けてしゃべり、喉元のスピーカーからお互いの声を出力しているだけである（マイクを購入する予算がなかったので、スノウからお小遣いを前借りした。千円札でビンタされた）。

「完璧《パーフェクト》、完璧《パーフェクト》だ、ヒーロくん。バレるわけがない。人間は第一印象を顔、次に声から定めると言うからね。仮面で顔が隠れている以上、彼女らは声で判断して見分ける筈《はず》だ」

「だとすれば、月檻たちは俺の声を発している謎の百合仮面ＢＬＡＣＫを追いかけて、その仮面を剥《は》がす」

「感動のご対面。だがしかし、仮面の裏にあったのは、ワラキアのご尊顔だ」

「後は、ワラキアが、例の甘味の層重ね《ミルフィーユ》を行えば良《い》い。コレは、間違いなく勝ったなァ！　さすが、先生！　天才、天才！　お魚、たくさん食べてそう！」

「おいおい、ヒーロくん。僕を誰だと思ってる」

アルスハリヤは、微笑を浮かべて前髪を掻《か》き上げた。

「愛の破壊者……魔人アルスハリヤだぞ？」

「ＫＡＫＫＥＥＥＥＥＥＥＥＥＥＥＥＥＥＥＥＥＥＥＥＥＥＥＥＥＥ！」

盛り上がっている俺たちの横で、ワラキアはマニキュアを塗った爪を弄《いじ》る。

「そんなに上手《うま》くいきますぅ？」

「「間違いない」」

九鬼正宗《くきまさむね》は、海の藻屑《もくず》（シルフィエル、回収中）になっているし、俺を見分けられるポイントはひとつもない。

勝利の方程式は、既に導き出された。

「わーは、きょー様のファンだから頑張るけどぉ……じゃあ、きょー様、はぁい、わーのお腹《なか》にお手々回してくぅ～ださい？　別に、お胸でも良《い》いよ？」

「お肩で」

「へぇ～、良いの？」

ブォン、ブォン、ブォオオン！　アクセルを回したワラキアは、微笑《ほほえ》んで――

「振り落とされても、もう拾わないから」

見えていた景色が、一瞬で掻《か》き消える。

ブォオオオオオオオオオオオオオオオオオオオオオオオオオオオッ！

高々と前輪を上げた彼女は、ガラス張りの自動ドアを粉砕し、悲鳴を上げた受付嬢の前で綺麗《きれい》にターンする。

速度を緩めずに非常階段へと突っ込んで、魔力強化した前輪を扉に叩《たた》きつける。

分厚い扉が内側に吹っ飛び、けたたましい警報が鳴り響いた。

巧みにハンドルを操作したワラキアは、アクセルの踏み込みを調整し、非常階段を駆け上がっていく。猛烈な勢いで駆け上がるスーパーバイクは、息切れ知らずで、二階三階と上昇していき、警備員たちはその勢いに気圧《けお》されて道を空ける。

「うおっ、おえっ、えへっ、おぼっ!?」

「あははっ、きょー様、わーの胸掴《つか》んでるぅ、紳士ぶってた癖にえっち〜！」

階段を上がる度に、尻をボコンボコンと打たれる。

上下している俺は、必死で、ワラキアにしがみつく。階段の踊り場でバイクがクイックターンする度、右から左へと頭が振り回されて、ぐーっと胃液が喉元までせり上がってくる。

正確無比な運転技術で、ウィリー走行した『Ninja ZX-10R』は、十二階のオフィスドアをぶち破った。眷属《けんぞく》たちに囲まれていた月檻《つきおり》と師匠がこちらを振り返る。

「ワラキア、突っ込め！」

「あはっ」

赫《あか》色の目を光らせたワラキアは、フロア上にタイヤの焦げ付きを残しながら、フェアレディ派の眷属へと突っ込み――速度にノッたまま、車体《ボディ》を倒した。

ギィァアアアアアアアアアアアアアアアアアアアアアアアアアア！

ぺたんと、床スレスレまで倒れ込んだ車体。

スライディングするような形で、赤色のバイクはタイヤを高速回転させ、眷属《けんぞく》たちをなぎ倒していく。

既に飛んでいた俺は、小刀を逆手で構え——月檻《つきおり》は迎撃の構えを取り——彼女の背後にいた眷属の剣柄《けんづか》を断ち切る。

「よう」

大量の敵に囲まれた俺は、唖然《あぜん》としている月檻と背中合わせになる。

「素敵な背中を預かりにきたぜ」

俺の声は、ワラキアの喉から発せられている。だから、安心して、俺は欺瞞《ぎまん》を吐いた。

誰もが知らない月の裏側から、誰もが知っている月の表側へと語りかける。

「構えろよ、主人公。お前は、表だけで良《い》い。お前の裏は、俺が受け持ってやる」

月檻桜《さくら》は、目を見開いて——思い切り、俺を抱き締めた。

「ヒイロくん、おかえり……ホントにキミは……」

彼女は、くぐもった声でささやく。

「絶好のタイミングで、人の心を奪いに来るんだから」

「ヒイロッ！」

歓声を上げながら、師匠《アステミル》は俺を抱き締める。抵抗する間もなく、俺は、彼女の柔らかい全身へと埋まった。

「このばか弟子が！　ばかばかばか！　ばかばかばかばかばかぁ！　お土産は、どうしたんですか!?　お土産！　なんで、私のチャットに返信してくれないんですか！　ばかばかばかばかぁ！　ばかぁっ！　私の愛弟子《まなでし》が死ぬわけがないんですよっ！　だからぁ！」

　わんわん、泣きながら、師匠は俺を抱き締め続ける。

「お土産ぇ！」

　感動の再会よりも、お土産を優先してこその四百二十歳児だよな！

　俺は、咽頭マイクとスピーカーを外して、月檻たちに視線を向ける。

「秒で正体バレしたんですが……なんで、俺だってわかったの……？」

「だって、レイからチャットで回ってたから。白い百合《ゆり》の仮面がヒイロくんだって」

「あっ……」

　単純明快な回答を聞いて、あらゆる感情が消えた俺は宇宙の真理へと思いを馳《は》せる。

「あのぉ～、私ぃ～、ヒイロのいない間にスタンプぅ～？　スタンプってわかりますぅ～？　スタンプの使い方ぁ～、ひとりでマスターしちゃったんですよぉ～？　あれですかぁ～？　独学ってヤツですかねぇ～？　ご飯でも食べながら、貴方《あなた》にも見せてあげましょうかぁ～？　私ぃ～、貴方の師匠なのでぇ～、チャットでスタンプを送れちゃうんですよぉ～？」

　ウザすぎて、顔面に足跡のスタンプを押してあげたくなっちゃう！

先程までとは打って変わって、月檻《つきおり》と師匠は、雰囲気からして別人のように変わっていた。

闖入者《ちんにゅうしゃ》を前にたじろいでいた眷属《けんぞく》たちは、ようやく混乱から覚めて得物を振りかぶり――一閃《いっせん》――師匠に刈り取られて、一斉に床へと沈んだ。

「私、お寿司《すし》が食べたいですねお寿司。お皿がくるくる回る、ジャパニーズサイクロンデイッシュ寿司が食べたいところです。もしくは、新幹線で運ばれてくる、ジャパニーズマッハリニア寿司をご賞味したい気分ですね」

「ヒーロくん！」

アルスハリヤの叫び声。

振り返ると、艶《つや》めくアルミボディが俺を待ち受けていた。

二輪車《ママチャリ》に乗ったハイネは、額の上に上げた二本指をビッと下ろし、クールにベルを鳴らした。

「…………（スカッスカッ）」

「撤退するぞ！　二輪タクシーのお目見えだ！　今回は、我々の情報《データ》が敗北したことを認めよう！　次は、プランHでいく！」

「俺の与《あずか》り知らないところで何度もプランを切り替えて、尽《ことごと》く失敗させるのはやめろォッ！」

アルスハリヤに急《せ》かされた俺は、ママチャリへと駆け寄る。

「悪い、師匠！　俺には、大事な使命がある！　寿司はまた今度な！」

「え～！　寿司に対する気持ちの鮮度が落ちて、保健所に通報されちゃいますよ～？」

「お姫様の気持ちの鮮度の方が大事だってさ」

好き勝手言っている師匠と月檻を無視した俺は、ママチャリの荷台に跨《また が》った。

「…………（スカッスカッ）」

ママチャリは、ノロノロと、エレベーターにまで向かっていった。


「もぉ、やだぁ……！　やめるぅ……！」

俺は、泣きながら、白百合《ゆり》の仮面を地面に叩《たた》きつける。

「ほ、本気で泣くなよ。ついさっき『大事な使命がある』と志を新たにし、寿司の誘惑を振り切ったばかりだろうに」

「ああでも言わなかったら、二週間行方不明になった俺が、急にコスプレ衣装で現れた変態になるだろうが！　それっぽいこと言っておかないと、精神の折り合いがつかんわっ！」

「好感度を下げたいなら、コスプレ変態仮面で突き通せば良かっただろ」

「上がるんだよ！　今までのパターンを振り返ってみれば！　なぜか、そっちの方が好感度上がるんだよ！　素人は黙っとれ！」

路上に停《と》められた自転車の脇で、絶望に浸っていた俺は、ぽんぽんと頭を叩《たた》かれた。

顔を上げると、ハイネが優しく微笑《ほほえ》みかけてくる。

「泣くな、雑魚が」

「ココに来る途中で、心損事故でも起こしてきた？」

「乗って」

ママチャリに跨《また》がったハイネは、特徴的なジト目でこちらを睨《にら》みつけ、搭乗するようにとせがんでくる。

お断りすれば、しつこく暴力で勧誘してきそうなので俺は荷台に乗った。

シャー、とホイールはラチェット音を立て、坂道を下り始めたママチャリは加速した。

心地の良い涼風を全身で浴びた俺は目を閉じ、スポークが風を切る音に耳を澄ませる。

素晴らしい未来を予兆しているかのような、伸びていくような加速感に恍惚《こうこつ》と微笑む。

「で、コレ、どこに向かってんの？」

「神殿光都《アルフヘイム》」

「唸《うな》れ、マイ・スニーカー・ゴム底ォッ！」

両足ブレーキでママチャリを止めると、不満気なハイネに睨まれる。

「邪魔するな、下郎」

「邪魔するわ、女郎。よく聞け、ハイネ。俺たちは、神殿光都には向かわない。その壊れたベルの代わりに、戦犯魔人の生首でも飾ろうぜ。お願い事を額に書いたら、きっと、七夕みたいで楽しいぞ～！」

「そんな血塗られた願い事を叶《かな》えてくれるのは邪神くらいのもんだろ。僕の首を４９９９円の祭壇《カゴ》に捧《ささ》げる前に話を聞きたまえ」

自転車のカゴに、すっぽりと収まったアルスハリヤは肩を竦《すく》める。

「宣言しておくが、俺はお前がなにを言おうとも騙《だま》されないよ。これから、ハイネとママチャリで一周して帰るんだから。どーせ、ラピスのところにも連絡いってるだろうし、賢い俺はラピスの下には向かわずお家《うち》に帰るのでした。ちゃんちゃん」

「今宵《こよい》、ラピス・クルエ・ラ・ルーメットが挙式するらしいぞ」

「……なに？」

俺は、地面から両足を上げて、ハイネは楽しそうにペダルを漕《こ》ぎ始める。

「当たり前だろう？　彼女は、かのルーメット王家のお姫様だ。然《しか》るべき婚約者がいない方がおかしい。現界への留学から帰郷して『もう、日本には行かない』とまで明言しているのだから、女王になる覚悟が出来たと見做《みな》されても仕方ないさ」

「相手は？　も、もちろん、女の子だよな？」

「男だ」

表情筋が引き攣《つ》り、浮かべていた笑みが瞬時に消えた。

アルスハリヤの言う通り、原作のラピスには婚約者がいる。

ラピス・ルートの途上で、愛する主人公に全てを捧《ささ》げることを決めたラピスは、公然の場で婚約を破棄する。ふたりで培ってきた恋心で、身分や人種や重圧を超越し、定められた道程を蹴り飛ばして、決然と笑みを浮かべるラピスの一枚絵の美しさに全俺が泣いた。

彼女に、婚約者がいることは間違いない。

だが、婚約者が女性であるか否かは、ゲーム内で明言されていなかった。

「意外に思うかもしれないが、エルフというのは一枚岩ではなくてね。彼女が治める神殿《アルフ》光都《ヘイム》には十三の氏族が存在しており、王の血筋たる『クルエ・ラ』を除いた十二の氏族から、最も強き者が御影弓手《アールヴ》として選出される。王家の護衛手を定めるにも、そうやって、氏族間のバランスを取るのが常だ。もちろん、それは、十三の氏族のひとつに銘を刻んでいる『クルエ・ラ』にとっても例外ではない」

「日が暮れるまで、そうやって枝葉末節を伸ばし続けるつもりか？　本筋を話せ」

苦笑したアルスハリヤは、カゴの縁を指で叩《たた》いてリズムをとる。

「簡単な話だ。ルーメット王家は、代々、男を娶《めと》っている。底辺の男を頂点の女が迎え入れることで、氏族間のパワーバランスを取るんだ。そうすることが習わしになっていて、そこに合理性が存在するかどうかは議論すらされていない。所謂《いわゆる》、悪《あ》しき慣習ってヤツだ」

有り得る。

エスコには、幾つかの没イベントが存在しており、その中のひとつに『結婚式の最中に、主人公がラピスを連れ去る』というものがある。

主人公上げのイベントとして考えてみれば、ラピスの結婚相手に男が割り当てられていて、彼女を救うために絶対悪（男）を処断するという構図は実に好ましい。

「……ラピスは、その男を愛してるのか？」

「愛してるわけないだろ。目には見えない秤《はかり》のバランスを取るためだけに、お偉方が目を皿のようにして選んだ錘《おもり》のひとつに過ぎないんだから。婚前の彼女は、魔導触媒器《マジックデバイス》を取り上げられて身を清めている状態だろうし、今から連絡を取ることは出来ないだろうね。さて」

アルスハリヤは、愉《たの》しそうに両手を広げる。

「僕の話は終わった、君が決断する番だ」

答える代わりに、俺はささやいた。

「ハイネ、全力で漕《こ》げ」

「了解《ラジャー》」

アスファルトとタイヤが擦《こす》れ合って煙が上がり、ママチャリは急加速する。

彼女の肩に両手を置いた俺は、曲がり角の度に体重を片側に寄せて滑らかなカーブを手助けし、次元扉《ディメンジョン・ゲート》を潜《くぐ》り抜《ぬ》けて――夜空が広がった。

満ちた月が、空に宿っている。

夜天に吊《つ》り下《さ》げられた丸い月は、紙で作られた作り物みたいな見せかけの光を投影する。その欺瞞《ぎまん》めいた月明かりは、次元扉《ディメンジョン・ゲート》を通して、現界から異界へと完全に切り替わった瞬間に失《う》せる。

ましろの月の眼下には、黄金の城が聳《そび》える。

天と地を覆い込む神の担い手を思わせる世界樹の枝葉は、天蓋へと投網のように木末《こぬれ》を広げて月を捕まえようとしていた。その世界樹の足元では螺旋状《らせんじよう》の尖塔《せんとう》が門兵を務め、荘厳たる神殿光都《アルフヘイム》への侵入者を阻むかのように切っ先を伸ばしていた。

そのスケール感に見合わないママチャリで空を飛ぶ俺たちは、まばゆいばかりの都市の光源に照らされ、星と星で線を描いた夜空を二輪で駆け抜けていく。

ボッ——魔力が弾《はじ》ける音、蒼雷《そうらい》が耳朶《じだ》を叩《たた》き、迎撃の一糸が首筋を切り裂く。

純黒の絹を割くような、暮夜に流れる純白の雨矢。

刃《やいば》を生成《クラフト》した俺は、片っ端から矢の雨粒を弾き飛ばす。

「アルスハリヤ、迎撃は任せたッ！」

「相手に無茶《むちや》を注文出来るのは、信頼関係を築いた後だけだぞ」

玩具《おもちや》の煙草《たばこ》の先端から水蒸気が周囲に立ち込め、ぼやけた霧状の盾となり対魔障壁と化して張り巡らされる。

地上から天上へと、雨あられと遡る弾幕の中へと飛び込む。

引き金《トリガー》、右手を広げて、手のひらに光玉《ライト》を集める。

障壁を潜《くぐ》り抜《ぬ》けた矢が俺の頬《ほお》を掠《かす》めて、血飛沫《ちしぶき》を飛ばしながら、心の臓から腕の先にまで通した魔力線へと魔力を流し込む。

「はじめまして、三条燈色《さんじょうひいろ》です！　最近ハマっていることは、対空してくるクソエルフをパなし光玉でぶっ飛ばすことでぇーすッ！　対戦、よろしくお願いしまぁーすッ！」

右の手から撃ち放たれた光玉は、その道中で歪曲《わいきょく》し、凄《すさ》まじい速度で直進して着弾する。

嘲笑《あざわら》う月の下で、エルフたちは景気よく吹き飛んだ。

ハンドルから手を放し、代わりに後輪を掴《つか》んだハイネは、俺へと自転車の前輪を伸ばす。

俺は、その前輪を掴んで、くるりと回転し着席する。

導体《コンソール》、接続――ママチャリに強化投影《テネブラエ》を施し、アルミボディとタイヤをコレでもかと補強して――ドゴッ、と、音を立てて後輪から着地する。

すとんと、落ちてきたハイネは、荷台にお尻をおさめる。

「行くぞ、オラァアアアアアアアアアアアアアアアアアアア！（スカッスカッ）」

鳴らないベルをスカしながら、俺は前傾姿勢をとる。

ドッ――全体重をかけて踏み込み、立ち漕《こ》ぎした俺は城壁の上を走り始めた。

「な、なんだ、コイツ!?　衛兵はどうした!?　早く撃退しろ！」

大慌てで、城内から湧いてきたエルフたちへと俺は叫ぶ。

「百合《ゆり》に男を挟むんじゃねぇえええええええええ！　クソエルフどもがぁああああああああああああああああああああああああああああああ！」

「なにを言っ――――」

「天誅蝶殺《てんちゆうれきさつ》！　四文字殺語ォ！」

行く手を阻んだエルフを跳ね飛ばし、ママチャリは、白煙を上げながらドリフトする。勢いをつけたまま、城の中へと突っ込む。肩やら腹やらに矢を受けながら、血まみれで廊下を爆走していった。

「教主、そのままだと死んじゃうよ」

「俺が死のうがなんだろうが、百合の間に挟まる男は殺す！　それが俺の正義《ジャスティス》、生まれ持った誓約《プロミス》！　アルスハリヤ、ラピスはどこだ⁉」

「式場だ。エルフたちが『宇宙樹の間《イグドラ・ミディア・ム》』と呼んでいるところだね。このまま、真《ま》っ直《す》ぐ、地下に下りていけば良《い》い」

その助言を聞き入れて、俺は、ママチャリで階段を跳ね下りていく。大扉が行く手を塞ぎ、座席から飛び降りて、渾身《こんしん》の力を籠《こ》めてゆっくりと押し開いた。

しんと、水を打ったような寂静が宙空へと染み渡る。

足元に満ちる蒼銀《そうぎん》の水面《みなも》。

白く、細く、燦《きらめ》く、たゆたう根が水中で舞踏に興じる。天井、壁面、床上を巡る幾何学模様染みた樹根は、冗漫な描画の後に、中央の黒壇へと集中し繋《つな》ぎ合う。

根先から滴る透明な水の粒は、ひとつの球体水槽と化し、天井の四隅に配置された鏡を経由し入り込んだ光を宿していた。

三重円の魔力線が走った壇のくぼみへと、ぴちょんぴちょんと、水滴が垂れ落ちている。

森閑としたこの空間には、たったの三人だけが集うことを赦《ゆる》されていた。

黒壇を中に挟んで向かい合うふたりのエルフ、その背後には礼服を纏《まと》った仲立ちのエルフが控えていた。

三人が三人、裸足《はだし》の爪先を水に浸《つ》けている。剥《む》き出《だ》しになった肩には、魔力線でフラクタル構造の樹紋が描かれている。

対面しているラピスともうひとりは、透明なヴェールで尊顔を覆い隠している。顔を上げたラピスの頬《ほお》には、涙の跡が残っていて――一足飛びで、俺は間に挟まる。

ラピスと婚約者、ふたりの間、その壇上へと着地する。

「は!?　な、なに!?」

狼狽《ろうばい》している二人の前で、片手で仮面を押さえた俺は、ゆっくりと立ち上がる。

そして、その裏側で笑った。

「結婚式の招待状なんて、俺には届いてなかったが……誰の断りを得て、この子を泣かせてる……？」

「その声……」

ラピスは、息を呑《の》む。

礼服を着たエルフが放った矢が、俺の仮面を叩《たた》き割り——

「悪いが、この子の運命の相手はもう予約済みだ」

仮面は砕け散って、きらきらと、その破片が宙空に散らばる。

素顔を晒《さら》した俺は笑った。

「少なくとも、この子を泣かせたテメェらの役目じゃないんだよ！　わかったら、失《う》せろ三下がァッ！」

瞬間、室内に飛び込んできたエルフたちは弓を構え、狼藉者《ろうぜきもの》たる俺へと大量の矢が飛来する。

迎撃の姿勢をとった俺は、量産品の小刀型魔導触媒器《タイプ・ナイフ》を抜き払い——

「クソがっ！」

手のひらに、矢が突き刺さる。

量産品と特注品、その性能差により俺の魔法発動は間に合わず、先に構えたにもかかわらず後出しの射撃を受ける。

原作ゲームでは、量産品は店売り品のひとつだ。装備する際に必要なコスト（魔力の総量で、魔導触媒器《マジックデバイス》の装備可能な品や数が異なる）が非常に低いので余り枠に装備されることが多い。

余り枠での運用が普通であるがゆえに、当然、その性能は大して高くはない。

九鬼正宗《くきまさむね》であれば、余裕で間に合ったであろう魔法発動は、魔力の伝導率が低いせいか、普段の感覚よりも数秒遅れて――光玉《ライト》が発動する。

眩《まばゆ》い光が炸裂《さくれつ》して、呻《うめ》き声を上げたエルフたちは片手で目元を覆った。掌《てのひら》から矢を引き抜いた俺は、ラピスを抱え上げて遁走《とんそう》する。

「ヒイロ……」

涙を流しながら、ラピスは俺の胸に顔を埋《うず》める。

「良かった……生きてて……ほんとに良かった……わたし……ヒイロがいなくなったら、どうしようって……わたし……わたし……」

「勝ち逃げは嫌だからな」

俺は、彼女に微笑《ほほえ》みかける。

「あの世だろうがこの世だろうが、お前と決着がつくまでは傍《そば》にいるよ」

熱に浮かされたかのように、頬《ほお》を染めた彼女は俺を見つめてこくりと頷《うなず》いた。

その熱烈な視線を受けて、俺は、脂汗を額から垂れ流す。

あれ？　俺、コレで良《い》いんだっけ？　ラピスとクソ男が望まない結婚をしようとしてて、それを阻止したんだから良《い》いことなんだよな？　ライバルアピールもしっかりしたし、俺とラピスの関係性が友情で繋《つな》がれてることをハッキリ出来たよな？

混乱したまま、俺は、階段を駆け上がろうとし——待ち構えていたエルフたちに、矢先を突き付けられる。

「儀式の最中に姫様を攫《さら》うとは、なにを考えているこの痴《し》れ者《もの》が。男如《ごと》きがルーメット王家の姫君に手を触れるとは、その罪、己の血以外で拭える法があるとは思うなよ」

「おいおい、大層なお口の運動で人様のことを舐《な》め腐るじゃねぇか」

怒気を発して、俺は、彼女たちを睨《にら》みつける。

「ラピスが愛する男ならまだ許そう。俺は、百合《ゆり》を押し付けるつもりはない。まず、第一にこの子が幸せにならないと意味がないからな。だが、お前らは、氏族間のバランスとかいうクソみたいな理由で、この子が望まない未来を押し付けた。だったら、俺は、この子とお前らの間に挟まるだけだ」

「なにを言っているのかわからない。その下らない矜持《きょうじ》は、命を懸ける程のものか」

「不言実行。おしゃべりで、己の矜持を穢《けが》すつもりはねーよ。自身を懸けた瞬間、お前らの言う『下らない』は燦然《さんぜん》と輝く異彩をもつ。なにも懸けてないお前らとなにもかもを懸けた俺とで、どちらの『下らない』が勝ると思ってる」

ひとりが撃ち放った矢が掌《てのひら》を突き破り、それでも微動だにしなかった俺を見て、エルフの集団は気圧《けお》される。

一歩踏み出し、呻《うめ》いた集団は下がって、俺はささやく。

「退《ど》け。お前らの『下らない』で、この子の道を塞ぐな」

車輪の回る音。

俺が口角を上げた瞬間、階段上から飛び降りてきたママチャリがエルフの囲いを弾《はじ》き飛ばし、魔力で強化された前輪が壁にめり込む。

灰色の髪をなびかせたハイネは、右拳を顎下に持ってきてこちらを睨みつける。

「チャリで来た」

ジト目の彼女は、不満気に頬《ほお》を膨らませた。

「上で待ってたのに、何時《いつ》までも来ない。とっとと乗って、教主。我々は、チャリで来て、チャリで帰る」

「道理だな、ナイスタイミングだ。ラピス、後ろに乗れ。クールな迎えが来たぜ」

「なんで、自転車!?　ＴＰＯどうなってんの!?」

ラピスへと頷《うなず》いた俺は、ハイネと並び立ち、右拳を顎下に持ってくる。

「『チャリで来た』」

「いや、もうさっき聞いたから」

ラピスが荷台に乗っている間、ハイネはカゴに入っていた大根を振り回し、エルフたちの頭をしばき回していた。

搭乗したラピスは、そっと俺の服の裾を掴《つか》み、潤んだ瞳でこちらを見上げる。

「ちゃんと……傍《そば》にいてね……？」

「あぁ、傍にいるよ」

特等席で舌なめずりしながら、お前たちが織り成す百合《ゆり》を見守っちゃうからねぇ……！

一流のママチャリドライバー、ハイネによる絶妙なハンドルテクニック。

花嫁《ラピス》を乗せたママチャリは階段を駆け上がり、俺はその後ろに付いていく。

「きゃっ！　け、結構、揺れる！」

耐震補強が施されたお姫様の胸部に感心していると、振り向いたラピスは虚無の形相を浮かべ、トップスピードを記録した俺は自転車を追い越した。

ペダルを高速回転させながら、ハイネは自身の腰へとラピスの手を誘導する。

「掴まって。教主の嫁は、私の嫁でもあるから。大事にする」

「教主って誰……？　というか、貴女《あなた》は、ヒイロとどういう関係？　友達？　つ、付き合ってたりはしないよね？　きゃっ！」

「自分の歯が、自分の舌のギロチンになる。黙って掴まって」

初対面の少女たちが、ぴったりと身体《からだ》を重ねて二人乗りしている。

あぁ、ＧＯＯＤだ。ハイネ×ラピス、有りよりのＧＲＥＡＴだよ。ママチャリの二人乗りってのは、淡い青春の面影を思い出させる。アルスハリヤ先生は、この演出のためにママチャリを用意したのか？　だとしたら、先生は天才だな。それはそれとして◯ね。

走る俺に並ぶ形で、アルスハリヤは宙を滑る。

「わかってると思うが、往路に使用した次元扉《ディメンジョン・ゲート》は復路には成り得ないぞ。自転車を空に飛ばす宇宙人の友達をカゴに乗せてるなら別だが」

「俺の友達は、愛と勇気と百合だけだ。リリィ・レスキュー隊の隊長として、脱出ルートを複数検討しておくのは当然だから安心しろ」

俺は、ゲーム内のMAPを思い出しながら、緋毛氈《ひもうせん》のカーペットが敷き詰められた廊下を曲がり――目の前に、深緑色の森隠装束《ローブ》が見えた。

「ハイネ、止まれッ！」

自転車を横に倒したハイネが、カーペット上を滑りながらブレーキをかける。

ぽつん、ぽつんと、翠《みどり》の水滴が滴り落ちる森隠装束。

レインポンチョのようにも見えるその戦闘装束には、爬虫類《はちゅうるい》の表皮を思わせるヌメりがあり、這《は》い纏《まつ》わる主脈と側脈、複雑怪奇に敷かれた網状脈の魔力線が在った。

くすんだ深緑色に沈んだ御影弓手《アールヴ》たちは、廊下の隅から隅までを、森隠装束の内側から発生させている色濃い霧で満たしていた。

ぱちぱちと、魔力の雷光が迸《ほとばし》る。

「…………」

霧の向こう側から、翠《みどり》色の瞳が覗《のぞ》いている。

遠視鏡《レンズ》――精密射撃用の魔法を既に発動しており、彼女らの瞳は演算用の魔法陣で覆われていた。

霧に紛れる六つの影。

六人の御影弓手《アールヴ》は、そっと、魔導触媒器《マジックデバイス》を取り出す。

霧が彼女らの手元に集まり、音もなく弓の形を取った。

俺は、冷や汗を流しながら、各氏族から選び抜かれた六人の精鋭を見つめる。

全員が全員、今の俺よりも格上だ。ハイネであろうとも、万全の御影弓手を六人も相手取るのは無理だろう。この通路を抜けないと、神殿光都《アルフヘイム》の儀式の間、エルフたちが設置した次元扉《ディメンジョン・ゲート》まで辿《たど》り着けない。

汗で濡《ぬ》れた右手で、腰の後ろの小刀を握る。

後ろからは、追手が詰めてきている。今更、戻れない。無理は承知で押し通るしかない。

「ハイネ、俺が引き付けるッ！　行けッ！」

射撃に備えて姿勢を低くした俺は、抜刀し、全身全霊で加速して突っ込――

「ヒイロさ～ん、お久しぶりで～す！　どうぞ、おとおりくださ～い！」

間の抜けた声が聞こえて、急ブレーキをかけ、頭から転んで顔面を床に打ち付ける。

御影弓手のリーダー、ミラ・アハト・シャッテン。

陽光を受けると金に輝く癖毛を持つ彼女は、緊張感のない声音で俺に呼びかけてくる。

「なに、呆《ほう》けてんすか？　とっとと、通って良《い》いっすよ？」

「……良いんすか？」

「良いんすよ」

恐る恐る、俺は、ママチャリを脇に引き連れて横を通り抜ける。

振り返る。

一部、不満気な御影弓手を除いて、彼女らは好意的な笑みを返してきた。

「我々の護衛対象には、姫様の命だけではなく心まで入ってますから。では、ヒイロさん。また、いずれ、お会いしましょう。足止めはお任せあれ」

「ミラ……いつも、ごめんね……」

苦笑したミラは、ラピスの頭を撫《な》でる。

「いつも、ありがとう、でしょ？　では、おさらばです。足止めに成功した後、お偉方のお説教に付き合わないといけないんで」

「……殺されたりはしないんだよな？」

ミラは、両眼《りょうめ》を光らせて、口の端を歪《ゆが》ませる。

「殺せるヤツがいないんだから、殺されるわけないでしょ」

押し寄せてきた耳長の追手たちは、途上に立ち塞がる御影弓手《アールヴ》を見て怒鳴り声を撒《ま》き散らす。

「獅子《しし》身中の虫と化したか、御影弓手!?」

ミラたちは、微笑《ほほえ》んで、雷光を発した森隠装束《ローブ》ごと霧中に紛れ込む。

「勘違いは慎んでもらおうか、神殿光都《アルフヘイム》の皆々様。獅子が誰で、虫螻《むしけら》が誰かは一目瞭然」

高笑いと共に、ミラの声が響き渡る。

「端《はな》から、コレが――我々の仕事だ」

耳を劈《つんざ》くような射撃音がぶち撒けられ、その音に圧《お》されるようにして儀式の間へと続く扉を押し開ける。

緑の視界、土の香り、小鳥の歌――風が通り抜ける。

眼前には、空と宙と地があった。

雨露で濡《ぬ》れたグラウンドカバーの色彩は、室内を室外と、天井を天外と、壁面を壁外と、内と外の区別認識を失わせ、扉を抜けた先は『外界』だったのだと錯覚させる程に土と花と緑とが空間を覆っていた。

翠緑《すいりょく》の空間に仕舞《しま》い込まれた広間の最奥には、更紗《さらさ》模様の入った大理石の門の下に佇《たたず》む苔岩《こけいわ》があり、その中央には揺らめく無色の空洞があった。

六人の御影弓手。

シアー素材のワンピースを着た彼女らは、ひとりがひとりと対になって列を為《な》し、巨岩へと通じる擬似的な通路と化していた。

瞳を閉じた彼女らは、螢火《ほたるび》を思わせる燐光《りんこう》を身に纏《まと》い、嫋々《じようじよう》たる詠唱を続けている。

彼女らの肌から立ち上る詠唱の切れ端、視覚される文字列が宙空に散らばって、指の合間から溢《あふ》れる水筋のように解け落ちてゆく。

「唱え手が六人しかいないから門が安定してない！　時間がない！　ヒイロ、乗って！」

ラピスは、必死で手を差し伸べる。

俺は、その手を握り、立ち漕《こ》ぎしたハイネが両輪を勢いよく回転させ——門が閉じかけ——俺たちは、一気に、その門を突き抜けた。

前輪から道路に突っ込んだママチャリは、その衝撃に耐えられず大破して、吹っ飛んだ両輪と共に俺たちは投げ出される。

「ＹＥＳ、着地成功。ＮＯ、病院送り」

前回り受け身をとったハイネは、芸術点と技術点が高そうな美しい着地を決める。対照的に、無様に車上から投げ出された俺は、咄嗟《とつさ》にラピスを抱き込んで道路上を滑る。

「いっ……てぇ……ラピス、大丈夫か……？」

呼びかけるが、耳先まで赤くなったラピスは、目を見開いたまま微動だにしない。

「ラピス、おい、聞こえてるか……大丈夫か……？」

ラピスは、ゆっくりと目を閉じて俺を抱き締める。

「うん……だいじょうぶ……」

「いや、大丈夫だったら離れてください。もしもし、人語を解してますか。人の胸板で、一生懸命、お顔を磨かないでください。俺の乳首から研磨剤は噴出しませんよ」

四肢が気怠《けだる》く、筋肉が弛緩《しかん》しており、力を入れても動いてくれない。

力なく空を見上げた俺は、安堵《あんど》に任せて微笑《ほほえ》んだ。

「しかし、災難だったな。好きでもない男と結婚させられそうになるなんて。でも、もう、大丈夫だ。安心しろ。お前は、自分の意思で選んだ女の子と結婚出来――」

「え？　結婚ってなに？」

「…………は？」

俺の顔から、笑みが消える。

俺の両腕の中に収まっているラピスは、不思議そうに小首を傾《かし》げていた。

「……お前の婚約者は男だよね？」

「ううん、女の子だけど。それに、もう、婚約も解消したよ」

「……氏族間のバランスを取るために、無理矢理《むりやり》、結婚させられそうになってたんだよね？」

「自浄の儀式のこと？　現界の人間から見たら、アレ、結婚式に見えるの？」

「……あの時、向かい合ってたエルフは男だよね？」

「ううん、女の子。男なわけないでしょ。あの後、軽いハグもするんだから。ルーメット王家のわたしが、人前で男の人とハグ出来るわけないもの」

「……で、でも、ラピス、涙の跡があったよね？」

「ヒイロが急にいなくなるから、毎晩、泣いてたの。日本に戻ってヒイロを探そうって決めたのに、どうしても大祖母様が許してくれなくて喧嘩《けんか》もしてて……だから、ヒイロが迎えに来てくれて凄《すご》く嬉《うれ》しかった」

ガクガクと震えながら、俺は、夜空の下に立つ魔人を見上げる。

宵闇に包まれた舞台の上で、月明かりのブーツを履いた紫煙が踊っている。

煙霧《スモークスクリーン》の背景の裏で、アルスハリヤは愉《たの》しそうに嗤《わら》っていた。

「嗚呼《ああ》、嗚々、そうだとも。やはり、僕の本懐はコレだ。百合《ゆり》の間に男を挟むことに関しては、お決まりの散歩道を往《ゆ》くように上手《うま》くいった。あんな適当な嘘《うそ》を信じるなんて、ヒーロくん、君は本当に馬鹿だなぁ。最初から、こうしておけば良かったよ。

なぁ、ヒーロくん」

目を閉じたアルスハリヤは、満月の光に照らされて、感無量の表情でささやいた。

「絶望に浸る君の顔《かお》面は……実に美しい」

アルスハリヤは、三日月の形で口を曲げる。

「命を懸けて、好感度を急上昇させた美少女を胸に抱く気分はどうだい？」

「ぁ……ぁ……ぁあ……！」

俺は——絶叫する。

「よくもだましたァアアアアアアアアアアアアアアアアアアアアアアアアア！　だましてくれたなァアアアアアアアアアアアアアアアアアアアアアアアアアアアアアアアアア！」

泣きながら、俺は、身悶《みもだ》えする。

「お前だけは許さない……アルスハリヤァ……お、お前だけは……お前だけは許さないからなァ……！　アア……！　ぁ、ぁ……！」

身悶えした俺は、両手で顔を覆って叫んだ。

「グガァアア！」

「ヒイロ!?　傷が痛むの!?　人間の喉から出て良《い》いノイズじゃないよ、大丈夫!?」

悲嘆と憤慨で覆われた俺の慟哭《どうこく》は、夜空へと打ち上がり、闇へと呑《の》まれて消えた。

月が沈み日が昇っても、俺の号泣と悲鳴は続いた。

憤死の間際まで追い詰められた俺は、怪我《けが》の治療のついでに入院を余儀なくされた。ラピスたちの看病によって、懇切丁寧に追い打ちを受けた後、ようやく鳳嬢《ほうじょう》魔法学園への復帰を果たした。

＊

オリエンテーション合宿は幕を閉じ、楽しい学園生活へと舞台は戻った。

鳳皇《ほうおう》家による報道規制が敷かれたらしく、俺が戻ってきた頃には、豪華客船襲撃事件《クイーン・ウォッチ》に纏《まつ》わる騒ぎは沈静化していた。

なにせ、一連の事件で行方不明になっていたのは男でスコア0。被害者らしき被害者は他に存在せず、三条《さんじょう》家から『死んでＯＫ』のお墨付きまでもらっているのだから、時の権力者たる鳳皇家にしてみれば庭の小火《ぼや》を消すくらいに簡単なものだったろう。

現界に拠点《ホーム》を構えるアルスハリヤ派の中心メンバーが、尽《ことごと》く刑務所にブチ込まれ、一件落着と相成ってたらしい。

三条分家と揉《も》めていたレイは、まだ、正統後継者候補に名を連ねたままだ。

過去のアレやコレやで一枚岩とはいかない三条家は、傀儡《かいらい》たるレイを推挙しているＢＢ《ババ》Ａ《ア》連合以外にも、隙あらばレイを陥れて、己やその子を正嫡《せいてき》として認めさせようとする者もいる（三条燈色《ひいろ》くんは、存在を無視されている）。

レイが攫《さら》われたからといって、その首謀者が三条家の総意を受けて動いたものとは言えないのだ。

レイ・ルートのシナリオは、三条家《さんじょうけ》が抱える悔悟と情念が、三人の三条を中心に渦巻いて織り成すものである。シナリオの開始フラグが立てば、我らが月檻《つきおり》さんがどうにかしてくれるだろうが、あの鬱屈とした筋書きに抗《あらが》うために俺も微力を尽くす所存だ。

ラピスも無事に学園への復帰を果たし、俺は神殿光都《アルフヘイム》を出禁になり『次来たら、◯す』を三百文字前後に認《したた》めたお手紙《ラブレター》を頂戴した。

月檻は、何時《いつ》も通り、ひだまりの猫のように捉えどころがない。

ただ、前よりも、距離感が近くなったような感じはする。たまに、甘えてくるような素振りも見せるので、ますます月檻猫説が有力になってきている。

いい加減、百合《ゆり》ゲー主人公の自覚をもって、女の子をドンドン落としてほしい。

で、俺はといえば――

「お金がありません」

「……は？」

二杯目のご飯を俺に差し出しながら、スノウはそう言った。

「どういう意味？」

「いや、そのままの意味でしょ。それ以外にどういう意味があるんですか。ご主人様の頭の中では『お金がありません』は、『パチンコ代よこせ』にでも変換されるんですか。ヒモを養ってるメンヘラみたいな思考回路してますね」

俺は、大葉味噌《みそ》をご飯の上にのせて、もりもりと食べ始める。

ほかほかのご飯が舌の上で踊り、味噌の旨味と絡み合う。

「うっま……」

「きしょい顔して、舌鼓打ってる場合じゃないですよ。金ですよ金、この甲斐性《かいしょう》なしが。日々、私がどれだけの節約術を駆使してるのか知ってますか。スーパーのタイムセールでエンカウントするおば様たち、接近戦《インファイト》強すぎて、遠距離からちびちび戦うタイプの私では勝ちようがないんですよ」

俺は、イカ明太《めんたい》を食べながら『イカと明太子《めんたいこ》を最初に合わせた人間は天才だな』と驚きを隠せなかった。

驚愕《きょうがく》の表情で、俺は、スノウにささやく。

「それって、お金がない……ってコト!?」

「さっきからそう言ってんだろ」

「すいません、調子にノリました。刃物による一方的なインファイトは勘弁してください」

出刃包丁を構えたスノウは、すっと、腰の後ろに刃物を仕舞《しま》う。

「暗殺者の方々からご支援いただいた金も、一時しのぎにしかならなかったしなぁ。まぁ、大丈夫だ。一応、金稼ぎの当てはある」

メザシをつまみながら、俺は、箸の先を空中で彷徨《さまよ》わせる。綺麗《きれい》に正座しているスノウは、黙々とご飯を食べていた。

「俺な、食後の皿洗いは辞めて冒険者で食っていこうと思うんだ」

「良《い》いんじゃないですか、ヒイロ様はダンジョンへの立ち入り許可も得ていますしね。それはそれとして、今回のことにかこつけて皿洗いを辞めようとするな。継続しろ」

「思い立ったが吉日ってことで、昨日、学園の冒険者協会に行ってみたんだけど……スコア0は、冒険者登録出来ないって言われちゃった」

「はぁ、まぁ、そうでしょうね」

たくあんを齧《かじ》りながら、スノウは頷《うなず》いて——動きを止める。

「いや、それ、ダメじゃないですか。無職とニートが揃《そろ》って、敗北条件整っちゃってるじゃないですか。0に0かけて、無意味なシナジー効果を発生させないでください」

「学生を無職ニートとして取り扱うな、勤労メイド。正直、予想外だった。立ち位置が特殊過ぎるのか、まさかスコア0が冒険者登録すらも行えないとは思わなかったわ」

ゲーム内では、冒険者として登録するための条件は特に設定されていなかった……と思い込んでいたが、実際のところは違っていたのだろう。冒険者登録の条件が『スコア1以上』なんて、余程、特殊なプレイをしない限りは気づかない。

「困りましたね。昨今はこのメイド、行方不明になっていた凶悪婚約者の捜索活動にリソースを割り当てていたので、勤め先とのマッチングに成功していないんですよね」

「そこのメイド、頭に『凶悪』をつけて、敬愛すべき主人を犯罪者に寄せる作業を直ちに停止しなさい。というか、お前、そもそも勤め先は三条家《さんじょう》だろ？」

「そんなもの、とっくの昔に解雇されましたよ」

澄まし顔でお味噌汁《みそしる》をすすって、ほうっとスノウは息を吐いた。

「当たり前じゃないですか。バレますよ、それは。ヒイロ様は、三条家の監視下にいるんですから。本来、レイ様のお傍《そば》にいるべき私が、お役目を放棄して貴方《あなた》のお世話を焼いていると知られれば解雇されるに決まってるでしょ」

「えっ……じゃあ、今まで無給で働いてたの？」

「はぁ、まぁ、そうなるでしょうね」

さーっと、俺の血の気が引いていく。

「いや、お前、レイのところに戻れよ。三条家の侍女《メイド》って、勝ち組の高給取りだろ？　なんで、俺のところに残って人生をふいにしてんの？」

ちらりと、スノウは俺を見つめる。

「さぁ、なぜでしょう。ココで貴方が正答を出せるようであれば、私も苦労しないんですが」

「このバカ。お前、そういうことは早く言えよ。とっとと、レイのところに戻れ。レイなら、金回りも良いだろうからお前の給料も――」

「嫌です」

ぽりぽりと、スノウはたくあんを齧《かじ》る。

「嫌って……なんで？」

髪を耳にかけた彼女は、俺を一瞥《いちべつ》してから顔を背ける。

「……自分で考えれば」

「思い当たることがないから、スノウさん直通の相談窓口にお声がけしてるんだけど」

このメイド、意志と財布の紐《ひも》は固く、俺は未《いま》だに難攻不落のお小遣い制を突破出来たことがない。己が一度決めたことは曲げない頑固一徹メイドである以上、こちらの説得には応じることはないし、仲介にレイを挟んでも譲ることは絶対にないと言い切れる。

俺が真面目に考えていると、白髪のメイドは見計らったかのように動き始める。

ちょこちょこと、膝をすり合わせる動きで、座ったまま俺に寄ってきたスノウはぽてんと俺の肩に自身の頭を預けた。

「……婚約者同士のスキンシップターイム」

「は？　お前、なに、急に謎のタイム設けてんの？　俺とお前の偽婚約関係に、スキンシップなんて軟弱な概念存在しないけど？　俺たちふたりで、異性間恋愛を粉々に破壊し、同性間恋愛をゴリ推しする特攻野郎Sチームだけど？」

「人のこと『野郎』呼ばわりした挙げ句、人様の頭文字でチーム結成して、リーダーに仕立てあげるのやめてくれますか？　黙って、凛々《りり》しくロマンティックを演出してろ」

「黙れ、お前が黙れ、コラーゲンしか摂取していなそうな軟弱プルプル恋愛脳が。この程度のロマンティックなんぞ、俺の大口径セクハラ砲で爆発四散させてやるわ。やっべ、スノウさん、なんかえっちじゃね（笑）。えっち～（笑）。なんか、良い匂《い》いする～（笑）」

そっぽを向いたまま、俺の袖口をつまんだスノウは自身の膝と俺の膝をくっつける。

「……私、ずっと独りだったんですけど」

「あ？」

彼女は、ちらりと俺を見上げる。

「寂しかったとか、普通の女の子みたいなこと言ったら……困りますか？」

「いや、お前、どっからどう見ても普通の女の子だろ？」

どことなく寂しそうに微笑《ほほえ》み、スノウは俺に右半身と頭を預けて目を閉じる。

「要りませんよ」

「なにが？」

「お金。自分のことは自分でどうにかしますから。好きで貴方《あなた》の傍《そば》にいることを選んだ女ですよ。欲張って大きな葛籠《つづら》を選べば、たくさんのお化けが出てきちゃうんです」

俺の服をしっかりと握ったまま、ソレ以上は踏み込んでこようとはせず、スノウは満足気に笑みを浮かべてささやく。

「だから……もう、これ以上、要らない」

本人はこう言っているものの、俺から彼女に給料を払うしかないだろう。

冒険者以外の選択肢となればバイトしかないが、鳳嬢《ほうじよう》魔法学園はバイト禁止である。そもそも学園に無断でバイトを始めようとしても、スコア0の男を受け入れてくれるバイト先が見つかる可能性は非常に低い。

今の俺が、手っ取り早く簡単に金を稼げる手段はひとつしか考えられなかった。

「三条様《さんじよう》」

給料代わりのスキンシップタイム（冗談なのか本気なのかわからない）を終えて、寮の外に出ると、掃除をしていたリリィさんが出迎えてくれる。

ヴィクトリアンメイドとも形容される黒地のロングスカートと白地のエプロンドレスを着た彼女は、その所作と出で立《いた》ちに一点の曇りもなく、その完璧さとは裏腹に柔和で人好きのする笑みを浮かべていた。

「こんにちは、お出かけですか？」

「まぁ、ちょっと所用で。本当は、遅れてる授業の復習でもしようと思ってたんですけどね。しかしリリィさん、神ですら休む日曜に勤労に勤《いそ》しむとは、人間の勤勉さの限界に挑むつもりですか」

「三条様こそ、日曜に授業の復習だなんて、学生の勤勉さの限界に挑んでますね。あの子

なんて、まだ眠っていますから。私が起こそうとしないと、ぴくりとも動かないんですよ」

くすくすと笑ってから、リリィさんはそっと俺の顔を覗《のぞ》き込んでくる。

「今日は少し顔色が優れませんね。大丈夫ですか。なにか困ったことがあったら、何時《いつ》でも言ってくださいね。ただでさえ、屋根裏部屋に住まわせて申し訳なく思っていますから」

男にまで優しくするとか、この人、どこのお堂に祀《まつ》られてんの？　しかも、寮長《ミュール》との関係まで匂わせてくるし、今年の正月はリリィさんのところにお参りに行こうかな。

心の中で両手を合わせて、リリィさんに『百合《ゆり》カップルが幸せでいられますように』とお願い事をしていると、彼女は一枚のプリント用紙を手渡してくる。

「まだ、三条《さんじょう》様にはお渡ししていませんでしたよね。よかったら、どうぞ」

Ａ４用紙一枚にまとめられた寮内新聞を受け取り、俺は、ざっと文面に目を走らせる。

各寮では、寮長が指名したメンバーに役職が割り振られることがある。

そのひとつが『新聞係』で、この役職が割り振られた生徒は、週に一回、寮内の催事《イベント》や寮内報道《ニュース》、連絡事項が書かれた新聞を発行し、寮メンバーに配布する活動を行っている。

新聞といっても、プリント一枚の簡単なものだ。

大した負担にはならないし、学業が優先されるので、対応不可の場合は一週休みなんてこともよくある。

他の寮ではそうでもないが、黄の寮《フラーウム》では、寮長《ミュール》が寮内新聞に力を入れていた。ゲーム内でも、黄の寮の寮内新聞は読み応えがあり、本編とは関係がない情報を隅から隅まで読んでいた覚えがある。

目を通してみた新聞には、ミュールお手製のイラストが描いてあった。

黄の寮で行われる新入生歓迎会の告知がメインなのか、開催日時が大文字で明記されている。

寮長《ミュール》の気合いが、紙面からはみ出て見えるようだ。群れ意識を持つ犬のように、歓迎会を通して寮長の威厳を見せつけ、新入生との順位付けを執り行うつもりらしい。

新入生歓迎会……そういえば、俺が居ない間に入寮面接は終了していたのだった。全生徒が各寮に割り振られているのだから、新入生歓迎会のイベントが発生するのは当然、俺にもその参加資格があるらしい。

黄の寮に属している生徒であれば、この新入生歓迎会への参加が認められている。

ゴミカスクソ野郎の総本山、我らがヒイロくんも嬉々《きき》として参加し、女の子たちを品定めして月檻《つきおり》にぶっ飛ばされるというイベントがあった筈《はず》だ。

「是非、参加してくださいね。美味《おい》しい料理と楽しい時間を提供いたしますので」

「あぁ、はい、行けたら行きます。行けたら。行けたら行きます。行けたら」

もちろん、この『行けたら行きます』は社交辞令で、答えは『行きません』だ。

学園の淑女が一堂に会し、交友を深める場に男は必要ない。とはいっても、リリィさんのお誘いを断るのも失礼だし、俺の代理としてスノウを参加させるか。

リリィさんと別れて、俺は街に向かう。

駅前まで足を運んでから、裏路地に入って、我が物顔でゴミ箱の中に入っていった。

不用品扱いの男を焼却処分するという暗喩ではなく、このゴミ箱が次元扉《ディメンジョン・ゲート》になっているからだ。

どぼんっ！　俺は、頭から水の中に落ちて、青色の只中《ただなか》に在る屋敷へと泳いでいく。

「教主様」

バスタオルを持ったシルフィエルに出迎えられる。

丁寧な手付きで頭を拭かれながら、俺は、屋敷内の階段を上がっていく。

最上階の小部屋には、ぽつんと、古ぼけた玉座が設《しつら》えてあった。薄く積もったホコリを払ってやると、背部中央に嵌《は》められた導体《コンソール》へと収束している導線が露出する。

玉座に腰掛けた俺は、カバラのセフィロトが刻まれた肘掛けに魔力を籠《こ》める。その瞬間、ぶぅんと音を立て、眼前に画面《ウインドウ》が広がった。

俺の裡《うち》にあるアルスハリヤの魔力を認めて、敷設型特殊魔導触媒器《コンストラクタ・マジックデバイス》が俺を主《あるじ》として承認した。

国家名、資源算出数、資源数、所属員、建造物、テクノロジー……設定を変えていないせいか、簡易的に表示されている国家状況ページを見てほくそ笑む。

ニヤリと俺は笑って、国家名を入力する。

国家名　∨　神聖百合《ゆり》帝国
センス溢《あふ》れる国名をつけて、両手を広げた俺は笑った。

「シルフィエル、俺は、この神聖百合帝国を広げて金を儲《もう》ける……そして、いずれ」

足を組んだ俺は、高笑いを上げる。

「異界に百合の花を咲かせる。それこそが、我が、神聖百合帝国の本懐である」

「詔勅、承りました」

異界の金は、現界の金にも替えられる。

御大層なことを言ってみたものの、この国家運営シミュレーションゲームに本腰を入れるつもりは全くない。『悪堕《あくお》ちルート』のみで用いられるこのシステムは、簡単かつほぼ自動《オート》で金を儲けられる手段以上の意味合いをもたないからだ。

悪堕ちルートは、月檻桜《つきおりさくら》が全てを壊して魔神へと至るルートだ。

別名、魔神ルートとも言われている。

魔神ルートの中では、月檻は第七の魔人として、異界に拠点《ホーム》を構えて六柱の魔人と群雄割拠する。その際に用いられるシステムが、この国家運営シ《シミュレーションゲーム》ステムである。

エスコは、元々、なんでもかんでも百合ゲーにぶっ込んだ闇鍋ゲームであるが、百合を眺めてニコニコしていたプレイヤーが、突如として国家運営《シミュレーションゲーム》を強制されて真顔にさせられるのは不条理の悲劇としか言いようがない。

正直、この国家運営システム、出来は悪いしバランスも良くはない。

一部の勢力が強すぎたり、使い所が一切存在しないユニットがいたり、仕様の穴を突いたターン加速手段が存在していたりもする。

エスコの開発会社が、過去に爆死させているシミュレーションゲームをコピペしたようなもので、飽くまでもオマケ要素のひとつに過ぎないのだろう。

ただ、このシステム、金儲《かねもう》けの手段として考えてみれば非常に優秀だ。

異界の資源は、金になる。

そして、異界の金は、現界の金に替えられる。

資源を採取するユニットさえ作れば、後は、自動《オート》で勝手に動いてくれる。寝ていれば、勝手に金が入ってくる夢のようなシステムだ。

なにをしてもスコアが上がらない現状、非合法のスコア売買も検討すべきだ。

現界よりも不安定な異界は、国が興ったり国が滅んだりする有為転変が日常のように起こる。ゆえに、モンテビデオ条約第一条における国家の資格要件など存在せず、領域主権やら漁業権やら鉱業権やらの七面倒な権利関係に煩わされることはない。

当然、他国との外交を結んだりする場合は、最低限の他国承認は必要になるだろうが……事業規模の金額を動かすことなく、異界内で簡単なお金洗いを済ませてから現界に持ち込めば、法治国家たる日本の法の網に引っ掛かることもない。

それに、コレは脇道に逸《そ》れているわけでもない。

将来的にあのイベントで、ココでの経験が物を言うようになる筈《はず》だ。

「つーわけで、俺、適当に採取ユニット作ったら帰るから。後、よろしく」

「え～？　きょー様、テキトー過ぎない？　もちょっと、責任感、っていうものを持った方が良《い》いと思いますけどぉ？」

採取ユニットの作成といっても、玉座に座って、画面《ウインドウ》から作りたいユニットを選ぶだけだ。

拠点《ホーム》魔力を消費して、一定時間が経過すれば、自動でユニットの生産が完了する。

高レベルのユニットを作る際には専用の建造物が必要になるし、ユニット数が増えてきたら拠点を増設する必要があるが、本気で国家運営するつもりはないのでＰＡＳＳします。

「いや、ワラキアたちは、俺になにを期待してるの？」

「「「世界征服」」」

今どき、日曜の朝に出てくる悪役でもそんなこと言わねーぞ。

「シルフィエル、この拠点で取れる資源ってなにがある？」

「海底鉱物でしょうか。所謂《いわゆる》、有用金属元素ですね。ミスリルを含むものも採れるので、近隣の悪魔と交渉すればそれなりの額で売り払えるかと」

「食材は、魚とか貝とか？」

「そうですね、魚介類が主になります。海藻も取れますし、一部の魔物は食用に適しています。質と量にもよりますが、卸売を介せば運営金の足しくらいにはなるでしょう」

食料資源に鉱物資源、世界征服を目指すニチアサ眷属《けんぞく》まで豊富で言うことないわ。

最低限、採取ユニット三体を生産するか。一体を食料採取、残りの二体を鉱物採取に回せば、明日の朝には俺の小遣いくらいは稼げてるだろ。

「教主、人間の眷属は呼び寄せないの？　手先が器用だから、建造物とか建てられるし、肩揉《かたも》みとか雑用もしてくれる。パシリとして優秀、焼きそばパン買ってくる係」

「あー、残党がまだ残ってんのか……建造物は作る気ないし、生活費稼ぎ以外で、魔神教を利用するつもりもないから烙印《らくいん》だけでも外しとくか。呼んどいてくれる？」

「あい」

ハイネは、次元《ディメンジョン・ゲート》扉を潜《くぐ》り抜《ぬ》けて消える。

「では、教主様」

すちゃっと、耳かきを装備したシルフィエルは微笑《ほほえ》む。

「耳かきでも」

「脈絡のない女性の好意は、余った優しさをゴミ捨て場に出すような行為だから期待するなって、うちのメイドが言ってた」

「そんなことは御座いません。我々にとって、主《あるじ》の世話を焼くことこそが至上の喜び。大体の男は、太ももに頭を乗せて耳かきしてやれば落ちるとヤ〇ー知恵袋に書いておりました」

「よりによって、人間をヤ〇ー知恵袋で勉強するのはやめろ。あの知恵袋、ランダム性高すぎて、真実を引くのが難しすぎる宝くじみたいになってるから」

「わー、魚も貝も食べませんから。二郎系しか食べないもん。拠点《ホーム》から二郎系取れないなら、わー、家出しちゃうから」

「黙りなさい、オールウェイズ・ジロー。今、私が教主様と話しているのです。二郎系が取れるのは二郎系だけに決まってるでしょう。もう二度と、二郎系列店から出てくるなこの下等ジロリアンが」

シルフィエルとワラキアは、笑顔で殺気を飛ばし合う。

その間に挟まった俺は、こういう対立系の百合《ゆり》も良《い》いよなと思った。バチバチに喧嘩《けんか》してたのに、最終的にはユリンユリンになるタイプを摂取すれば三日絶食出来る。

耳かきがどーだ二郎系がどーだ言っている間に、採取ユニットが出来上がる。

魚の身体《からだ》に人間の手足を持ち、落書きみたいな槍《やり》を持った採取ユニット『マグロくん』は、びくんびくん震えながら俺の命令を待っていた。

「人魚ですね」

「魚人な」

「人魚だぁ～」

「魚人な」

俺は、画面《ウインドウ》から命令コマンドを呼び出し、マグロくんに『食料採取』を命じる。

「自分、不器用なんで……」

「命令を了承したようですね」

「今の返事だったの!?」

「自分、不器用なんで……」

人間の耳では『自分、不器用なんで……』にしか聞こえない承諾を口にして、魚人は美しいフォームで海に飛び込んでいった。

残りの二体も生産完了して、二体のマグロくんが震えながら並ぶ。

「じゃあ、君たちは海底鉱物を取ってきてくれる……？」

「『自分、不器用なんで……』」

二体は謎のハイタッチを交わし、進路を交差させながら芸術的なポーズを決めて海へと飛び込んでいった。

「教主」

そのタイミングで、ハイネが帰ってくる。

「暇人三銃士を連れてきたよ」

「なんで、急に暇人を三人もしょっ引いてきた⁉」

「間違えた。眷属《けんぞく》三銃士だ」

「えっ……」

ハイネが連れてきた三人の中に、ひとり、見覚えのある女の子がいた。

呆然《ぼうぜん》と俺を見つめる緋墨瑠璃《ひずみるり》は、腰を抜かして、ぺたんとその場にお尻をついた。

見る見る間に、その両眼《りょうめ》に涙が溜《た》まる。

「さ、三条燈色《さんじょうひいろ》……あ、あんた……生きて……」

「暇人三銃士？」

「暇すぎて、畳の目を数えてたら不登校になってた女」

「畳とシヴィ〇イゼーションに人生を破壊されたので、もう学校に戻る予定も暇もありません」

「このタイミングで、暇人三銃士の流れを続けるな！　散れッ！」

奇妙な顔合わせと再会が済んでから、暇人三銃士ならぬ眷属三銃士に話を聞いてみる。

知ってはいたが、やはり、アルスハリヤ派は壊滅状態らしい。

豪華客船襲撃失敗《クイーン・ウォッチ》によって、中心メンバーの永住先が牢獄《ろうごく》になったことが致命的な痛手になったようだ。

敵対派閥による残党狩りにも遭い、大半の眷属《けんぞく》が烙印《らくいん》を外して脱退し、残ったのはたったの三人とのことだった。

「じ、事情はわかったけど、緋墨《ひずみ》さん……？」

対面で俺の膝の上に跨《また》り、ぎゅっと俺を抱き締めたまま、しゃっくりを上げている緋墨は、人様の肩を涙で沈没させようとしていた。

「お、俺たち、一回、離れた方が良《い》いと思うんだ……どう思う……？」

怒り声と唸《うな》り声のリミックスを上げた緋墨は、いやいやと首を振って更に強くしがみついてくる。俺は、天井のシミを数えながらラマーズ法を駆使し、身体《からだ》の前面で感じる体温と膨らみから意識を逸《そ》らそうとする。

「緋墨、俺、トイレに行きたいんだけど……冗談抜きで……」

ひっく、ひっく、しゃっくりを上げながら、緋墨は俺の首筋に顔を擦《こす》りつけてくる。

採取ユニットが完成してからお手洗いに行くつもりだった俺の膀胱《ぼうこう》は、タイミングを逃したことに不満の声を上げて、下腹部に激痛が走り始め脂汗が流れる。

「緋墨ィ！　俺の腰の暴れん坊が基本的権利を行使しそう！　たぶん、既に汗に混じってる！　俺の汗の成分分析を依頼したらアンモニアが検出される！」

たまらず起立した俺にくっついて、緋墨はぴったりと俺に抱きついたまま持ち上がる。

「くっついちゃったァアアアアアアアアアアアア！　尊厳が漏れちゃぅううううう

ううう！　みんなァアアアアアアアアアアアアア！　俺の膀胱に力を分けてくれぇええええええええええええええ！」

ワラキアにつままれた緋墨が剥《は》がれて、俺はダッシュでトイレに駆け込む。

ギリギリで間に合った俺は、戻ってくるなりアタッチメント緋墨の装着を余儀なくされ、残ったふたりに目線を向ける。

「まぁ、色々あって、今は俺がココのトップだ。最低限の運営は続けるつもりだが、今後、魔神教として動くつもりは一切ない。トップが変われば、活動理念も変わるからな。悪いことは言わない。烙印を外してやるから、元の生活に戻れ」

「さっきまで、『尊厳が漏《ど》れちゃう』とか叫んでた男とは思えない常人ぶり」

緋墨の髪の毛を退けて視界を確保した俺は、ハイネの正論ツッコミを無視して心を護《まも》る。

俺に問われたふたりの眷属は、顔を見合わせる。

「も、もう、死んだことになってるから家に居場所が……えへっ……そ、それに、ルリちゃんたちくらいしか友達いないし……」

「右に同じく。りっちゃんと同理由」

俺は、ため息を吐《つ》く。

「だからといって、アルスハリヤ派として残り続けるのはリスクが高すぎる。烙印を残したままってことは、俺の命令には絶対に従うってことだぞ。今後も、男の俺に付き従って、なんでも言うことを聞くつもりか。とりあえず、ふたりにはキスしてもらおうかな」

同時にふたりは頷《うなず》き、俺は一眼レフカメラを取り出し、緋墨《ひずみ》の指がレンズを塞いだ。

冗談はさておき、余程、家には帰りたくないらしい。

当然と言えば当然だ。彼女らが属していた魔神教は、行き場を失《な》くした人間の心や弱みに付け入り、半ば強制的に眷属《けんぞく》へと変えてしまう。この子たちを見捨てて放り出すのは簡単だが、その代償として胸クソの悪い結末が待っていることは疑いようがない。

「教主、匿《かくま》ってあげたら」

ぽんぽんと、俺の頭を骨杖《ほねづえ》で叩《たた》きながらハイネが言った。

「眷属がいなかったら、誰が私の肩揉《かたも》むの。教主にやらせるよ」

「え〜？　きょー様は、肩じゃなくて胸を揉むのが得意ですよねぇ？」

「英雄、色を好むということですか。さすが、教主様、尊敬の念を禁じえません」

「緻密な連携決めて、俺をおっぱいマッサージャーに仕立て上げるのやめてくれる？」

俺は、シルフィエルが回収してくれていた九鬼正宗《くきまさむね》の柄《つか》を弄《いじ》る。

緊張と不安が入り混じった表情で、かつて眷属だったふたりの少女は俺を見上げてくる。

既に選択肢などないことを知った俺は、髪を掻《か》き回しながら決断を口にする。

「わかった。拠点《ココ》に残れ。現界にアルスハリヤ派の居場所はないし、シルフィエルたちの目が届くところに居てもらった方が安全だ」

わぁっと歓声を上げて、ふたりは手を合わせる。

「だけど、勘違いするなよ。まず、その烙印《らくいん》は外させてもらう。お前らは自由の身で、何時《いつ》でも脱退して構わない。嫌なことは嫌だと言っても良《い》いし、俺の命令には一切の強制力はない。そして、我が百合《ゆり》教は、恋愛を禁止しない。ただし、結婚式には俺を呼べ」

手を合わせているふたりをガン見して、俺はニチャァッと笑う。

たぶん、付き合ってるな。そうであれば、俺にはこのふたりを護《まも》る義務が生じる。

今のうちから、誓いのキスが終わった後のアンコールの練習でもしちゃおっかなぁ！

「……あたしも」

俺の胸に頭を預けた緋墨は、ぼそりとつぶやく。

「ココにいるから……残りの人生は、あんたに捧《ささ》げる……あんただけが……あんただけが帰ってきてくれた……だから、私は、ブラウンさんと先生の意志を継いだあんたの傍《そば》にいる……あんたを……私の墓標にする……」

「やめて、一緒のお墓に入ってこないで。お前、やってること、メンヘラ墓暴きじゃねぇか。墓荒らし界のゴリ押し弔問ストライカーが。もうこれ以上、この組織大きくするつもりないから帰ってください。こんな小銭稼ぎ程度じゃ、墓標ひとつ立たないから」

「…………」

「緋墨ィ、早速、死ぬなァ！　返事をせんかァ、緋墨ィ！」

死んだフリを続ける緋墨《ひずみ》は、どことなく吹っ切れた顔をして、生きている俺の体温を感じながらはにかんだ。

「……ね、先生」

彼女は、俺にだけ聞こえる声でささやいた。

「止まったよ、涙……止めてくれたよ、コイツが……だから、あたし、先生の言った通りに……」

俺の胸に耳を当てて、その心臓の奥、そこに流れる魔力を感じながら緋墨瑠璃《るり》は告げる。

「ちゃんと、英雄《ココ》にいるよ……」

袖を引かれる。

「えへっ……教主様、安心して……」

振り向いた先で、眷属《けんぞく》のひとり、椎名莉衣菜《しいなりいな》こと『りっちゃん』は、前髪を弄《いじ》りながら言った。

「リイナ、シヴィ○イゼーションで人生ぶっ壊してるから……えへへ……こういうのすんごい得意……」

「うん、やめて。誰も頼んでない。大人しくしてて。コイツには、何も触れさせるな。おそらく一ターンを進めるためだけに、地獄を見てきた廃人だ。面構えが違う」

「きょーちゃん、だいじょぶだいじょぶ」

青色の瞳に金色の髪の毛、ブカブカのフライトジャケットを着た少女。

眷属のひとり、ルビィ・オリエットこと『ルーちゃん』は、フーセンガムを膨らませながらギコギコと椅子を揺らした。

「りっちゃんは、天才だからさ。任せておけば、一夜にしてヒイロちゃんキャッスルが建つよ。オレも、ハードウェア、ソフトウェア、どっちにも詳しいから。そっち方面で攻めてみるよ。期待しといて」

「さり気なく、俺の女児人気を高めるような施策を挟むな。お得意のハードウェア知識でヒイロちゃん人形とか量産し始めたら、女児顔負けの泣き声を披露するからな。覚悟しろよ」

「「…………」」

「シルフィエル、絶対に、コイツらに手を触れさせるなよ。あの目を見ろ、クリスマスの朝にプレゼント開封を始めたアメリカンキッズの目だ。この世界はクリスマスツリーの下にあって、森羅万象が自分へのプレゼントだと勘違いしてやがる。細かく権限ロックが出来ないクソシステムだから、オープンにしておくが、やらかすようなら直《す》ぐに俺を呼べ」

「お任せください。彼女らの手に届かないところにプレゼントは隠しておきます」

シルフィエルは、アルスハリヤの麾下《きか》にあるため、俺の命令を絶対に遵守する筈《はず》だ。

本来であれば、アルスハリヤを呼び出して、詳細を確認したいところだが……前回の騒ぎのせいで、俺の怒りが収まらず、呼んだら◯してしまうので呼ぶことが出来ない。

心配のタネは尽きないものの、何時《いつ》までも神聖百合《ゆり》帝国に留《とど》まるわけにもいかない。今日のところは現界に戻って、明日の朝一にでも様子を見にくれば良《い》い。

さすがに、コレは杯中の蛇影、心配しすぎても取り越し苦労になるだけか。

憂慮を振り払った俺は、現界に戻って床に入る。

明日、多少の金になるくらいの鉱石が採取出来ていれば良いが。たったの一日では、当座の生活費にもならないかもしれないな。

すやすやと眠って、次の日の朝に拠点《ホーム》へと舞い戻る。

「…………」

神聖百合帝国には、一夜にして宮殿が建っていた。

広大な異界の地には、水晶《クリスタル》で出来た宮殿が建てられ、謎の通路《チューブ》が隅々まで行き渡り都市が形成されている。海底には神殿が建立されていて、底が見えない程の量の魔物がうようよと行き交っていった。

「…………」

俺は、画面《ウインドウ》を開く。


【国家名】

神聖百合帝国
【資源数】
木材：9,582,000
鋼材：22,800,000
食材：31,200,000
【産出数】
木材：420,000
鋼材：820,000
食材：1,080,000
【所属員】
コマンダーユニット
三条《さんじよう》燈色《ひいろ》
緋墨《ひずみ》瑠璃《るり》
椎名《しいな》莉衣菜《りいな》
ルビィ・オリエット
ユニークユニット
シルフィエル・ディアブロート

ワラキア・ツェペシュ
ハイネ・スカルフェイス
ノーマルユニット
海龍《かいりゅう》：320
ウォーター・ランサー：12,000
刃影犬《ジャギードッグ》：14,000
全属性魔法士（邪悪）：15,000
秘蹟甲羅《サクラメント・タートル》：5,200
反射海中石：6,400
マグロくん：99,999
カツオちゃん：99,999

【建造物】
拠点《ホーム》
海上海中連結都市
水晶宮《クリスタル・パレス》
海底神殿
ランサー・ドーム

影生みの巣
海龍の渦
邪士の学堂
海中池
カツオの溜《た》まり場
【テクノロジー】
初等建造物Ⅰ～Ⅲ
中等建造物Ⅰ～Ⅲ
高等建造物Ⅰ～Ⅲ
初等魔法研究Ⅰ～Ⅲ
中等魔法研究Ⅰ～Ⅲ
高等魔法研究Ⅰ～Ⅲ
飲水生成《クラフト》
水圧調整
海中通路
自動食料生産
海水ミサイル

海洋バイオテクノロジー
対魔障壁
海底熱水噴出孔発電
水棲《すいせい》樹木
希少鉱石加工
掘削技術

白目を剝《む》いた俺は、空を見上げて、フッと微笑《ほほえ》む。

アカン。


神聖百合《ゆり》帝国、中央部、水晶宮《クリスタル・パレス》。

七色の水晶《クリスタル》で出来た玉座には、真っ黒なケーブルが接続されている。あたかも、牢屋《ろうや》に繫《つな》がれた虜囚のようだ。

玉座の間には、幅や太さが異なるケーブルが敷き詰められている。床が見えないくらいに、ぎっしりと、黒色の線がうねっていた。

天井、壁、床から導線が走り、棺《ひつぎ》を思わせる黒い箱——敷設型特殊魔導触媒器《コンストラクタ・マジックデバイス》にケーブルが直結されていた。

棚にぎっしりと詰められた小型の魔導触媒器《マジックデバイス》とＰＣは、おびただしい数の配線で覆われている。誰かが手動で管理しているわけではないらしく、放置された状態で動き続けているようだ。

「お、きょーちゃん。おかえんなさい」

棚の間から、ひょっこりと、下着姿のルビィが顔を覗《のぞ》かせる。

「コレ、なにごと？　というか、なんで下着？」

「あ、やべ。箱開けて、配線弄《いじ》ってたから静電気対策。恥ずかし」

頬《ほお》を染めたルビィは、そそくさと服を身に着ける。

着替え終わるのを待ってから、少し寒そうな彼女に上着をかける。

「で、どうしたの？　この魔境は？　ケーブルでジャングルでも作ろうとしてた？」

「あー、今、暇だったから、仮想通貨のマイニングやってるんだよね。全部、コレ、マイニングマシン。敷設型特殊魔導触媒器を演算処理装置に見立てて、簡易的な次元扉《ディメンジョン・ゲート》で、異界から現界のネットワーク通してコイン掘ってんの」

ぺらぺらと、彼女はしゃべり続ける。

「異界から現界へのネットワークって遮断されてないし、ＩＰ付与が特殊で、串刺《プロキシ》さなくてもやりたい放題なんだよね。拠点《ホーム》魔力があれば、敷設型特殊魔導触媒器動かし放題だし、基点となるＰＣの電源は海底熱水噴出孔から取ってるからさ」

「……………何語？

「グラボって、アスク税かかるから国内で買うのってマズイでしょ？　アジア圏で買ったら、中間マージン取られるから、米国《アメリカ》にいるネット友人通して卸してもらってるんだよ。コスパ重視でグラボタワー作って、もうちょい強化するつもり。近くに幾らでも水はあるから冷却装置作り放題だし、電気代無料みたいなものだから。グラボの動作速度上げて、簡易的なマイニングマシン作れば、安価で掘る速度上げられると思っててさ」

「つまり、女の子同士の初デートの待ち合わせは、お互いに三十分前に到着するくらいが丁度良《い》いってことだな」

「うん、そうだね。とりあえず、はいコレ、ルリちゃんが出した予測収支ね」

投げつけられた画面《ウィンドウ》。

そこには、日ごとに右肩上がりを続ける収入曲線が描かれていた。ただ、右斜めに線を描いたようにしか見えない。

俺は収入曲線の横に『初デート後の百合《ゆり》カップルの好感度推移』と凡例を追加し、神聖百合帝国の皇帝として相応《ふさわ》しい仕事をやり遂げた。

「ま、オレなんて、りっちゃんやルリちゃんに比べれば大したことないよ」

「俺の顔、見てみ？　もうちょっと追い込んだら死んじゃいそうでしょ？　その通りだよ」

「あ、三条燈色《さんじょうひいろ》」

アルスハリヤ派を象徴する赤色の眷属《けんぞく》装束。

装束姿の緋墨《ひずみ》は、バインダーを脇に挟み笑顔で寄ってくる。

「おはよ。どしたの、その顔。藝大《げいだい》で自分のＳＳＤの中身の評論会が始まったみたいな顔して」

「俺、ビフォーとアフターしか見てないからね？　ミッシングリンク辿《たど》れてねぇんだよ。なんで、水晶《クリスタル》の宮殿が建って、下着姿で海外語しゃべって、百合カップルの好感度推移が右肩上がりなんだよ。トランプでタワー作るくらいで済ませといてくれよ、頼むから」

「いや、だって、約八時間も放置されてたし。りっちゃんとルーちゃんに一晩も与えたら、こうなるに決まってるでしょ。それより、コレ」

またも、俺は、画面を投げつけられる。

そこには、周辺諸国の経済情勢とその予測収支、技術の発展度合いと脅威度、同盟を結んだ際の利点が描かれている。

プロセス化された神聖百合帝国の各施設の動作フロー、俺を皇帝とした絶対君主制の導入状況、各役職に就けるべき人材、俺の承認を必要とする書類と王印の作成示唆、各土地の資源生産数とインフラ整備状態、周辺諸国を封じ込めている外交策の詳細。

素人の俺でも、一目見れば、概要が理解出来る程にまとめられている。

「……ひ、一晩で、ココまでまとめたの？」

「うん、暇だったから」

さらりと、緋墨《ひずみ》は答えて、顔を青くした俺は絶句する。

だ、ダメだ……コイツらに任せていたら、百合《ゆり》ゲーが跡形もなく破壊される……一晩、ぐっすり寝ただけで覇道を歩まされてる……。

「あんたがいなかったから、国の行く末に纏《まつ》わる箇所は進められなかったのよ。ようやく、コレで、少しは効率が良くなる」

「今まで、効率悪かったの!?　奴隷大国日本の働き方改革に着手してくんない!?」

「当たり前でしょ、なに言ってるの。ま、私なんて、りっちゃんやルーちゃんに比べたら大したことないから」

平然としている緋墨を見つめて、俺はにこぉと笑った。

「で、あの、椎名莉衣菜《しいなりいな》様は何処《いずこ》に……？」

「なんで、様付け？　奥の小部屋で遊んでるけど」

恐怖で震えながら、俺は、そっと小部屋を覗《のぞ》き込む。

猫耳付きの毛布パーカーを着たリイナは、目を爛々《らんらん》と輝かせて、十個開いた画面《ウインドウ》を同時に操っていた。

ひとつの指に、ひとつの画面。

彼女を中心として、円を描くようにしてキーボードが置かれていた。時たま、ソレらを高速でタイピングし、歌を口ずさみながら彼女は笑っていた。

ダカダカダカダカダカダカダカダカダカダカダカダカッ！

打鍵によって、凄《すさ》まじい音が鳴らされている。

彼女は、足の指に付けた導線を動かして敷設型特殊魔導触媒器《コンストラクタ・マジックデバイス》を起動し、その動作によってなんらかの指示を出している。

周囲には、エナジードリンクの空き缶が散らばっており、死屍《しし》累々の戦場を思わせた。

俺は、微笑《ほほえ》んだまま、なにも視《み》なかったことにしようとして――

「あっ……きょ、教主様……！」

ぱぁっと、笑みを浮かべて、操作をほっぽりだしたリイナが駆け寄ってくる。

「えへへ……リイナ、暇だったから頑張った……」

今にも尻尾を振りそうな彼女は、愛らしく両手をぎゅっとする。

「あ、あのね……えへ……リイナ、こういうのすんごい得意だから……ルリちゃんとかルーちゃんに比べれば大したことないけど……教主様に褒めてもらいたくて……頑張った……えらい……？」

不安と期待が入り混じった両眼《りょうめ》。

可愛《かわい》らしいショートカット少女、しかも、ルビィという百合伴侶持ち。この俺が、怒れるわけもない。

「え、偉いね。す、スゴイと思うよ。も、もぉ、取り返しつかないよぉ。ありがとぉ」

「えへぇ……」

リイナは、にへらと笑む。

「あ、あのね、教主様にいっぱい見せるものあるよ……！」

ぐいぐいと、リイナは俺を引っ張る。

か弱い力で手を引かれ、その感覚にデジャヴュを覚える。

遅まきながら、そこでようやく、俺は彼女が豪華客船《クイーン・ウオッチ》に乗り合わせた眷属《けんぞく》のひとりであることに気づいた。

こちらを見守っていたルビィと緋墨《ひずみ》は、顔を見合わせて苦笑していた。

「珍しいな、りっちゃんが人に懐くなんて。まぁ、豪華客船で、ボートで逃してもらった恩もあるだろうしおかしくもないか」

「犬猫と同じで警戒心が強いからね。まぁ、三条燈色《さんじようひいろ》なら良《い》いんじゃないの。ルーちゃんもりっちゃんも、アイツのお陰で、巻き込まれずに済んだわけだし」

「でも、なんか、きょーちゃん、微妙な顔してないか？　なんで、救いを求めるような目でオレを見てくるの？　泣きながら拝み始めたけど？」

「まぁ、敵対者の私に聖書を進めてくるようなヤツだし……信心者なんでしょ」

恋愛感情ではない好意は素直に嬉《うれ》しいが、なるべく、俺の前ではルビィとイチャついていてほしい。

　複雑な気持ちを抱えたまま、俺は、彼女自慢の施設の数々を見学する。

「だからね。ユニット生産と研究の速度を上げるために、区域のボーナス重複出来る境目を狙って、玉座を海底に沈めてから海底ケーブルを通して、敷設型特殊魔導触媒器《コンストラクタ・マジックデバイス》を複製玉座化して加速――」

「はーい、すんませーん！　説明、ごっつぁんでぇーす！　意味不明で、すんませーん！」

　移動用の海中チューブ内では、リニアモーターカーらしき乗り物が行き交っており、皇帝用と銘打たれた俺専用の車両に乗り込む。

　海底へと潜っていき、俺は、海中に出来た都市を眺める。

「うわぁ、綺麗《きれい》だなぁ。俺の平穏な未来が燃え尽きる時、世界はこんなにも輝きを増すんだなぁ」

「教主様、聞いて聞いて……！　それでねそれでね……！」

　ぐいぐいと、リイナに腕を引っ張られながら、俺は海底のレストランに入った。

　レストランの円形テーブルには、真顔の幹部三人衆が着席していた。リイナの姿を認めるなり、複雑な表情を浮かべて俺を見上げる。

「きょー様……見て、コレ」

　ワラキアは、泣きそうな顔で、山盛りの野菜と脂、ニンニクと麺が盛られた丼を指した。

「ジロウが採れた」

「採れちゃったかぁ……オールウェイズ・ジロー、実現しちゃったかぁ……」

無言で席を立ったハイネは、座ったリイナの肩を自主的に揉《も》み始める。

「リイナ先生、足もマッサージする？」

立場、入れ替わっとる……。

瞬《まばた》きもせずに、ステーキ肉を見下ろしていたシルフィエルはため息を吐《つ》いた。

「気づいたら都市が出来ていました」

「今回ばかりは、お前は悪くない。たぶん、止めようがなかった。目の前で、異次元の動きを繰り広げられても、その行為が止めるべきなのかわかる筈《はず》もない。俺も、チーターを初めて目にした時、『なにしてんだコイツ』って感想を口にすることしか出来なかった」

リイナに袖を引っ張られながら、俺は、胸に溜《た》まった重苦しい息を吐き出す。

「アルスハリヤ派は、この有能集団を今までどうしてたの？」

「雑用に使っていました。拠点《ホーム》の保持管理はアルスハリヤ様の興味の範囲外でしたし、個々の眷属《けんぞく》の能力を気にかけたこともありません。正直、ココまでの人材が、アルスハリヤ派に揃《そろ》っていたとは思いもしませんでした」

「もしかして、感覚的には他の魔人も同じ感じ？」

シルフィエルは首肯し、俺は考え込む。

コレって、かなりの優位性《アドバンテージ》じゃないか……？

魔人どもが眷属をただの雑用と見做《みな》しているなら、まさに宝の持ち腐れだ。原作ゲームのアルスハリヤは、アレだけ有能な緋墨《ひずみ》をあっさりと殺しており、その価値に気づいていたとは到底思えない。

そこまで考えて、俺は苦笑する。

優位性《アドバンテージ》があるからなんだ。月檻《つきおり》の立場を奪って、自分から、魔人を倒そうとしてどうする。そもそも、所属員の質や量ごときで魔人をどうこう出来るのであれば、既にこの世界には恒久的な平和が訪れている。

「俺たち、輝く一番星のごとく目立っちゃってない……？」

「そりゃあそうですよぉ！　だって、異界で二郎系が採れるのはココだけだもん！　二足歩行のマグロが、麺を茹《ゆ》でてるんだよぉ!?　コレって、世界初の二郎系海鮮ラーメンだよねぇ!?」

「目立ってるけど、連日の襲撃がやんだのは事実」

ハイネは、リイナの肩を揉みながらささやく。

「あの神殿光都《アルフヘイム》から『是非、皇帝に遊びに来てもらいたい』って手紙が来るくらい」

「その皇帝、ついこの間、『次来たら、○す』って出禁にされたばかりだよ」

「如何《いかが》致しましょうか？」

シルフィエルに尋ねられて、俺は眉間の間を揉《も》み込む。

ハイネに肩を揉まれながら、ニコニコ笑顔の主犯《リイナ》は俺の肩たたきをしていた。

「……一回、全部、解体するか」

「よろしいんですか、折角《せっかく》、ココまで規模を広げたのに？」

「頑張ったリイナには申し訳ないが、他の魔人や諸外国と事を構えるわけにはいかないしな。これ以上、発展したら、間違いなく国家間のバランスをとるゲームに巻き込まれる。資源に恵まれた新興国の行く末はろくなもんじゃないからな……リイナ、良《い》いか？」

「べ、別に良いよ……何時《いっ》でも、戻せるもん……マクロ組んだから、次は一晩もかからないだろうし……えへへ……だいじょぶ……」

一同、絶句して、チーターから目を背ける。

「じゃ、じゃあ、リイナには俺の先生になってもらおうかな。最低限の国家運営が続けられるように、シヴィ〇イゼーションで人生を台無しにした経験を活《い》かしてもらいたい」

「わ、わかった……まかせて……！」

ぎゅっと、リイナは、力強く両手を握り込む。

「きょ、教主様の敵は、リイナの敵だから……えへへ……必要になったら、何時でも、某非暴力主義のお爺《じい》さんみたいに核ミサイル撃ち込むから……！」

「「「「…………」」」」

ダメだ。これ以上、この子に力を持たせたら、制覇勝利で百合《ゆり》ゲーが破壊されてしまう。こうして、神聖百合帝国は存亡の鍵を握る核弾頭ガールを重鎮として迎え、彼女がこの世界を灰に変えないようにすることを国家目標と定めた。


翌日の登校日。

魔人生活から学園生活に舞い戻った俺は、ばったりと、廊下でオフィーリアと出くわした。

彼女は、ピタッと止まって、俺の顔をまじまじと見つめる。

「よう、お嬢、久しぶり！　今日も、元気に噛《か》ませてるぅ〜？」

微笑《ほほえ》んだ彼女の全身は、ゆっくりと、ななめっていき――

「お、お嬢ォオオオオオオオオオオオオオオオオオオオオオオオオ!?」

床に薔薇《ばら》の花を撒《ま》き散らしながら、耽美的《たんびてき》な微笑を浮かべて崩れ落ち、その亡骸《なきがら》を抱いた俺は泣きながら天を仰いだ。


ついに挨拶するだけで死ぬようになったかと驚嘆したのも束《つか》の間《ま》、数分で息を吹き返したお嬢は、ばら撒いた薔薇の花をそそくさと回収する（偉い）。

話を聞いてみれば、彼女は、俺が復学したことを知らなかったらしい。

俺は船上でその身を散らしたと思い込んでいたらしく、豪華客船《クイーン・ウオッチ》にまで供花《くげ》を供えに行くのが日課となっており、この薔薇《ばら》の花もわざわざ花屋から買ってきた高級品とのことだった。ちなみに、薔薇は供花《くげ》ではない。

「月檻《つきおり》から聞いてなかったの？」

「ふんっ、庶民とのふれあいサロンに通うつもりはありませんわ。わたくし、一定の格《ランク》以上の淑女としかお付き合いしませんの」

「クラスのグループチャットとかで、情報、回ってたりしなかった？」

「……中流階級と交わるつもりもありませんわ」

つまり、グループチャットからハブられているらしい。

ショックのあまり足腰が立たなくなったお嬢を運び込んだ保健室で、自分のお膝をぱふぱふしながらベッド上のお嬢は唇を尖《とが》らせる。

「死んでいるなら死んでいる、生きているなら生きているで連絡くらいよこしなさい！　報連相は社会の基本、ほうれん草はおひたしが美味《おい》しいんですわよ！　そんなことも知らずに、よくもまぁ、わたくしの前で人の形をとれますわね！」

「いや、だって、別にお嬢は俺のことなんぞ憶《おぼ》えてないかなって……その方が有り難いなって……ほうれん草は、胡麻《ごま》和えが好き……」

はぁっと、首を横に振ったお嬢はため息を吐《つ》いた。

「貴方《あなた》は、もっと、自分に自信を持ちなさい。人間国宝、いえ、世界遺産、このオフィーリア・フォン・マージラインの命を救ったのだから。わたくしを救ったことで、この世界もまた救済されたのは自明の理。その貢献、推し量れないものがありますわよ」

お嬢は『噛《か》ませ文化』の創立者として、その名が文化遺産登録されてるからな。

胸に片手を当てたお嬢は、縦ロールをぶわぁっと掻《か》き上げて俺の顔面に叩《たた》きつける。

「貴方のような低レベルな男でも、御恩と奉公という言葉は知っておりますわよね？　マージライン家は、代々、のぶれすおぶりーじゅを掲げてきました。オーホッホッホ！　喜びのあまり、心停止してもかまわなくてよ！　わたくしは、貴方に褒美を授けます！」

「え、なに、牛丼でも奢《おご》ってくれるの？」

「ぎゅ？　え？　ぎゅーっ、どんっ？　事故？　事故りましたの？　大丈夫？」

画面《ウインドウ》に映した牛丼の画像を見せてあげると、横から覗《のぞ》き込んできたお嬢は「あら、美味しそう。日本食は奥が深いですわねぇ」と興味津々だった。

俺が教えたオススメの牛丼屋をメモしていた彼女は、気を取り直し咳払《せきばら》いをする。

「ご、ごほん、話がズレましたわね。ぎゅーっ、どんっ、は知りませんが、わたくしから貴方に素晴らしい提案がありますわ。来《きた》る夏季休暇、我がマージライン家へ貴方を招待してさしあげます」

予想外の提案に、俺は、思わず息を呑《の》む。

夏休み前までに、一定以上、お嬢の好感度を上げておくと発生する夏休みイベント――

『マージライン家の夏休み』は、エスコ・ファン、特にお嬢ファンにとっては垂涎《すいぜん》ものの人気イベントだ。

お嬢を含めた濃すぎるマージライン家が彩る夏休みは、主人公が取った行動に応じて、隠し能力値《パラメーター》が変動しあらゆるイベントが分岐する。分岐数は膨大で、ひとつひとつのイベントの分量も多い。

『マージライン家の夏休み』の直前にセーブしておいて、何度も繰り返して楽しむプレイヤーが多発していた。あまりの人気ぶりに、アップデートでミニゲームが追加されたくらいである。

ただ、『マージライン家の夏休み』は、選択肢を全問正解すればお嬢の好感度が鰻登《うなぎのぼ》り、オフィーリア・ルートが確定してしまうという罠《わな》がある。

また、このイベントひとつで、貴重な夏休み期間がまるまる潰れてしまう。

能力値強化やダンジョン探索、仲間キャラクター探しに各ヒロインの好感度上げ……それらの長期休暇専用イベントがすべてふいになる。

『マージライン家の夏休み』は、真理（百合《ゆり》エンド）を目指す俺にとってメリットがないため、マージライン流に『上流階級と戯れる趣味はありませんわ～』と断る必要があるのだが……。

「オーホッホッホ！　感動のあまり、起立したまま礼もできませんのねぇ！　このわたくしが男を家に招くとは、世界の破滅が近いとお考えかもしれませんが、命の恩人ともなればプライドすらも捨ててみせるのがオフィーリア・フォン・マージライン！　格の違いを見せつけられて、この男、硬直状態から抜け出せませんわぁ！　おかわいそ〜！」

俺は、頬《ほお》を上気させ、嬉《うれ》しそうにぺらぺらと捲《まく》し立てるお嬢を見つめる。

た、楽しそうだ。生来の傲慢さゆえに、俺が断るとは思いもしていないのだろう。頭の中では、楽しい夏休みの思い出が、絵日記風で描かれ始めているに違いない。で、でも、お嬢は人気者だから、俺が断っても大丈夫だよな……？

「あ、あの、それって他に誰か参加したりするの？」

「オフィーリア・フォン・マージライン！」

いかんッ！　良《い》いお返事で、ソロでのご出陣が確定なされたッ！

「わたくしとて、本当は、貴方《あなた》とふたりなんて嫌ですわよ。上流階級の淑女の方々も、お誘いしたのですが、どうしても用事があると言いますから。仕方なく、本当に仕方なく、褒美として貴方をお誘いしているのですわ。嬉しいでしょう？」

「トゥアイム！　トゥアイム、トゥアイム、トゥーアイム！」

タイムをもらった俺は、お嬢から離れて、画面《ウインドウ》を開く。

チャットアプリを呼び出し、月檻《つきおり》たちが参加しているグループにお誘いを投げ込んだ。

『夏休み、お嬢の家に行く人〜！　お返事は、おっきな文字でしてね〜！』

『ヒイロくんが行くなら行く』

『お兄様と一緒に行きます』

『ヒイロが参加するなら参加するけど』

『ごめん、俺、参加出来そうにないわ（笑）。三人、参加でＯＫ？』

即座に既読が付いたものの、数分が経過しても、誰からも返信は返ってこなかった。

俺は、泣きながらお嬢の下に戻る。

「おじょお、ごめぇん……おれ、おれぇ……！」

「そんなに泣くほど、嬉《うれ》しかったのですわね。オホホ、構いませんことよ」

断ろうとした俺は、お嬢の嬉しそうな顔を見て覚悟を決める。

百合道《ゆり》と云《い》ふは死ぬ事と見つけたり。

ココで、断れるほど、俺は人間を捨てちゃいねぇ！　お嬢は護《まも》る、百合も護る！　その上で、好感度なんて一目盛りも上昇させたりしねぇ！　なぁ……そうだろ、俺ッ!?

「この僥倖《ぎょうこう》、逃す手はない。もちろん、参加に花丸だ。月檻《つきおり》たちに知らせましたが、感激でむせび泣いており、喜んで我々も参上いたしますと伏して拝んでおりました」

「オーホッホッホ！　そこまで言うなら、仕方がアリゾナで見た夕日は綺麗《きれい》でしたわ～！　そんなに媚《こ》びるのであれば、月檻桜《さくら》たちの参加も許してさしあげマスカルポーネの風味～！　日本で過ごす夏休みなんて、お久しブリティッシュ・コロンビア～！」

急に世界を股にかけ始めたお嬢に対し、俺はキリッと居住まいを正して胸に手を当てる。

「Are you loser?（貴女《あなた》は、負け犬ですか？）」

「い、いえ～す！　おふこ～す？　あ、アイム、ルーザー・クイーン、DESUWA～！

（はい、もちろんです。わたくし、負け犬界の王女様ですわ～！）」

おいおい、こんなにも敗北に貪欲な王女様が居《い》て良いのかよ……！

俺は、嬉しそうなお嬢を見て、微笑《ほほえ》みながら涙を流す。

コレで良い。コレで良かった。お嬢、あんたのプライドを護るためなら、俺は何もかも犠牲にするよ。それはそれとして、お嬢の噛《か》ませは堪能するし百合は咲かせる。

用件は済んだと言わんばかりに、お嬢にシッシッと追い出された俺は、その場を辞して次の授業が行われる教室へと向かっていった。

鳳嬢《ほうじよう》魔法学園は、単位制である。

規定の単位数さえ取れていれば、進級と卒業が可能なわけで、ある程度、好きなように授業を履修していてもどうにかなる。

恐らく、コレは、原作ゲームの特徴を受け継いだものだ。

原作では、各属性魔法特化の主人公を作り上げるために『属性魔法教育（初級から上級まで）』を六限まで受講して属性パラメーターの全般強化を行ったり、『魔導触媒器《マジックデバイス》基礎応用』も学んで火力特化を目指したりも出来る。

さすがに、この世界では、そこまでの好き勝手は許されていない。月曜から金曜、一限から六限まで、担当教員が全授業を受け持つのは不可能だからだ。

鳳嬢《ほうじよう》魔法学園の教員ともなれば、魔法協会や魔法結社に属する優秀な魔法士であったり、防衛省の承認を受けた魔対（魔物対策連携協力者）の一員であったりで、多忙を極めているためスケジュール表は綿密に管理されている。

場合によっては、当日に時間割表が更新されることもあり、忙《せわ》しない教員に合わせる形で生徒もまた授業を選択する形になっている。放課後の部活指導は、ほぼほぼ外部委託なくらいで、単位制を取っているのも教師都合であることを窺《うかが》わせる。

師匠との修行で演習は十分に積んでいるので、俺は、演習系の授業はあまり選択していない。

卒業に必要な単位数には気をつけながらも、座学を中心として『ダンジョン探索入門』とか『異界実地調査《デイメンジヨン・フイールドワーク》』とか、週末限定の三コマにも跨《また》る面白そうな長時間授業を選んだ。

鳳嬢魔法学園は、各種設備も充実しており、魔法、導体《コンソール》、魔導触媒器《マジツクデバイス》を調査・研究している研究棟（別棟）で授業を実施したりもする。

本日の俺は、同じ授業を選んだレイと並んで、黒いカーテンが引かれた研究棟内の教室にいた。

『導体入門』の教鞭《きょうべん》を取っているのは、Ｄクラスの担任『ジョディ・カムニバル・フットバック』先生である。

彼女は、穴の空いた紙袋をかぶっており、真っ赤な目玉がその穴から覗《のぞ》いている。血まみれの肉切り包丁（魔導触媒器）を持ち、愛らしいクマのアップリケを付けたエプロンを身に着けていた。

「はぁい、みんな、教科書はもったかなぁ？」

エスコ・ファンからは『世界一可愛《かわい》い殺人鬼《ママ》』と呼ばれている彼女は、めちゃくちゃ可愛い声でしゃべり始める。

「きょうは、前の授業の続きから……あらぁ、きみぃ？」

ズンズンズンズン、肉切り包丁を持った先生は俺に歩み寄ってくる。息がかかる距離まで接近し、綺麗《きれい》に九十度、首を曲げてから耳元にささやきかけてくる。

「前の授業、いなかったわねぇ……!?　なんでぇ……!?」

右隣に座っていたレイが、魔導触媒器に手を添えて、後ろの席の女子生徒が「ひぃ！」と悲鳴を上げる。

「心配しなくてもだいじょうぶよぉ。わからないところがあったら、じっくり丁寧にぃ先生が教えてあげる。まるで、筋肉の繊維を一本一本、引き裂くみたいにしてぇ。遅れた部分も懇切丁寧に指導してあげるぅ。あたかも、肉塊を叩《たた》いて延ばすみたいにしてぇ」

紙袋から漏れ出た生暖かい呼気が、ハァハァと耳朶《じだ》をくすぐる。こちらを捉えて離さない赤色の目玉が、ギョロギョロと上下左右に蠢《うごめ》いた。

俺は、ニッコリと笑って頷《うなず》く。

「ありがとうございます。わからないところがあったら聞きますね」

「あらあら、良《い》い子ねぇ。体重計でグラム数量って、料理して食べちゃいたぁい」

「あはは、先生、それってミトハラ（ミートハラスメント）ですよ」

「あらやだぁ。このお肉、しゃべるの上手ぅ」

先生は、教卓へと戻っていき、レイは安堵《あんど》の息を吐《つ》いた。

「大丈夫ですか、お兄様。あの女性《ひと》、恐らく、頭の中でお兄様の大内転筋と大腿《だいたい》二頭筋を切り分けてましたね。ソースをベリーにするかクリームにするかで迷ってました」

「いや、あの女性《ひと》、ああ見えてお肉屋さんじゃなくて聖人だから」

ジョディ先生は、毎週末、欠かさずにボランティアに参加している。

保護施設から捨て犬を引き取って育てており、募金は欠かさず、質素な生活を旨として、授業についていけなくなった生徒を勤務時間外に世話している。

サブイベントの連続である彼女のルートを進めていくと、最後の最後に紙袋の中身を見ることが出来る。その一枚絵は、一部界隈《かいわい》からは、担当イラストレーターの最高傑作とまで謳《うた》われていた。

鳳嬢《ほうじょう》魔法学園の先生の中でも、彼女は、群を抜いて優しい。

見た目は殺人鬼なのだが、ファンからは『殺人鬼《ママ》』の愛称で親しまれているくらいだ。

「はぁい、じゃあ、皆の前に導体《コンソール》があるわねぇ」

フシュフシュと息を吐きながら、ジョディ先生は、小さな導体を摘《つま》む。

「全ての導体は、基本の四種に分類されているの。誰か、わかる子はいるかしら？」

ちらちらと、俺を見て『見ててください』アピールをした後に、レイは手を挙げてから立ち上がる。

「属性、生成《クラフト》、操作、変化の四種です」

「素晴らしいわ、三条黎《さんじょうれい》さん！　満点、無欠、拍手喝采！」

ドンドンと、肉切り包丁を教卓に叩《たた》きつけて、前列の生徒たちが悲鳴を上げる。

「あらやだ、興奮しちゃった。歳《とし》を取ると、自分が抑えられないわねぇ」

飛び散った木屑《きくず》を魔法で戻しながら、先生はエフエフッと笑う。

「魔法は、基本的に、生成（属性）→操作→変化の流れで発動するわ。その流れは変わることはないけれど、高位の魔法士は周囲の事物や現象を操作したり変化させたりすることで、生成の手順を省いて魔法行使を行ったりもするの。生成から変化まで、どれが優れていて、どれが劣っているわけでもないのよ。冒険者協会の手で、ダンジョンから出土した導体はその珍しさからランク分けされているけれど、どのレアリティの導体でも使い所はあると言っても過言ではないわ」

先生は、黒板に肉切り包丁の先端に付けたチョークで図を描いていく。丁寧にじっくりと、導体《コンソール》の基礎を教えてくれた。

最後に簡単なレポートの宿題が出て、授業はつつがなく終了した。

教室から退室した俺は、レイと並んで廊下を歩く。

「迎撃に意識を割いていたので、あまり、頭に入ってきませんでした。冷静沈着に対応していたお兄様は、さすがに私とは場数が異なりますね」

ちらりと、レイは、俺を見上げて咳払《せきばら》いをする。

「恋愛の方も、場数をこなしているのでしょうね」

聞き流しても問題ないと判断し、歩を進めていると、左右を素早く確認したレイはすすすと近づいてきて服袖を引っ張ってくる。

「答えてください。大事なことです。家族間で隠し事があってはなりません。スノウとは、最近、どうなんでしょうか。色恋沙汰で世間様を騒がせるようなマネはいけませんよ」

「あー……うん、まぁ、いつも通り精神攻撃を得意としてるよ」

周辺の警戒を続けながら、つまんだ俺の袖を引っ張り、レイはちらちらと見上げてくる。

「今日……私、先生の質問に正答を返しましたね……」

しきりに自身の長髪を撫《な》で付け、整えながら、上目遣いでレイは俺を見つめてくる。

え、なに、その目は？　その猫チュールを心待ちにするキャットみたいな目はなに？

「おい、ヒーロくん。君の大切な妹の髪にゴミが付いてるぞ。さっきから、しきりに自分で取ろうとしてるが失敗してる。手伝ってやりたまえ」

普段は出不精にもかかわらず、ここぞとばかりに出てきたアルスハリヤが指摘してくる。

人前で話しかけてくんなボケカスゴミと思いながら、レイの髪を撫でてゴミを払ってやると彼女は頬《ほお》を染めて俯《うつむ》いた。

「……あ、頭を撫でてくれとまではねだってません」

「えっ。あ、いや、頭にゴミが付いてるって近隣の方から告げ口がありまして」

ごにょごにょとなにかつぶやいたかと思えば、顔を伏せたレイは早足で逃げ出す。躓《つまず》いて転《こ》けそうになって姿勢を正し、ぴしっと背筋を伸ばしてから、通りすがりのお嬢様に「ごきげんよう」と挨拶し朱の寮《ルーフス》の方へと姿を消した。

「やったな、ヒーロくん！　恋人でもない女の頭を撫でて、彼氏面してやったぞ！　あの女の胸は高鳴り、今夜は、まともに眠れないに違いない！　やったぜ！　君はまるで、スリープ・ラブジャマーだな！　心拍操作に特化した恋愛メトロノームが！」

アスファルトでアルスハリヤの顔面を丹念に削り取り、手頃な石で丁寧に頭を潰し、凶器を茂みに隠した俺は黄の寮《フラーウム》へと向かう。

レイは朱の寮、ラピスは蒼の寮《カエルレウム》に入寮していた。

三条家《さんじょう》に纏《まつ》わる問題を抱えたレイは本邸に住みづらさを感じており、ラピスは神殿光都《アルフヘイム》からの使者（帰って来いの催促）にうんざりしていて、鳳嬢《ほうじょう》魔法学園の敷地内にある寮に居を構えた方が都合が良かったらしい。

ふたりとも、黄の寮《フラーウム》への入寮を希望していたらしいが、蒼と朱の寮長による説得が功を奏し、有名所が一寮に集中するという事態は免れていた。

さて、今日は、帰ったらなにをしよっかな。スノウが買い物行ってる間に、ＦＬ○ＷＥＲＳの再プレイでもしちゃおっかな。うふふ、百合《ゆり》で脳を回復しちゃうぞぉ。

スキップしながら、黄の寮のエントランスホールに入ると、階段前でリリィさんとふたりの黒スーツが揉《も》み合っている姿が目に入る。

「リリィさん？　どしました？　なにか、トラブ――」

こちらを振り向いたリリィさんは、滂沱《ぼうだ》の涙を流し、頬《ほお》が赤紫色に腫れ上がっていた。

「三条様……」

大柄な黒スーツ姿の女たちは、舌打ちをし、リリィさんを手の甲で殴りつけようとし――引き金《トリガー》――間に飛び込んだ俺は、その腕を捩《ね》じ上げる。

「……おい」

俺は、徐々に籠《こ》めている力の方向を変化させ、彼女の太腕を反対側にへし曲げていく。

「無抵抗の女殴るのがテメェの仕事か」

利き腕を掴《つか》まれた女は苦悶《くもん》の声を漏らし、もうひとりの女は魔導触媒器《マジックデバイス》を抜き放って
――ポケットから抜き放った俺の左の拳が、一人目の顎を打ち砕き、翻った手の甲で二人目の顎を打ち抜いた。

がくんと、ふたつの巨体が崩れ落ちて、へたり込んだリリィさんは嗚咽《おえつ》を上げる。

「たすけて……たすけてください……」

強化投影《テネブラエ》――俺は、一気に階段を駆け上る。

騒ぎになって最上階付近に集っている寮生の間をすり抜け、飛び越え、掻《か》き分け、不自然に鍵がかけられた寮長室の扉を蹴破った。

絢爛豪華《けんらんごうか》な寮長室には、ふたつの人影があった。

ひとつは威風凛凛《りんりん》、ひとつは小心翼翼。

寮長《ミュール》と同じ白金《プラチナ》の髪を持った少女は、机に腰掛けて、教鞭《きょうべん》を執る教師のように杖《つえ》を構えていた。

俺は、原作ゲームでも登場した彼女の名を知っている。

クリス・エッセ・アイズベルト――傑物揃《ぞろ》いと謳《うた》われるアイズベルト家の次女である。

飛び級制度を利用して、アメリカの魔法大学院を卒業後、弱冠十九歳で魔法結社『概念構造《クオリアハイツ》』の一員となった天才児。

第一級の生成《クラフト》技術を持ち『錬金術師《アルケミスト》（優れた生成を行える魔法士）』の称号を受けなが

ら、同時に『至高』の位を戴《いただ》く最高峰の魔法士でもある。

特徴的なステンドグラスのイヤリング。差し込む光の角度によって、目に入ってくる色が異なる彼女特有の耳飾り。

釣り鐘形の紫マントを羽織った彼女は、持ち前の魔眼を妹に向けていた。

相対するミュールは縮こまっていたが、どうにか威厳を保とうとしているのか、必死に顔だけは上げていた。

「ミュール」

白金髪《プラチナブロンド》の少女は、つまらなそうに妹を見下ろす。

「なにこれ」

彼女が持っているのは、ミュールお手製の絵が描かれた寮内新聞だった。

顔を真っ青にしたミュールは、おどおどと、左右の指を絡ませながらつぶやく。

「し、しんぶん……です……」

「この絵は、誰が描いた？」

姉の質問を受けたミュールは、一転して、ぱぁっと笑みを浮かべる。

「わ、わたしです！　わたしが描きました！　我ながら上手《うま》く描けたと思っていて！　別に、寮生に褒められて嬉《うれ》しいわけではありませんが、寮内でもそれはそれは好評だと、リリィから聞い――」

ビリッと、音を立てて、クリスは中心から新聞を割いて細切れにしていく。

ミュールは、ぽかんとした表情でその作業を見守る。

「驚嘆したよ。お前、まだ、自分の立場がわかっていなかったのか」

せせら笑いながら、クリスは傲岸不遜を顔に描く。

「この寮は、アイズベルト家がお前のために拵《こしら》えた棺桶《かんおけ》だ。お前がなにもしないために、そのためだけに用意された特注の暗がりだ。死体が囀《さえず》るな。魔力不全の出来損ないが、棺桶の蓋をズラして光を覗《のぞ》き込もうとするんじゃない」

呆然《ぼうぜん》と座り込んでいるミュールに、嘲笑が降りかかる。

「なぜ、魔法ひとつ行使出来ない無能のお前が、鳳嬢《ほうじょう》に通えてると思ってる？　アイズベルト家が積み重ねてきた実績と権威のお陰だ。近頃、黄《フラーウム》の寮の運営に精を出していると、お母様に便りを出しているそうだが、そんなもの誰も読んでいない。お母様の手元に届く前に、お前の名前が書かれた郵便物は全て焼却処分されてるよ」

「へ、返事が一度もなかったのでわかってはいました……わ、わたしは……ただ……」

どんどん、彼女の両眼《りょうめ》に涙が溜《た》まっていく。喉の奥から、振り絞るようにミュールはささやいた。

「た、ただ、わ、わたしは、自分に出来ることをしようと思っ――」

「お前に出来ることはなにもない」

嘲笑《あざわら》いながら、クリスは足を組む。

「出来損ないのお前に出来ることはひとつもない。新入生歓迎会だかなんだか知らないが、似非《エセ》のお前が企画するイベントに誰が興味をもつ？　存在価値のないお前が執り行う歓迎会に、参加しようと思う人間なんてどこにもいな――」

「すいませ～ん」

ニヤニヤしながら、俺は、黄の寮の寮内新聞を掲げる。

「この新入生歓迎会ってヤツに参加したいんですけど……参加申請、受け付けてもらってもいい？」

蹴り開けた扉に背を預けていた俺は、ズカズカと寮長室に踏み込み、破られた寮内新聞をセロハンテープでくっつける。

姉妹の間に割り込んだ俺は、笑顔で、ソレをクリスに手渡した。

「はい、どうぞ」

眼光――全身に怖気《おじけ》が奔《はし》る。

殺気の籠《こ》もった両眼が、爛々《らんらん》と光り輝き、俺を射殺そうとしていた。

「その綺麗《きれい》なお目々で、ようくソイツを見てみろよ」

息が詰まるような殺意を受けながら、俺は口角を上げる。

「良《い》い絵だ。よく見えないなら眼科に行け。ひとりで行けないなら、エスコートしてやろうか？」

「ミュール」

びくりと、ミュールは身体《からだ》を震わせる。

「なぜ、男《ゴミ》が寮内にいる？　無能の落ちこぼれは、世界の法則《ルール》すら知らないのか。男《ゴミ》は——」

螺旋《らせん》を畫《えが》きながら、魔眼が開き——

「処分でしょ」

ドゴゴゴゴゴゴゴゴゴゴゴゴゴゴゴッ！

膨大な量の正方形に分断された机が、蒼色《そうしょく》の閃光《せんこう》を散らしながらねずみ算的に増えてゆく。ついには山となり、波となって押し寄せ、俺の四肢を拘束しようと蠢《うごめ》き回る。

咄嗟《とっさ》の判断で、後方へと跳ぶ。

その動きを投影《トレース》するかのように、マホガニー材で作られた正方形は、転がる度に数を増しながら追尾してくる。

違う、自ら転がってるんじゃない。

その回転による推進が操作《コントロール》によるものではなく、生成《クラフト》による高速生成で発生する余波によるものだと知って肌が粟立《あわだ》った。

この段階で、真正面から勝てる相手じゃないな。

引き金《トリガー》、十二の生成《トウエルヴ・クラフト》、不可視の矢《ニルアロウ》。

空中で逆さまになった俺は、人差し指と中指で経路線《レール》を描き――両眼《りょうめ》が、チカリと疼《うず》いて――膨大な数の可能性《ルート》が視界を埋めた。

クリスが、両眼を見開く。

「なんだ、その魔力量は……!?」

「ぐっ」

あまりにも、情報量が多すぎる。

脳みそがパンクして、視界がブラックアウト、出力をなるべく絞って――魔力の塊が、指先から吹き飛んだ。

舌打ちをしたクリスは、杖《つえ》の引き金を引き、泡状の緩衝材が正面に現れる。

「上がれッ！」

経路破棄《レール・ブレイキング》、壁面反射《ウォール・リフレクト》。

魔力の経路線を破壊して、緩衝材の直前に壁を生み出し、反射した不可視の矢は天井に跳ね上がる。

指先を――振り下ろす。

再度、壁を跳ねた矢は、頭上からクリスへと襲いかかり――

「魔力の隠し方も知らない素人がッ！」

クリスを包むようにして、高速生成《クラフト》された緩衝材に阻まれる。

彼女は、勝ち誇ったかのように微笑《ほほえ》み、その顔は驚愕《きょうがく》へと変わった。

既に接敵している。

俺は、拳を振り上げて――

「姉妹百合《ゆり》も知らない素人がッ！」

緩衝材に叩《たた》きつける。

そのまま、貫こうとして、当然のように右腕を搦《から》め捕《と》られた。

「ですよねぇ～！　勝てるわけねぇ～！　半殺しで勘弁してくださ～い！」

「殺す」

目にも留まらぬ速さで、クリスは捻《ね》じれた槍《やり》を作り出し、そのまま俺を刺し殺そうとして――対魔障壁に阻まれた。

「おいおい」

顕現したアルスハリヤは、空中であくびをする。

「人が午睡に浸っている間に、速やかに自殺しようとするのはやめろ。君という人間は、どこまで脳を退化させれば気が済むんだ。この百合猿が。少しは、自分のために頭を使え」

「死ねぇえええええええええええええええええええええええええええええええええ！

貴様、死ねぇえええええええええええええええええええええええええええええええええ！」

「やれやれ、だから、出てくるのは嫌だったんだ」

「お前は……なんだ……？」

クリスは、愕然《がくぜん》として歯噛《はが》みする。

「お前が、あの月檻桜《つきおりさくら》か……この桁違いの魔力量……感覚《センス》だけで、ココまで戦えるのは見上げたものだが……」

「あぁ、自己紹介がまだだったな」

俺は、魔人アルスハリヤを従えたまま笑った。

「三条燈色《さんじようひいろ》、百合を護《まも》る者、つまりはお前の敵だよ」

「三条……燈色……」

拘束を解かれる。机から下りたクリスは、バサリとマントを広げた。

「三条家に恩を売るつもりも仇《あだ》なすつもりもない。お前を殺したら面倒だ。命は助けてやる。だが、これ以上、そこの出来損ないに関わるようなら」

螺旋状《らせんじよう》の魔眼が、俺を射抜き、彼女は俺に自分の名刺を突き出した。

「この私が殺す」

俺は、その名刺を受け取って、格好良く破り捨てる。

ふたつに分かれた名刺は、ゆっくりと床に落ちた。

ひゅぅぅうううっ。

開いた窓から風が入り込み、名刺が吹き飛ばされ、クリスは今にも泣きそうな（主観）表情を浮かべた。

俺は、そっと、その眼尻《めじり》を指で拭きながら横を通り抜ける。

キッと、俺は、彼女を横目で睨《にら》みつけた。

「お前を殺――」

ドゴォッ！　高速生成《クラフト》された床材が、俺を突き飛ばし、勢いよく壁に叩《たた》きつけられる。

「手本、見せようとしただけじゃん！　手本、見せようとしただけじゃんッ！」

「死ね」

俺の苦情は受け付けず、ツカツカと、クリスは去っていった。

唖然《あぜん》としていたミュールは、我を取り戻し、恐る恐る俺に近寄ってくる。

「だ、だいじょうぶか、三条燈色《さんじようひいろ》……？」

「師匠から、俺が貸した百合《ゆり》漫画が手の中で爆発（握力）したって連絡きた以外は大丈夫。あと、たぶん、肋《あばら》が折れてる」

「三条様！」

血相を変えたリリィさんが飛び込んできて、心の激痛で唸《うな》っている俺を支える。

「申し訳御座いません……たすけて、だなんて……貴方《あなた》は、アイズベルト家にはなんの関係もないのに……本当にごめんなさい……」

「俺は良《い》いから、早く寮長の介護をしてください！　そっちの方が、俺の怪我《けが》によく効く！　キタキタァ～！　想像しただけで効いてきたァ～ッ！」

甲斐甲斐《かいがい》しく、リリィさんは俺の応急手当を続ける。俺としては、彼女の頬《ほお》の腫れの方が気になった。状態を確認しながら治療を施すと、彼女は顔を伏せて頬を染めた。

うろうろとしていたミュールは、ぴょこぴょこと爪先立ちをして、心配そうに俺のことを見つめていた。

応急箱の中身を弄《いじ》っていた彼女は、急にハッとしてふんぞり返る。

「ふ、ふんっ！　運が良かったな、三条燈色！　お姉様が本気だったら、貴様なんて、今頃はただの肉片になっていたぞ！　まぁ、コレに懲りたら、余計なことに首を突っ込むのはやめ――」

「ミュールッ！」

リリィさんに怒鳴られて、寮長はびくりと身体《からだ》を浮かせる。

「ヒイロさんに御礼を言いなさい！　今すぐッ！」

「べ、別に……わたしは、頼んでないし……そ、それに、三条燈色は男だから……」

「ミュールッ！」

「…………あ、ありがとう」

ぼそりと寮長はつぶやき、なおも怒ろうとするリリィさんを制止する。

「いや、実際、勝手に首を突っ込んだのは俺だから。自分で好きでやったことなんだから、そんなに怒るようなことじゃないよ。むしろ、俺を怒って、寮長に礼を言ってほしい」

「おーっ！　意味はわからんが、三条燈色《さんじょうひいろ》、お前、ちゃんと自分の立場を理解し——うっ」

リリィさんに睨《にら》みつけられ、ミュールはしゅんっとしょげ返る。

「三条様」

深々と、リリィさんは頭を下げる。

「本当にありがとうございました。三条様が来てくださらなかったらどうなっていたか」

「丁度、良《い》い暇潰しになりましたよ。良かったら、また、呼んでください」

リリィさんは微笑《ほほえ》んで、俺は笑いながら寮内新聞を見せつける。

「この新入生歓迎会、とても楽しそうですしね。ヤツの魔の手から、このイベントを護《まも》り通すのは簡単なことでした。なにせ、俺は、歓迎界の守護神ですからね。ハハハ、悲しい哉《かな》。天才と謳《うた》われるヤツもまた、俺の百合《ゆり》ディフェンスライン上を走っていることを知らない井の中の蛙《かわず》ランナーだったということなんでしょうね」

「ありがとうございます。では、改めて、新入生歓迎会への三条様の参加申請を受諾いたしますね」

「えっ」

思わず驚愕《きょうがく》で硬直し、ちっちゃな寮長は笑いながら俺の背を叩《たた》く。

「そうだそうだ！　そういえば、寮長室に参加申請書を持ってきたんだったな！　三条燈色、お前が一番乗りだぞ！　見上げた忠誠心じゃないか！　よしよし！　あのお姉様に楯《たて》突《つ》くほどに、歓迎会に参加したかったんだな！　なら、お前には、歓迎会の準備の手伝いとわたしの補佐をやらせてやろう！」

「あの、いや、俺……俺、違くて……俺……俺……」

「ミュール、さすがに、そこまでやってもらうのは……それに、歓迎される側が準備に回るというのも」

「でも、本人から志願してきたんだぞ？　ほら、歓迎界の守護神は、やる気満々だ」

ちらりと、ふたりに窺《うかが》われる。

期待に満ちた両者の視線、クリスが歓迎会をぶち壊そうとする可能性、懸念を抱えている寮長の動向……全てが噛《か》み合って、俺は、泣きそうになりながら笑った。

「そっか、俺……歓迎会を手伝いたかったんだ……っ！」

こうして、俺は、新入生歓迎会準備補佐に就任した。

＊

折れた肋骨《ろっこつ》を体内で固定するのも二度目である。

大学病院で通された診療室には、見覚えのある女医さんがいて、豪華客船《クイーン・ウォッチ》上で世話になった彼女に挨拶する。

「なんでいるんすか、先生」

「三百六十五日、豪華客船の上で浮いているわけにもいきませんので。船医は船内にたったひとり、内科、外科、精神科……幅広い医学知識と経験、社交性と語学力を要求される容易ならない業務ですが、お船が海に浮かばない日には、陸に上がって華族のおバカさんを見る時もあります」

「フッ、大変ですね。たまには、お利口な華族を診察してリフレッシュしてください」

「…………」

診察を受けて、また、俺は似たような治療を受ける。

魔導触媒器《ボールペン》を仕舞《しま》った先生は、大きなため息を吐《つ》いて、脇の看護師さんがくすくすと笑っていた。

「貴方《あなた》は、何回、肋骨《ろっこつ》を折れば気が済むんですか。骨が肺に刺されば、一大事というのは理解出来ますか？」

「骨が肺に刺さらなければどうということはない……ということは理解出来ますか、先生？」

「なぜ、貴方の頭に頭部外傷が見当たらないんですか」

俺の肋《あばら》より頭の診察に重きを置いた名医から、お説教を受けて帰される。

今日一日は安静にする必要があるとのことで、師匠《アステミル》との鍛錬は中止になったが、怪我《けが》をしていても出来る修行はあると呼び出しは受けていた。

なぜか、回転寿司《ずし》屋に。

店の前で俺を待っている師匠は、面だけは美人にカテゴライズされており、物珍しい銀髪碧眼《へきがん》エルフということもあって、明らかに周囲から浮いており目立ちまくっていた。

食事帰りの人々の衆目を集めていることに気づいていないのか、白銀の長髪をもつエルフはそわそわしている。

「あっ！」

師匠は、俺を見つけるなり、ブンブンと手を振ってくる。

「ヒイロ！　こっちですよ、こっち！　貴方が愛する美人な師匠の所在地はココですよ！」

彼女へと集まっていた視線が、すーっと流れてこちらへと集中する。俺は、恥辱にまみれながら、ぴょんぴょん跳ねてアピールしているウザカワ師匠の下へと向かう。

「師匠、俺、昼休みを抜け出してきてるんですよ。あんまり目立ち過ぎると、学園にお電話かけられて、不良生徒の誹《そし》りを受けちゃうじゃないですか」

「でも、お寿司、食べられるじゃないですか」

「それに、俺、夜も魚、しかも刺し身なんですよ。昼に寿司食べたなんて言ったら、スノ

ししょう

ウの手で酢飯に詰められてトーキョー湾に沈められちゃいますよ」

「でも、お寿司《すし》、食べられるじゃないですか」

こ、この四百二十歳児、『でも、お寿司、食べられるじゃないですか』でゴリ押しするつもりか……!?　四百二十歳にもなって、収束理論（収束理論の例：『でも幸せならＯＫです』、『美味《おい》しいから大丈夫だよ』）でレスバトルとか、知的なエルフ失格だろ……!?

驚愕《きょうがく》で立ち尽くしていると、ポコンと音がして、画面《ウインドウ》に通知が表示される。

一件、チャットが届いていた。

『ぐっ！』とグッドサインをしているペンギンのスタンプ、師匠はニヤリとほくそ笑む。

「おやおや、私のスタンプが無事に届いちゃったみたいですね」

こ、コイツ……!?

賢《さか》しげなエルフは、ニヤァと笑いながら無銘墓碑の柄《つか》をぽんぽんと叩《たた》く。

「ヒイロが成長すれば、私もまた成長するのは道理。付いて来れますか――私のスピードに」

周回遅れで、そこまでドヤれるのは最早《もはや》才能だろ。

スタンプの送り方を懇切丁寧に教えてくれる師匠に自作ワンクリック詐欺メール（クリックすると、画面に実印を押しながら『スタンプを送れない』と泣く師匠の動画が映る）をお返しし、そのすべてに引っ掛かったことを確認した俺は溜飲《りゅういん》を下げる。

店内に入った俺は、空いていた四人席に座る。当然のように、師匠は俺の隣に腰掛けた。

「え？」

「え？」

俺は、対面を指差す。

「いや、普通、対面に座るでしょ。見て、アレ。あのレール上を新幹線がゴーッって、皿もって来るタイプだからコレ。師匠がこっち側に座っちゃったら、ゴーッって来た皿、俺が師匠の分も取らないといけないじゃん。ふたりだったら、対面同士で座るのが鉄則でしょ」

「ヒイロが取ってくれれば良《い》いのでは？」

「さすが四百二十歳、介護のねだり方が上手《うま》いな」

ニコニコとしながら、師匠は、ドシドシと俺に身体《からだ》をぶつけてくる。

「それに、こっちの方がくっつけて楽しいじゃないですか。えいえーい！」

「ちょっ、ししょー、やめ、やめろよぉ！　やめ！　やーめーろーよーぉ！」

俺たちは、満面の笑みで押しくら饅頭《まんじゅう》に励む。

通りすがりの店員さんに『なんだ、コイツら……』という眼《め》で見られて、俺たちは同時に真顔になった。

「で、どうやって、注文するんですか？　隣のテーブルから取って良いんですか？」

「初手、罪罰《ギルティ》ね。前世、アルセーヌ・ルパンか？　店側と魔導触媒器《マジックデバイス》を同期させて、画面《ウインドウ》から頼むんだよ。そうすれば、ゴーッて来るから」

「……何語？」

「イッツ・ア・ジャパニーズッ！」

俺は、画面を呼び出して、大量の寿司《すし》が並んでいる注文画面を見せる。俺に寄り添った師匠は、髪を掻《か》き上げて、ふわりと良い匂いが漂ってくる。

「へぇ、たくさんありますね。さすが、日本のサービス精神は素晴らしい」

「………………」

「ヒイロ？」

顔を覗《のぞ》き込まれて、不覚にも、師匠に見惚《みと》れていた俺は咳払《せきばら》いをする。

「ま、まぁ、好きなの頼みなよ。師匠の奢《おご》りだからさ」

「人、それを自腹と言います。えっ!?　ちょっと、ヒイロ、見てくださいっ！」

大興奮の師匠は、バンバンと、子供みたいに画面を叩《たた》く。

「ラーメンがある！　ラーメンが！　私はラーメンを食べますよ！　信じられない！　日本の文明、開化しっぱなしですか!?　お寿司屋さんでラーメンが採れて流れてくる国なんて、日本くらいのものですよ!?　こんな寿司屋で、源麺掛け流しですか!?」

フッと笑って、人差し指を左右に振った俺は、デザートメニューを呼び出す。

光り輝く赤色のケーキを見せつけると、師匠は驚愕《きょうがく》のあまり絶句した。

「It is strawberry cake」

指の先端で、画面《ウインドウ》を叩《たた》くと、師匠は青ざめた顔で首を振る。

「ゆ、許されて良《い》い筈《はず》がない……す、寿司《すし》屋にストロベリーケーキ……ご、傲慢だ……ひ、人の域を超えている……」

俺は、そっと、彼女の耳にささやく。

「Welcome to underground」

わいわい騒ぎながら、俺たちは、茶碗蒸《ちゃわんむ》しやらラーメンやらローストビーフやらを頼んで――

「…………もう、良いかな」

「…………私も」

寿司を食べずに、お腹《なか》いっぱいになった。

お楽しみのデザートに切り替えて、俺はフルーツゼリー、師匠はストロベリーケーキを食べながら本題に入る。

「ヒイロ、貴方《あなた》の裡《なか》に何がいるんですか？」

まぁ、俺にしか見えなくても師匠なら気がつくわな。

どう答えるべきかなと思いながら、対面の席で、ひたすら厚焼き玉子を食べている魔人《アルスハリヤ》を見つめる。

「本質的には悪いものだけど、今は害にならないと思う。ただ、見かければ、殺してるからゴキブリみたいなもんかな」

「ヒイロの魔力が、異常なくらい急増したのもそのせいですね？　再会した時に連れていた少女とも関係が？」

俺は、スプーンを口に入れたまま頷《うなず》く。

「ヒイロ」

師匠は、苦笑する。

「貴方は、今、魔力という観点に絞れば逆に弱くなっている」

理解していた俺は、ため息を吐《つ》いてゼリーを掻《か》き回した。

「今の貴方は、唐突に得られた魔力の制御が出来ていない。不可視の矢《ニルアロウ》の出力を絞って撃っているが、それでも貴方が想像した以上の威力になっているし、身体強化も加減がわからないから以前よりも全力を出し切れていない」

「さすが、師匠。全問正解。ハワイ旅行にご招待」

優しく、師匠は俺の頭を撫《な》でる。

「正直、使いこなせる気がしない。師匠に教えてもらった不可視の矢も、今じゃあ、ただの大きな魔力の塊に弱体化しちゃったよ。昨日、高位の魔法士とやり合って『魔力の隠し方も知らない素人が』って言われちゃった」

「不可視《ニルアロウ》の矢は、本来、空気中の魔術演算子に魔力の矢を紛れ込ませることで、魔力探知に引っかからないようにするもの。今のヒイロは、魔力の制御が出来ていないから、魔力を籠《こ》めすぎて、相手の魔力探知に引っかかり『不可視』の特性が消えてしまっている。最《も》早《はや》、それは、不可視の矢ではない」

師匠の言う通りだ。

たとえ、クリス程の高位の魔法士でも、初見で不可視の矢に対応することは不可能だろう。埒外《らちがい》の実力者である魔人《アルスハリヤ》ですら、過去に見たことがあるという経験がなければ避《よ》けきることは出来なかった筈《はず》だ。

「ヒイロ、貴方《あなた》は今、境目に立っている」

師匠は、人差し指を境界線に見立てて――綺麗《きれい》に立てる。

「天才と凡才の境目に。その圧倒的な魔力を扱えるようになれば、貴方は天才と謳《うた》われるような魔法士となる。だが、その逆も然《しか》り」

彼女は、俺に微笑《ほほえ》みかける。

「ヒイロ、貴方は、強くなりたいですか？」

様々な人の顔が浮かぶ。

どいつもこいつも、護《まも》るべき対象で、失いたくない者たちだった。

だから、俺は、静かに頷《うなず》いた。

「あぁ」

俺の覚悟に添うようにして、師匠もまた首を縦に振る。

「では、そろそろ、修行も次の段階に移りましょうか」

立ち上がった師匠は、最後に残ったイチゴを口の中に放り込む。

「次回からは、場所を変えます。必要な所持品は、たったひとつ——覚悟を」

「手間が省けて有り難いね」

俺は、苦笑して起立する。

「いつも、それだけは持ち歩いてる」

師匠と別れた俺は学園へと舞い戻り、ミュールたちとの集合場所へと向かった。

＊

「おそーいっ！　なにをやってるんだ！　おそいぞ、三条《さんじよう》燈色《ひいろ》！　どこの鈍行列車で、旅して回ってきたんだ！　時計の見方も知らないんじゃないだろうなーっ！」

集合場所では、私服姿のミュールが、いーっと歯をむき出して待っていた。

キャスケットをかぶった彼女は、ノースリーブの黒いワンピースを着ている。ちっちゃなハンドバッグを振り回す姿は、その小柄な身体《からだ》で小国を支配する暴君そのものだが、さすがはヒロインというべきかその可愛《かわい》らしさは伊達《だて》じゃない。

日の光を浴びた白金《プラチナ》の髪は、陽光の粒を散らしたように光り輝き、彼女が身動《みじろ》ぎする度に金砂をばら撒《ま》いているかのようだった。

地団駄を踏んだ寮長《ミユール》は、唸《うな》りながら俺を見上げる。

「わたしは、いっちばん、人に待たされるのが嫌いなんだっ！　時間厳守と言っただろ！　そんしつだ、そんしつ！　このそんしつをどうほてんするつもりだ、おまえーっ！」

「時計の見方を知らないのは貴女《あなた》でしょう、ミュール？　時間ピッタリですよ。なにをそんなに怒る必要があるんですか」

純白のタックブラウスとロングのフレアスカート、瀟洒《しょうしゃ》なメイド服から清楚《せいそ》な春コーデへと着替えていたリリィさんは腕時計を見下ろす。

普段のきっちりとした衣装とは異なり、どことなく無防備な雰囲気のある私服姿で、くすくすとリリィさんは笑い声をこぼした。

「すみません。なぜか、この子、昔から人の時間には厳しいんですよ。自分には甘いのに」

「…………（私服姿のふたりの百合《ゆり》デートを妄想している顔）」

「ほら、三条《さんじょう》様も呆《あき》れてます。お嬢様、もう少し、お行儀よくしてください」

「うるさいうるさいうるさーいっ！　アイズベルト家の人間を待たせるなんて、言語道断だーっ！　こんな時間まで待たせるなんて、大陸横断でもしてたのかーっ！　うらやましいご身分だな、金もってるな、わたしも連れてけーっ！」

「騒がしくてごめんなさい。何時《いつ》もお寝坊さんなのに、わーわーわーわー、目覚まし時計みたいにうるさいんです」

リリィさんは苦笑して、俺は笑顔で首を振る。

「いえ、それが良《い》いんです。一生、ふたりのやり取りを眺めていたい。俺はね、そういうタイプの考える葦《あし》なんですよ」

「リリィ、たまにコイツ、すこぶる気持ち悪いぞ……？」

「ミュール！　昨日、助けてもらったばかりなのに！」

昨日助けてもらったばかりだろうが罠《わな》にかかったところを助けられた鶴だろうが、キモいものはキモいと思う。

『私服で来い』と言われていたので、スノウに見繕ってもらった服を着てきた俺は寮長に呼びかける。

「で、新入生歓迎会の準備のために、どこに買い出しに行くんですか？」

「決まってるだろ」

自信満々で、寮長は胸を張る。

「メイドカフェだ！」

「…………は？」

俺は、ゆっくりと首を傾《かし》げた。

電脳街アキハバラ――トーキョー、首脳区チヨダに存在する地下街《アンダーグラウンド》。

エスコ世界のトーキョーは、現実世界の東京都をモデルにしているが、なにもかもそのままではなく、区域によっては大きな差分がある。

例えば、秋葉原は電脳街《アキハバラ》と呼ばれている。

敷設型特殊魔導触媒器《コンストラクタ・マジックデバイス》を用いた映像機器によって、投影された三次元像《ホログラフィー》が活動しており、高度技術集積都市《テクノポリス》・トーキョーの一端が垣間《かいま》見《み》える造りになっていたりする。

アニメキャラや舞妓《まいこ》さん、前衛芸術が三次元像となって、上下左右から売り込みをかけてくるカオスさ加減。

人によっては、三分でリタイアする粗雑さがある。

ゲーム内では、計画《スケジュール》に組み込んで電車賃さえ払えば、アキハバラに何時《いつ》でも足を運ぶことが可能だ。

アキハバラへは、金稼ぎか買い物、ダンジョン探索、イベントのために訪れることになる。プレイヤーが特に重要視しているのは、金稼ぎと買い物だ。

アキハバラでは、魔力を電気に変換する『人間発電機』と呼ばれるバイトが存在しており、魔力量に応じたお金がもらえたりする。

この世界では、魔力というエネルギー源があり、変換器《コンバーター》さえ導入出来れば、ソレを電気代わりにして電子機器を動かすことも可能だ。

ハードウェアとソフトウェア、ニッチな魔導触媒器《マジックデバイス》と導体《コンソール》を取り扱う店も多いため、特殊なプレイを行うプレイヤー（エスコ学会員など）は、アキハバラを御用達《ごようたし》にしている。

例えば、効率厨のプレイヤーは、大量の電子機器を購入して自分に繋《つな》ぎ、クラッキングを仕掛け、魔神教のネットバンクから金を引き出し続けたりする（ゲーム内最高効率の金策方法）。

ただ、魔力には個人に属する特質があるので、そう簡単に魔力⇕電気変換を行うことは出来ない。万人が使えるように造られている魔導触媒器とは異なり、電子機器の場合、専門知識の下で導線を引いて、個人の魔力を電気へと上手《うま》く変換してやる必要がある。

神聖百合《ゆり》帝国で、ルビィがＰＣと敷設型特殊魔導触媒器を動かしていたのも、国の拠点《ホーム》の魔力（占拠地から吸い上げられる大量の魔力）を用いたものだ。

正直、あの魔力⇕電気変換は、個人でやれるものではなく、ゲーム内でも、アキハバラの専門家に金を払ってやってもらっていた。

原作ゲームの観点から見ても、ルビィの異常さがよくわかる。

前置きが長くなったが、今回の俺たちの目的は金稼ぎでも買い物でもない。メイドカフェである。

何度理由を尋ねても、ふんぞり返って歩く寮長は『着けばわかる』としか答えてくれなかった。

透けている身体《からだ》を持つメイドが、宣伝用の立て札を持って、通りを行き交っている。三次元像《ホログラフィー》だ。

体積表示を基にしたシステムにより、魔導触媒器《マジックデバイス》によって空気中の魔術演算子を動かして着色することで立体映像の投影を実現させている（膨大な量のデータ通信が必要となるため、魔術演算子を通信媒体とした量子中継（量子テレポーテーション手法）を行っている）。

コレは体積型ディスプレイの技術に則《のつと》っており、記録した光を再生するホログラフィーとはまるで異なるのだが……呼び名は、なぜか、三次元像《ホログラフィー》だ。

店内に鎮座している映像出力用の敷設型特殊魔導触媒器《コンストラクタ・マジックデバイス》。働き者の機器の後ろで、当の店主は労働から顔を背けて、煙草《たばこ》を吸いながら情報誌を眺めている。その隣のジャンク屋では、野菜か何かのように床から天井まで中古PCが積み上げられており、そのまた隣では飛ばし携帯が正規品かのような顔つきで売られていた。

地下に存在するシャッター通りには、普段通りのカオスが我が物顔で闊歩《かつぽ》している。

地下から更に地下へ、寮長は、ズンズンと狭い階段を下りていく。

狭い下り階段を挟んでいる漆喰《しっくい》壁には、インディーズバンドのステッカーやコンカフェのポスターが縦横無尽に広告文句を叫んでおり、最下段の踊り場には看板があって、そこにはこう書いてあった。

『めいどかふぇ（本物）』。

本物は、普通、本物なんて書かない。なぜなら、本物だから。

胡散臭《うさんくさ》さがこびりついた看板を瞥見《べっけん》して、俺は、扉を開けて入店し――何時《いつ》ものメイド服を着たスノウが、くるりと振り向いてこちらを見つめる。

「本物じゃんッ！」

「は？　看板見なかったんですか？　景品表示法違反するほどメイド捨ててませんよ」

「なんで、お前がココにいるんだよ⁉　急に出てくるな！　心臓に悪いだろ！」

「なに人のことブラクラ扱いしてるんですか、このクソご主人様。扉を開けたら飛び出す美少女なんて、貴方《あなた》の人生には終《つい》ぞ縁がなかったかもしれませんが、世界にはまだこんなにも可愛《かわい》い美少女メイドが現存しているんですよ。なにせ、ココは、めいどかふぇ（本物）ですからね」

店内を見回してみれば、所作振る舞いが洗練されているメイドたちが優雅に働いていた。

ロイヤルコペンハーゲンやマイセンといった高級ブランド食器が使用されており、素人目でも店内の調度品はどれも一流品だとわかる。

キャバクラ紛《まが》いのコスプレ喫茶とは違って、『本物』の圧を感じ、そのコンセプトが五感を通して伝わってくる。

「うちのメイドにブラクラの副業を斡旋《あっせん》してくれたのって、もしかして寮長？」

「いえ、申し訳ありません。スノウさんは私から誘いました」

申し訳無さそうに、リリィさんは頭を下げる。

「おい、なんで、まずわたしを疑うんだ」

「あぁ、リリィさんのお誘いでしたか。なら、良《い》いんですよ」

「な・ん・で、わたしをうたがったー！　こたえろー！　こらーっ！」

ポカポカと、ミュールに腰の辺りを殴られる。

銀盆をくるくると回しているスノウに視線を向けると、彼女は苦笑交じりに応えた。

「私が言わないようにと頼んだんですよ。この主人、私に甘えたべったりで卒業出来ないのは目に見えてるので、働くなんて言ったら独占欲発揮し始めて面倒くさいと思いまして。やれやれ、なにかと、束縛の強い婚約者《ダーリン》を持つのは困りますよ」

「婚約者の三条《さんじょう》様に断りなく、勝手に話を進めてしまって申し訳ありません。さすがに、ずっと秘密にするわけにもいきませんので、このタイミングで打ち明けようと話し合っていたんです」

「なら、新入生歓迎会の準備にメイドカフェを使うっていうのは？」

「それは本当だ。わたしは嘘《うそ》を吐《つ》かん。寮をまとめる人間として、信頼は第一、虚偽を口にすることは許されんからな。こういったこと細やかな正しさが名声を高めるんだ。いずれ、誰も彼もが、わたしに付き従うようになる」

胸を張って、寮長はふんっと鼻を鳴らす。

「立ち話はそこらへんにして、とっととケツを落ち着かせたらどうですか？　ご主人様は特別サービス、お帰りはあちら、お水はセルフでどうぞ」

「おいおい、俺だけ特別扱いしたら、周りに俺たちのラブラブカップルぶりがバレるだろ。恭しく、神に献上するかの如《ごと》く水を運んでこい。俺の前で頭を上げることは許さん」

「喰《く》らえ（水ぶっかけ）」

「責任者ァ！」

ずぶ濡《ぬ》れになった俺は、リリィさんにハンカチで頭を拭かれる。

その様子を見ていたスノウは、舌打ちをして俺にメニューを投げてよこし、足音を打ち鳴らしながら奥へと引っ込んでいった。

「で、リリィさん、なんでスノウがココで？　そもそも、ココはなに？」

「ココは、アイズベルト家に解雇されたメイドたちが勤めるカフェです。スノウさんには、その取りまとめをしてもらっています」

よくよく観察してみれば、健気《けなげ》に働き続けるメイドたちは恐れが入り混じった眼差《まなざ》しで、ミュールのことを見つめていた。

当の寮長は、さっきから、メニューのパンケーキに夢中で気がついてはいないようだが。

「……なるほどな」

アイズベルト家。末娘の寮長《ミュール》を黄の寮《フラーウム》に閉じ込めて、世間から隔離し、家ぐるみで彼女を弾圧しているご立派な御家《おいえ》。

奴《やつ》らは、人間を上位、中位、下位に区別して中位以下を廃棄している。

この廃棄こそが、アイズベルト家をアイズベルト家たらしめている理由のひとつだ。

苛烈な取捨選択によって、一流のみを輩出してきたアイズベルト家は、エリート華族として後世に名を残しつつある。

その栄光の輝きの裏で、今に至るまで、何人が闇に葬られてきたのか。被害者のリストに名前を連ねているのは、まさに、今ココで働いている侍女《メイド》たちのように星の数ほど存在するに違いない。

「契約の観点から見ても、解雇自体は違法行為ではありません。ですが、彼女たちの解雇理由は難癖に近い。なにか、大きなミスをしたわけでもありません。基本的に、解雇者には他の仕事を斡旋《あっせん》していたのですが、侍女としての仕事を続けていきたいと思う子もおります。元々、アイズベルト家で働いていたということは、高度な技術を身につけた証左に違いありませんから。そう簡単に、諦めがつくわけもありません」

「寮長《ミュール》には監視の目があるから、おおっぴらに雇うことも出来ず、こうしてメイドカフェを立ち上げてそこで働かせてるってことか」

「御明察です。維持費を含めた諸経費をペイ出来るくらいには稼ぎが出ています」

俺は、テキパキと、メイドたちに指示を出しているスノウを眺める。

「でも、なんで、スノウなんですか？　あの子たちのトップに立つのには、さすがに心もとないですよね？」

ぽかんと、呆然《ぼうぜん》としたリリィさんは俺を見つめてくる。

「スノウさんは、一時期、三条家《さんじよう》でメイド長を務めていた御方《おかた》ですよ？」

「………………は？」

思わず、俺は声を漏らす。

「スノウが、三条家のメイド長？　イベント事にお呼ばれする賑《にぎ》やかしの間違いじゃなくて？　アイツ、モブじゃないの？」

「モブ……意味はよくわかりませんが、スノウさんの侍女としての素質はずば抜けていると思います。あそこまで、依頼の意図を汲《く》んで動けるのは異常ですし、指示も無駄がなく的確です。恐らく、侍女の域を超えた業務も粛々とこなしてきたんだと思いますよ。でなければ、あの齢《よわい》で、あそこまでの力量が身につくとは思えません」

実力を隠す系の主人公か、アイツ？　正直、俺と漫才しながら働いているおちゃらけメイドとしか思っていなかった。

「なんで、アイツ、三条家《さんじょう》を辞めてんの？　機会損失ってレベルじゃないよな？」

「恩がある、と言っていました」

俺の独言に、リリィさんが反応する。

「三条様は、お優しいから」

綺麗《きれい》に微笑《ほほえ》んで、リリィさんはささめく。

「きっと、昔から、たくさんの方を助けてきたんだと思いますよ」

俺は、嫌な予感に汗を流した。

まさか、過去ヒイロのフラグが、今になって回収されつつあるとか言うんじゃないだろうな？　ふざけんなよ、エスコ本編では、そんなものひとつも回収されてなかっただろうが。この世界に俺がヒイロとして転生したことで、フラグスイッチがＯＮになったとしか考えられないが……いや、なんで？

や、やめよう。深く考えるのはやめよう。自分の心は自分で護《まも》るんだ。昨日、肋骨《ろっこつ》を折ったばかりなのに、セルフ追撃で今度は脳みそが緊急搬送される。

「とりあえず、ココがどういう場所なのか。スノウがなぜココで働いてるのかも理解した。でも、変わらず、新入生歓迎会との関係性がわからないんだけど？」

「歓迎会には、新入生をもてなすメイドが必要だからな」

ナイフとフォークを持って、パンケーキを待っている寮長はおすまし顔で言った。

「こんな地下で辛気臭く働いているよりかは、たまには、お日様の下で働かせるのも良《い》いと思ったんだ。わたしのアイディアだぞ！　リリィがどうしてもと言うから、コイツらを匿《かくま》ってやってるんだし、わたしの役に立てるならコイツらも嬉《うれ》しい筈《はず》だ！」

ふわふわのパンケーキが運ばれてきて、待ち構えていたミュールは歓声を上げる。その歓喜に満ちた笑顔とは裏腹に、リリィさんは不安気に顔を曇らせていた。

満面の笑みを浮かべて、寮長はちまちまとパンケーキを切り分け始める。

「良いアイディアではありますが」

だから、俺は、代わりに言った。

「十中八九、アイズベルト家の邪魔は入るでしょうね」

というか、入ることは確定している。

ただ、その企《たくら》みは、月檻《つきおり》の手で事前に潰されて、ミュールは彼女に対する信頼を高める。

黄《フラーウム》の寮の新入生歓迎会は、そういうちょっとしたイベントだった筈だが、特別指名者に月檻桜《さくら》ではなく、三条燈色《ひいろ》が選ばれたことで、そのお鉢が俺に回ってきてしまっているらしい。

「あ、あの」

パンケーキを運んできたメイドのひとりが、震え声でささやく。

「私は、やれるならやりたいです……折角《せっかく》、ミュール様に頂いた機会を無下にしたくはありませんし、お世話になったリリィ様への恩も返したい……そ、それに、アイズベルト家の方々に、私たちは出来損ないじゃないって……伝えたい、です……」

他のメイドたちも、同じような考えを持っているらしい。

かつて、自信と矜持《きょうじ》で輝いていたその顔は、『不要物』のレッテルを貼られたことで曇りきっていたが、それでも彼女たちは未来を見上げようとしていた。

スノウが、微笑《ほほえ》んで、俺を見つめている。

数秒後、俺の口を介して発せられる、その答えを知っていると言わんばかりに。

「いえ、いけません。三条《さんじょう》様はあのクリス様を止められる程の実力の持ち主、この御方《おかた》が『危険だ』と明言しているのだから、コレを機に貴女《あなた》たちも諦め――」

「いや、やろう」

リリィさんは、俺が自分側に付いて、一緒に説得してくれると思っていたのだろう。

俺の答えを聞いた彼女は、驚愕《きょうがく》で目を見開いた。

「コレは、俺たちとアイズベルト家の戦争だ。あんたたちが、一方的に、こんな薄暗い舞台裏へと押し込められる道理は存在しない。日向《ひなた》でしか、百合《ゆり》の花は咲かない。そうであるならば、陰日向から『陰』を取り除き、日照権を取り戻すのは俺の役目で合っている」

言葉の波動を受けて、メイドたちに生き生きとした活力が漲《みなぎ》ってくる。

「成功させてやろうぜ、新入生歓迎会。その上で、俺が、アイズベルト家に――」

ニヤリと笑った俺は、ひとつの企《たくら》みのもとに両手を広げた。

「本物の一流ってもんを教えてやるよ」

スノウは微笑して、リリィさんは愕然《がくぜん》とし、ミュールは――

「アイス、まだか……？」

パンケーキに載せるアイスを待っていた。


全ては、俺の計画通りに進んでいる。

つい先程、『本物の一流ってもんを教えてやるよ』と大言壮語を吐いたが、その本物の一流とは誰かといえば我らが月檻桜《つきおりさくら》さんである。

元々、この新入生歓迎会を解決するのは主人公であって、歩く死体袋こと三条燈色《ひいろ》くんがひょっこり顔を出す場面ではない。

だって、俺が真正面から解決したら、また好感度上がっちゃうじゃん。

とはいっても、アイズベルト家をこのまま放置するのは胸くそ悪いし、この子たちを見捨てるような男が百合を護《まも》れるわけもない。

如何《いか》にして、新入生歓迎会を成功させて、その実績を月檻に押し付けるか。それが課題であり、最優先事項である。

全ての功績を月檻《つきおり》に押し付けることが出来れば、アレだけ大口を叩《たた》いて何もしなかった俺の株は下がり、ミュールやリリィさんたちの好感度も地の底に落ちる筈《はず》だ。

俺は、俺の事を嫌いな人が好きだ。

いい加減、主人公《ヒイロ》として三条燈色《さんじょうひいろ》の本来の立ち位置を取り戻そう。まだ序盤ではあるものの、月檻だって、ヒロインたちとの友好を結んでもらわないと困る。

なにもかもを、月檻に押し付けるつもりはない。

泥臭くて面倒くさいところは、全て俺が引き受けて、マイナス面の評価を全部貰《もら》い受ければバランスが取れる筈だ。

月檻桜《さくら》がいなければ、この世界もヒロインたちも救えない。

原作ゲームの流れで言えば、俺がアルスハリヤを討伐（吸収）したことは、本筋にはそう影響を及ぼさない筈だ。自由度の高いエスコでは、極論、月檻が魔人をひとりも倒さなくてもハッピーエンドへと至る道筋がある。

正直、月檻とヒロインたちが、鳳嬢《ほうじょう》魔法学園に通っているという本流さえ確保出来ていれば、最終的に月檻たちは幸せになれる。

月檻桜が相応の実力を身につけており、彼女が死ななければ、の話ではあるが。

まぁ、月檻は、本ゲームの神に愛されたチートキャラであるし、俺がわざわざ世話を焼く必要はないのかもしれないが。

要は、俺が、でしゃばり過ぎるわけにはいかないのだ。

あと、いい加減、百合《ゆり》が見てぇんだよ！　百合ゲーなのに、主人公が、女の子を攻略する気がないってどういうこと⁉　床の上に寝っ転がって、回転しながら大声で泣くぞ⁉

基本方針を打ち立てた俺は、月檻を求めて黄の寮《フラーウム》へと帰寮した。

基本的に、百合の園たる黄の寮では、百合特化除花剤のラベルが貼られている俺《ヒイロ》は隠密《おんみつ》行動を旨とする。

「今日も疲れたね、早く、お風呂行こ！　私が、背中、流してあげる！」

「じゃあ、その後に、わたしも流してあげるね」

光学迷彩《ディストーション・フィールド》で、天井と一体化していた俺は、寮生たちが仲睦《なかむつ》まじく大浴場へと向かっていく姿を見送った。

アァ、素晴らしい。乾いていた両眼《りょうめ》を、高原から汲《く》み上げた湧き水で洗ったような気分だ。視力にバフがかかって、今の俺の視力は１０・０、なにもかもが透き通って見える。

ふたりをやり過ごし、天井から壁へと下りた俺は、月檻の部屋にまで向かっていく。

ずりずりずりずり……。

「なんか、変な音しない？　ヤスリで人体を削るような音」

「えっ……最近、噂《うわさ》の幽霊じゃないの？　ほら、壁とか床とか天井とか、這《は》いずり回るような音が聞こえてきて、たまに『ンフッ』とかキモい声が聞こえるとか」

「ええ、なにそれ、こわ!?　怪奇現象じゃなくて怪奇変態じゃないの!?」

すいません、声、漏れちゃうタイプなんです。百合《ゆり》ゲーとかやってて、画面《ウインドウ》が暗転すると、ニヤけてるキモオタが目に入って死にたくなるタイプなんです。やはり、俺は、まだ壁になれるほど徳を積んでないのか。

俺は、呼吸を止めて、彼女らの前を通り過ぎる。

どうにか、誰にも見つからずに月檻《つきおり》の部屋にまで到着し、姿を消したままコンコンとノックをした。

ガチャリと音がして、扉が開き、俺は魔法を解除する。

「よう、月檻。グッモーニン。今日も、世界中の女の子がお前を愛してるぜ」

さっきまで、寝ていたらしい。ダボダボのパーカーを着た月檻は、むにゃむにゃしながらあくびをする。

「おはよ……どしたの？　夜這《よば》い？」

「月檻さん、まだ、夕方にもなってないです。昼夜逆転させて、学生から性犯罪者へのジョブチェンジ条件を満たさないでください」

何時《いつ》になく、無防備な月檻はあくびをして手招きをする。

サイズの合っていないパーカーを着ているせいか、諸々《もろもろ》、見えてしまいそうだったが百合紳士である俺は視線を上げて抵抗した。

招かれて、俺は、月檻《つきおり》の部屋の中に入る。

月檻の部屋の中には、必要最低限の家具だけが存在していた。

入寮当時から、サービスとして設置されている家具はそのままで、掃除も寮の管理者に任せているのだろう。綺麗《きれい》に整理整頓されていたが、彼女らしさを表すものはなく、唯一、魔導触媒器《マジックデバイス》だけが壁にかけられていた。

座るなり、月檻は、うつらうつらし始める。

「もうちょい、後で来るか？　お前、放課後、いつも直《す》ぐに寝てるの？」

午前と午後の授業から放課後まで、プレイヤーが計画《スケジュール》をみっちり入れても、ゲーム内の月檻は文句ひとつ言うことなく素直に動いてくれた。

あまり、『眠るのが好き』という印象はなかったのだが、確か、設定資料集には『睡眠学習が行える』とかいう謎設定があった気がする。実際、ただ寝させるだけでも、なぜか、この子、能力値《パラメーター》上がるし。

「………………寝る」

「あ、おいっ！　おねんねするなら、お布団の上にしなさい！」

こてんと、横になった月檻は、俺の膝の上ですぅすぅと眠り始める。

綺麗な栗色《くりいろ》の髪が広がって、俺の腿《もも》とふくらはぎをくすぐる。

思わず魅入られて、指で髪を梳《す》いてみる。枝毛ひとつない艶《つや》やかな髪の毛は、抵抗ひとつなく指の間を通り抜け、誰もが欲しがる天然繊維のように指先へと良質な感触を伝えた。

小さく身じろぎをした彼女は、俺の腹に顔を埋《うず》めて、巣ごもりするウサギみたいにぐいぐい頭で穴を掘ろうとしてくる。

まぁ、最近、ダンジョンに潜りっ放しで疲れてるっぽいしな。これから、数多《あまた》のヒロインを口説き落としてもわらないといけないんだ。このまま、眠らせておいてやるか。

俺は、微笑《ほほえ》んで――ノックの音。

「桜《さくら》、起きてる？　さすがにもう起きたよね、入るよ？」

ラピスの声。

俺は、あわあわと、月檻の頭を下ろそうとして――扉が開き――咄嗟《とっさ》に、光学迷彩《ディストーション・フィールド》を発動する。

「いい加減、そろそろ、起きな――どういう寝相!?　人体、バグってない!?」

月檻の頭を持ち上げたまま透明化したせいで、低空浮上しながら、アクロバティックに眠りこけているように見えてしまっていた。

「如何《いかが》しましたか、ラピスさん。はしたないですよ、そんな大声を出して。どれだけ驚くようなことがあっても、平静を保つ訓練くらいはしな――そうはなりませんよね!?」

続いて入ってきたレイが、驚愕《きょうがく》で悲鳴を上げる。

「日本人って、寝てる時も肉体を酷使するの!?　社畜精神のバリエーション豊か過ぎない!?　労働という概念が国技と化してるの!?」

「い、いえ、この場合は、桜《さくら》さんが特殊と言うべきか。エクストリームスポーツの走りでしょうか。寝る時にも、自分で自分を追い込む。言うなれば、エクストリームスリープ……？」

「エクストリームスリープ!?」

ギャーギャー喚《わめ》いているふたりの前で、俺は、必死で月檻《つきおり》を支え続ける。

やべぇ。今、ココで見つかれば、月檻が男を連れ込んだかのように思われる。今更、姿を現しても、勘違いされないように収拾をつけられる気がしない。月檻と俺が、良《い》い仲だと思われたらおしまいだ。どうにか誤魔化《ごまか》して、この部屋から脱出する他ない！

ふたりが目を逸《そ》らしている間に、すかさず、サッと月檻の頭を床に下ろした。

「ラピスさん、桜さんの頭が重力を思い出したようですよ。角度の問題で、異常に見えていただけかもしれません」

「あ、ホントだ。なんだ、見間違いか」

俺が壁に貼り付くと、ラピスとレイはふたりで部屋に入ってくる。

「ほら、桜、起きて。ご飯、一緒に食べに行くんでしょ」

ラピスに揺さぶられた月檻は、気だるそうに身を起こして伸びをする。

「……あれ、ヒイロくんは？」

「お兄様？　訪ねた時から今に至るまで、影も形もありませんでしたよ？」

「さっき、ヒイロくんが、夜這《よば》いかけに来てたんだけど……夢か」

「ば、ばか。ヒイロは、そういうことしないでしょ。優しいんだから。無理矢理《むりやり》とか、そういうの、一番嫌うようなタイプじゃない」

「ラピスさんが管理するお花畑の中では、お兄様はそういうことになっているんですか？」

ニコリと、レイは微笑《ほほえ》む。

「お兄様は、むしろ行動派の殿方ですから、もし心の底から愛する相手が出来たら有無を言わさず手籠《てご》めにする心性の持ち主かと。私、既に、何度も助けられていますから」

「ヒイロが行動的なのは、もちろん知ってる。でも、恋愛関係では、むしろ奥手じゃない。こ、こっちから、アプローチかけてあげないと、なんにもしてこないんじゃないの」

頬《ほお》を染めたラピスは目を伏せて、月檻はあくびをする。

「なら、ラピスは、ヒイロくんをオトすために積極的に仕掛けて行くってこと？」

「え、な、なにが？　な、なんの話？　い、言ってる意味がわかんないなぁ？　わ、わたしとヒイロは、好敵手《ライバル》だし……そ、それ以上でもそれ以下でもない……と思う」

ラピスは、じわじわと、首筋から頬まで赤く染めていく。その横で咳払《せきばら》いをしたレイは、胸の前でぎゅっと両手を握り込む。

「私は、お兄様に恩を返したいです。この気持ちがどういうものかはわかりませんが……

初めて、他人に対して、こういう気持ちを覚えました」

その後も、月檻《つきおり》たちは、俺がどうだのこうだのの話を続ける。

三十分が経過しても、三条燈色《さんじょうひいろ》についてのガールズトークは澱《よど》みなく続いていた。両手で口を押さえたまま、絶望で目を見開いた俺は、前後左右にガクガクと膝を震わせる。

うわっ……俺の好感度、高すぎ……？

ペラペラと、俺にどう救われたから云々《うんぬん》とか、俺の好きなものがどうだから云々とか、俺がなになにしてたから云々とか。うんぬんかんぬんうんぬんかんぬん、終わりのない山手線ゲームのように、彼女らは三条燈色で会話を回し続ける。

絶望感は増していく。

天井に眼《め》を向けた俺は、嗚咽《おえつ》を必死に抑えて、涙を流し続けていた。

ど、どこまで……どこまで、俺は、好感度を下げれば良《い》い……教えてくれ、百合神《ゆりがみ》……次は、俺はどうすれば良い……？

「あ、そろそろ、ご飯行こっか」

月檻はそう言って、俺は、希望で顔を輝かせる。

ようやく、解放され――

「続きは、お店で」

続きはWebで！　みたいに気楽な広告文句で、俺の精神と尊厳が粉々に破壊される。

「お兄様も誘ってみましょうか。こういう時は、なぜか絶対に来てくれないんですが、愛する妹である私が、切羽詰まったように訴えれば来てくれるでしょう」

そわそわとしながら、レイは、躊躇《ちゅうちょ》なく俺へと電話をかけて——俺の眼前に画面《ウインドウ》が開き、バカでかい着信音が部屋中に響き渡る。

「…………え？」

顔を真っ赤にしたラピスが、油を差し忘れたロボットのような動きで首を横に向ける。

その視線の先で、観念した俺は、すぅっと姿を現した。

「…………こ、こんにちは」

ラピスの両目に涙が溜《た》まり、レイは赤くなった顔を両手で覆って、月檻は我関せずの体であくびする。

愛想笑いを浮かべた俺は、その横を通り抜けて、そっと部屋の外へと出て行った。

「死ぬぅううううううううううううううううう！　もぉ、わたし、死ぬぅううううううううううううううううううううう！」

「…………も、もう、お兄様と会えない」

「なんだ、やっぱり、夜這《よば》いに来てたんだ。夢じゃなかった」

部屋の中から、騒ぎ声が聞こえてくる。俺は光学迷彩《ディストーション・フィールド》で己の存在を消し、全てを忘れて、まだ見ぬ明日へと駆け出していった。

翌日の放課後、宙は澄み切り、空は晴れ渡っていた。

オーダーメイドのスーツに身を包んだ俺は、変装した緋墨《ひずみ》を引き連れ、摩天楼の如《ごと》き高層ビルの前に立つ。

魔法結社、概念構造《クオリアハイツ》。周囲を取り巻くビル群の中でも、一際目立っている全面ガラス張りのオフィス。

大廈《たいか》高楼を前にして、俺はネクタイを緩める。

「行くか」

「行動開始」

緋墨は、無線機《イヤホンマイク》にささやいて――俺は、天才たる魔法士、クリス・エッセ・アイズベルトが待つビルの中へと踏み出して行った。

＊

神聖百合《ゆり》帝国、拠点《ホーム》。

俺の指示通り、水晶宮《クリスタル・パレス》といった無用の長物は解体されて、そこには杭上住居《こうじょう》だけがぽつんと取り残されている。

その住まいの中で、蠢《うごめ》く影は七つ。

一方のソファには三体の人外、もう一方には別の意味で人外の三人。

座りづらい玉座には、俺が座っている（三人掛けのソファーをふたつ用意することで、二方向から百合を観測出来る皇帝の席《ベストポジション》）。

ソファの上で、思い思いに過ごす彼女らの前には、会議用に導入した縦長のダイニングテーブルがある。雑用係に任命されたマグロくんとカツオちゃんが、隣のキッチンで夜食作りに精を出していた。

「じゃあ、定例の会議を始めるけど……三条燈色《さんじょうひいろ》、あたしが進行で良《い》い？　シルフィエル様にやらせるよりかは、格下の私が雑務を引き受けた方が良いと思うし」

「気を遣う必要はありませんよ、ルリ。教主様からは、我々も貴女《あなた》たちも、平等だと威令を承っておりますから。今回の件で、私たちは、貴女たち含む人間の評価を改めているし妙な気遣いは無用です」

「いえ、そんな」

ちらりと、目を向けてきた緋墨に窺《うかが》われて俺は頷《うなず》く。

「緋墨、お前に任せる。信頼してるしな。お前には、秘書的な立ち位置にいてもらえると安心出来る」

「そ、そう……まぁ、なら、やるけど……」

髪を掻《か》き上げて、彼女は画面《ウインドウ》を立ち上げる。

巨大な画面《ヒュージ・ウインドウ》が表示されて、ペン型の魔導触媒器《マジックデバイス》を持った緋墨《ひずみ》はさらさらとそこに筆記する。


「では、神聖百合《ゆり》帝国、定例会議を始めます。皇帝三条燈色《さんじょうひいろ》の提案により、定例会議は六人の幹部から議題を集めて、その解決を図る場とします」

「わー、きょー様、ついには皇帝様じゃないですかぁ。すごぉーい」

「どうも、皇帝の三条燈色です。独裁百合政権を推し進めることに決定いたしました」

キリッと、目つきを鋭くすると、リイナはぱちぱちと拍手を送ってくる。

「えへへ……リイナの教主様、すんごく格好良《い》い……！」

「顔がウザい。顔がキモい。顔がエグい」

「ハイネ様、きょーちゃん、一回落ち込むと長いから。韻を踏んだ罵倒で、心折コンボを繋《つな》げるのはやめてあげて」

わーわー持て囃《はや》されながら、足を組んだ俺はキメ顔で片手を挙げる。

「続けて、緋墨（キリッ）」

「………………」

「調子こきました、すいません（キリリッ）」

咳払《せきばら》いをして、元の空気を取り戻した緋墨はカツカツと文字列を書き込む。

膝の上にラップトップ（ノートＰＣ）を広げたルビィの五指が軟体動物の脚のように自在に蠢《うごめ》き、タッチタイピングで緋墨の素早い筆記に追従する。

どうやら、書記を買って出てくれたらしい。

「最優先議題は、役職決めだよね。簡単に言えば、誰が何をするか。まずは活動方針とその責任者を打ち立てないと、人的資源《ヒューマン・リソース》が無駄になる。同質役割集団のパフォーマンスは低下するし、役割と目的がないと人は働かないからね」

「あ、知ってる……えへ……アレだよね、経済担当相、軍事担当相、外交担当相、科学担当相とか……そういうヤツ……」

「りっちゃん、ソレ、シヴィ〇イゼーションね」

リイナのえへえへゲーム理論に、相方のルビィが素早くツッコむ。

「ですが、意外と的を射ているようには思えますね。最低限でも、それくらいは決めておくべきでしょう。後は、大雑把《おおざっぱ》に、国営補佐、農業担当相、情報担当相、教育担当相、治安維持担当相くらいは欲しいですが」

「国家規模を広げる必要がないなら、教育と治安維持は暫《しばら》くの間は不要。残りの七つを私たちで割り振るべきでしょうね」

「ずるるるるるるるるるるっ！　ずるっ！　ずるるっ！」

シルフィエルと緋墨の間の協議に割り込むような形で、ワラキアが二郎系を啜《すす》る音が響き渡る。神聖百合《ゆり》帝国では、最早《もはや》、小鳥や蝉《せみ》の鳴き声と同じ環境音として『ワラキアが二郎系を啜《すす》る音』がカテゴライズされているため、気にした様子もなく、緋墨《ひずみ》は画面《ウインドウ》に七つの担当相を記載する。
「最終決定権は、教主兼皇帝兼三条《さんじょう》燈色《ひいろ》のあんたに任せるけど……大体の感覚で、あたしが割り振っても良《い》い？」
俺が頷《うなず》きを返すと、進行役は各々の名前を書き込んでいった。
国営補佐：椎名莉衣菜《しいなりいな》
軍事担当相：ワラキア・ツェペシュ
経済・外交担当相：緋墨瑠璃《るり》
科学担当相：ルビィ・オリエット
農業担当相：ハイネ・スカルフェイス
情報担当相：シルフィエル・ディアブロート
「……ハイネとワラキア、逆じゃね？」
「あー、きょー様、人のこと食いしん坊キャラみたいに思ってますぅ⁉　ひっどいんだー！　食いしん坊が農業を担当するべきって、戦隊ヒーローのイエローはカレー好きくらいの決め付け差別対応ですからねぇ⁉」
「アヅッ⁉　汁！　さっきから、アッツアツの汁が、熱烈なファンみたいに飛びつい

「──」

俺の目に汁の粒がホールインワンして、俺は両手で目元を押さえながら転げ回る。

「目が、目がぁ～！」

「あはは！　きょー様、ジ◯リのアレじゃん！　ジ◯リのアレじゃん！」

「遊んでないで、もうちょっと皇帝らしくしなさいよ、あんた……」

モコモコのパジャマを着て、二郎系ラーメンを啜る怪物と化していたワラキアは、爆笑しながら俺を指差して緋墨が呆《あき》れる。

カツオちゃんが、小刻みに震えながら、彼女に三杯目の二郎系ラーメンを差し出した。

「わーい！　わー、ラーメン大好き！」

「きょーちゃんは知らないだろうけど、ワラキア様って戦闘に関しては天才だと思うよ？」

「本気で言ってる？　ジロリアン・ハラスメント受けて強制頭アブラマシマシにされてるなら、教主様、本気で油抜き相談窓口設けちゃうよ？」

ルビィ、リイナ、緋墨は、顔を見合わせて頷いて、シルフィエルもまた首肯する。

「戦術、戦略観点まで、彼女の才能が及ぶかは不明ではありますが、我々、三人で真正面から殺し合ったら、彼女《ワラキア》が圧勝するでしょうね」

「シルフィエルより強いの!?　この性悪ラーメン頭が!?　綺麗《きれい》な流れ星に、ヤサイマシマシアブラマシマシカラメニンニク、三回お願《コール》いするような女が!?」

「なんか、酷《ひど》いこと言われてる気がしますけどぉ、脂が脳に回ってよくわかんないから許しちゃいまぁーす！」

天地返し〈ラーメンの上に載っているヤサイと麺を入れ替えるジロリアンの基本技〉を仕掛けている幽寂の宵姫《ヴァンパイアロード》は、跳ねたスープを箸先で捕らえて、モコモコパジャマにシミひとつ付けずに食事を続ける。

「ただ、集団戦となったら、ハイネにも勝つ見込みがあります。なんでもありであれば、私が勝利するかもしれません。そういう塩梅《あんばい》のパワーバランスではありますが、純粋な強さであればワラキアには及びませんね」

シルフィエルがまとめた評論に対し、リイナは不安気に顔を曇らせる。

「で、でも、ルリちゃん……ワラキア様は確かに強いけど……せ、戦術面で言えば、ハイネ様の方が良《い》いんじゃないの……？」

「………………」

「緋墨《ひずみ》の顔に『でも、ワラキアを農業担当相にするわけにはいかない』って書いてあるぞ。食料庫が、全部、自家製手打ち麺で埋め尽くされるからな」

「こう見えても、私は、命を操ることに関しては得意。死せる闇の王《リッチキング》だから、生から死の扱いは任せろ。ぶい」

ハイネは、無表情でピースサインをする。

「それじゃあ、他に意見がなければ決定で」

こうして、六人の役割が決定される。

続いて、議論は、魔神教の階級制について移る。

「あぁ、あの『黒猫』とかのヤツか……使い魔をモデルにした階級制だっけ。確か、三階級で、悪靈《イービル》、孤烏《カラス》、黒猫《キャット》だろ？　緋墨たち三人は、黒猫だったんだっけ？」

三人は頷《うなず》いて、緋墨は切り出す。

「正直言って、この階級制は神聖百合《ゆり》帝国には必要ないと思ってる。この六人に階級付けしても無意味だし。暫《しばら》くの間は、廃止して良いかなって」

「ルリちゃんに同意。無駄なことはどんどん省こう」

ルビィを含めた全員が賛同し、アルスハリヤ派では一時的に階級制が廃止される。

早々と次の議題へ、今後の方針へと話が移り変わる。

「と、とりあえず、教主様の言う通り……発展させた建築物は解体して、ユニットも魔力に戻したし、占拠してた土地は解放したけど……えへへ……その分のお金と魔力が、一気に戻ってきたから……国庫がスゴイことになっちゃった……」

俺の前に、画面《ウインドウ》が飛んでくる。

た、確かに、コレはスゴイことになってる。ゼロからのリスタートを望んではいたけど、こんなにもゼロを並べてほしいとは思ってない。

「で、このお金、どうする？」

緋墨《ひずみ》に問いかけられて、俺は、考えていた答えを返す。

「短絡的な思考で敷き詰められた道を進んで、規模の大きな行動で派手に道程を飾り付ければ行き着く道端は破滅だ。金の使い方を知らない素人が、慣れない富を扱い始めて地獄に落ちるのは、歴史上の成金たちが物語ってる。あまりにも目立ち過ぎれば、他の魔人たちが同時に目覚めて多面的な攻撃を受ける可能性があるし、最悪、魔神が覚醒してゲームオーバーだ」

実際、エスコには、魔神の覚醒条件が存在していた。

その覚醒条件は多岐にわたっているが、ハッキリとわかっているのは、ヤツは世界を変えるような善行を見逃したりはしないということだ。

例えば、俺がこの金を使って、世界平和を実現しようとしたりすれば……間違いなく、魔神は目覚めて、俺たちはなすすべなく全滅する。

「やれやれ、正解だ」

珍しく、姿を現したアルスハリヤが、空中で足を組んであくびをする。

「君は稀代《きたい》のアホだから忠告してやろうと思ったが、自分の両手が届かないところまで、なにもかも救おうとするんじゃないぞ。それはただの蛮勇で愚行と呼ばれる類いのもので、過去、英雄と呼ばれて持ち上げられたバカどもが辿《たど》った破滅の道だ。民衆に良《い》いように操られて、無様に死にたくなければ、自分が救えるものと救えないものの区別くらいはつけるんだな」

「お前如《ごと》きに言われんでも、それくらい理解してるわ。バーカ、死ね！」

「どうだか」

苦笑したアルスハリヤは姿を消し、俺は改めて明言する。

「その金と魔力は、今後の国家運営に使わせてもらう。ただ、使えるものは使う。飽くまでも、俺の両手が届く範囲で」

そう、俺の両手が届く範囲。つまり、月檻桜《つきおりさくら》の手によるハッピーエンド、百合《ゆり》の咲き誇る花園を目指すためだけに使う。

それ以上は、越権行為だ。少なくとも、俺はそう思うし、アルスハリヤの言う通り蛮勇と勇気を履き違えてはいけない。

まぁ、今のところは、な。

「良かった。他の魔人を目覚めさせて、全面攻勢に出てぶっ倒すとか、全世界の百合を救うとか、実現不可能な絵空事を言い出さないか心配してたから」

俺が黙り込むと、顔をしかめた緋墨は首を振る。

「言い出さないでよ……ホントに……」

「冗談だ。大丈夫だよ、弁《わきま》えてる。然《しか》るべき時が来るまで、ゆるゆると国家運営を続けていこう。たぶん、この力が必要な場面が来る筈《はず》だからな」

ニヤリと、俺は笑う。

「ただ、その場面は、思ったよりも早く来るかもしれないけどな」

「……どういうこと？」

俺は、話を始めて――ため息を吐《つ》いた緋墨《ひずみ》は、眉間を押さえた。

＊

魔法結社とは、ひとつの目的と理念を基に魔法士が集い、形成されている集団のことを指す。

その目的は、高尚なものから低俗なものまで多岐にわたる。

概念構造《クオリアハイツ》のような一流の魔法結社は、立派な企業のひとつとして経営されており、経済的利益を粛々と上げ続けている。

その目的たる『魔法士の想像《イメージ》を概念化して、普遍的な構造体を創り上げる』の副産物を商品化して売り出すことで利益を得ているのだ。

『魔法士の想像《イメージ》を概念化して、普遍的な構造体を創り上げる』。

要するに、概念構造は、魔法士の想像《イメージ》を導体化《コンソール》させて誰でも使えるようにしようとしている。

例えば、俺の光剣《ルークス》は、一般的な打刀を参考にして構築している。

長さ七十センチ、元幅三・二センチ、先幅二・一センチと定義しており、重ねに平肉の膨らみまで、鳳嬢《ほうじよう》魔法学園の大圖書館《アーカイブ》の蔵書を参考にして作り上げた。

知識も経験もないどこかの誰かさんが、俺と同じように光剣を構築しようとしたら、想像《イメージ》を創り上げるのに数週間はかかるだろう。

そこから、安定させるのに数週、生成《クラフト》の速度を速めるのであれば更に数週間。

下手すれば、俺とその誰かさんの才能はかけ離れていて、俺と同じ光剣を脳内で構築するのに数十年かかるかもしれない。

だが、その想像《イメージ》を丸ごと導体化して、魔力を流し込めば実現出来るとすればどうだろうか――習得期間は、たったの数秒で済む。

概念構造は、魔法の前提を覆すような代物を創ろうとしている。

概念構造のお偉方は、その実現のためにクリス・エッセ・アイズベルトを高額な契約金を手土産にスカウトした。彼女はそれを了承して、結社と個人はガッチリと握手を交わし合っている。

そんな握手の間に割り込むようにして、概念構造に足を踏み入れた俺は、ガラス張りの応接室で待ち人を待ちかねていた。

革張りのソファに腰掛けて、肩を怒らせながらクリスがやってくるのを眺める。

彼女は、入ってくるなり、魔力を迸《ほとばし》らせた。

「ココは、ゴミ収集所じゃない。にもかかわらず、男《ゴミ》がなにをしに来た？」

「まぁ、座れよ」

「なにをしに来た、スコア0風情が!?　お前如《ごと》きに呼びつけられて、笑顔で出迎え茶飲み話に花咲かせるとでも思っ――」

緋墨《ひずみ》は、勢いよく、テーブルにアタッシュケースを叩《たた》きつける。

びくりと、反応したクリスは息を呑《の》んだ。

俺は、そのケースを足で蹴り開いて――大量の札束を見せつけ――驚愕《きょうがく》で、クリスの動きが止まる。

「なにをしに来たって？」

せせら笑いながら、俺は、両手をソファに回して足を組む。

「楽しい交渉《おしゃべり》だよ。金銭《おともだち》を引き連れて、最大効率の解決方法を提示しにきてやったんだ。三条《さんじょう》家のお坊ちゃまが、アイズベルト家のお嬢様とハンドシェイク交わすためにわざわざ出向いてやったんだぜ？」

微笑を浮かべた俺は、彼女へと右手を差し出した。

「とりあえず、お客様に名刺をくれよ。社会の礼儀《マナー》は知ってるだろ？」

呆然《ぼうぜん》と立ち尽くす彼女へと、俺は笑顔で呼びかける。

「この間、ついつい、破いちまったからな。面倒事を好む人間はいないかもしれないが、もう一度、出逢《であ》いの場面《シーン》からやり直しだ。だから――」

笑ったまま、俺は、彼女を睨《ね》めつけてささやいた。

「座れよ」

血の気を失ったクリスは、ゆっくりと座り込む。

クリス・エッセ・アイズベルトは交渉の座について、俺は静かに頭を回転させた。

交渉は、始まる前に結果が見えていなければならない。

互いの妥協点をその場で探り合うのは、事前準備を怠った愚か者がすることだ。今後の関係性を考えなければ、仕掛けた側が一方的に勝利するのが交渉事の本質。

仕掛けた側が損をするような交渉は、間違いなく、交渉方法を間違えている。

交渉を仕掛けた側が失敗するのは、準備と判断が不足していることを示しており、交渉失敗の可能性があるのに仕掛けるのは三流がやることだ。

と、ココまでが、緋墨の談。

本来、交渉とは、互いにウィンウィンになって終わるものだ。

だが、それは飽くまでも、後先を考えた企業同士の関係構築を踏まえたものである。今回のケースでは考慮に入れる必要はなく、圧倒的な優位性《アドバンテージ》を稼いでいた。

俺の前で、クリス・エッセ・アイズベルトは丸裸だった。

なにもかもが、筒抜けになっており、なにをどう揺さぶれば彼女が惑うのか、一挙手一投足まで未来《さき》が見えている。

端的に言えば、クリスは不意を突かれていた。

スコア0の底辺男が、先に仕掛けてくるとは、思いもしなかった筈《はず》だ。

つい先日、肋骨《ろっこつ》を折ってやった弱者が、地を這《は》いずり回る怯者《きょうしゃ》が、歯牙にもかけなかった小者が。

笑顔で己の手を掴《つか》み、甘言をささやき、奈落の底へと引きずり落とそうとしている。

常に上に立ってきた彼女は、下から迫られることに慣れていない。

踏みつけにしてきた土台の男《ゴミ》が、その足元から魔の手を伸ばし、彼女の足を引っ張るような事態を想定している筈もなかった。

ぐらぐらと、揺れている。

彼女の世界に存在していなかった障害《ゴースト》にささやかれ、アタッシュケース内の札束で精神を揺さぶられ、ついには男《ゴミ》の命令に従いソファに座った。

彼女の両眼《りょうめ》が、揺れている。

その揺動は、まさしく、彼女の心中を表していた。

——コイツは、なんだ？

俺は、足を組んだまま、身振り手振りで優位性《アドバンテージ》を見せつける。時と場合によっては、言葉よりも、動作の方が強い意味をもつ。

だからこそ、俺は、示威的な札束の前でニタニタと笑い続けていた。

「どうした、お嬢様らしく、随分とおしとやかになったな。人様の肋骨を折ってから、宗旨変えでもしたのか。この間まで、足を組んで俺を見下ろしていたのに……今じゃあ、すっかり、立場が逆転して上下反転、俺が上でお前が下だ。くだらない景色だな。こんなもんを絶景呼ばわりして、井の中に天下を求めた蛙《オマエ》は満足してたのか？」

「私が上で、お前が下だッ！　弁《わきま》えろ、下郎がッ！」

激昂《げきこう》したクリスは立ち上がり、俺は苦笑する。

「楽しいね、素敵なお嬢さんとのおしゃべりは。感情豊かで魅力的だよ。曇ったお前の瞳に札束で乾杯してやろうか。いい加減、弁えろよ、今後に響くぞ」

「クソがッ！　力で及ばぬと知って、金で人を脅すつもりか!?　卑怯者《ひきょうもの》が！　正々堂々、正面から歯向かう気概すら持ち合わせないゴミがッ！」

「笑わせるなよ、腐れ淑女」

俺は『上』から、彼女を見上げる。

「今まで、散々、金の力で人を押さえつけてきたのはどこのどいつだ。テメェで殴っといて、殴り返されないと思ってるんじゃねぇぞ。正々堂々、真正面から、金で勝負してやるって言ってんだ……とっとと座れ」

俺は、衝《つ》き上げるように彼女を睨《にら》みつけ、怯《ひる》んだ彼女の両眼《りょうめ》が揺れる。

唸《うな》りながら、彼女は、腰を落ち着ける。

「単刀直入に聞く」

俺は、彼女にささやきかける。

「なんで、お前に真摯に仕えてくれていた侍女《メイド》たちを解雇した？」

「……………」

「答えろ」

「邪魔だったから」

笑いながら、彼女はささやく。

「私の覇道の途上に阻害物があったから脇に退《ど》けただけだ。なにが悪い。私は、クリス・エッセ・アイズベルト。道程にあった無価値な石ころを蹴り飛ばしてなにが悪い。奴《やつ》らはなにもしなかったが、私に貢献もしなかった。不要物を除去してなにが悪い。たまに、空気を入れ替えなければ澱《よど》むばかりだ。私が邪魔だと判断したからやめさせて、私が邪魔だと判断したなら脇に退くのが道理だ。理由としては、それ以上でもそれ以下でもない」

「なら、お前の妹は？」

瞬間、クリスの双眸《そうぼう》にドス黒い感情が宿る。

「アレがアイズベルト家に存在すること自体、耐えられるわけがない。下の下の出来損ない。あのメイドたちよりも下のクズだ。使用人以下の人間が、アイズベルトを名乗って、のうのうと笑いながら生きていることに憎悪を覚える」

「正直者だな。少し、お前のことが好きになれたよ」

「お前如《ごと》きに好かれて喜ぶとでも思ったか」

俺は、口角を上げる。

「ただ、お前がやったことは、俺の正義に反する。つまり、お前の難癖で路頭に迷った侍女たちは、矜持《きょうじ》を傷つけられ自分を責めて涙を流した。己の生涯をかけて身につけた技術は意味をなくして、中にはその混乱の中で恋人を失った者もいる。ミュール・エッセ・アイズベルトは、愛している姉に好かれるために努力を繰り返し、その期待は常に裏切られ、それでものうのうと笑い続けることを選んで懸命に今を生きている」

真正面から、俺は、彼女を見つめる。

「お前から見れば、彼女らは邪魔な石ころかもしれないが、彼女らからすれば、お前こそが、道の行く手を阻む邪魔くさい壁のひとつだよ。お前は、お前が蹴った石ころが、どこに飛んでいくのか考えたことはあるか？」

「………………」

「俺は、見たからわかる」

彼女の前で、石ころの俺は笑みを浮かべる。

「ミュールは、お前の数億倍強いぞ」

「ふざけるな……」

クリスが殴りつけた応接テーブルが跳ね上がり、破片が俺の頬《ほお》を掠《かす》めて壁に突き刺さる。

「ふざけるなッ！　あんなクズが！　魔法ひとつ行使出来ないような出来損ないが！　私に勝っているだと!?　なにを根拠に虚言を吐く!?　言ってみろ、スコア０ッ！」

「言ったろ」

俺は、笑う。

「もう、見てきた」

「なにひとつ見通せぬその節穴で、虚《むな》しい夢の底でも浚《さら》ってきたか、底辺が……ッ！」

「精々、楽しみにしてろよ。ミュール・エッセ・アイズベルトが輝く時を。いずれ、お前は、目の当たりにする」

俺は、彼女と見つめ合う。

「必ず、似非《エセ》が本物を上回る時が来る」

クリスは、握り込んだ拳を震わせながら、憎悪と憤怒が混じった両眼《りょうめ》で俺を捉える。

「悪いな、ついつい、話し込んじまった。そろそろ、本題に入るか」

緋墨《ひずみ》は、すっと、一枚の契約書をクリスに差し出した。

「……なんだコレは？」

「どうした、節穴、見てわからないのか？　ただのA4用紙だよ」

濃厚な殺意で煌《きら》めく目で睨《にら》みつけられて、俺は両手を挙げてバンザイする。

「契約書だ。俺は、お前を雇う」

目を見開いたクリスは、瞬時に殺気を全身へと漲《みなぎ》らせ、魔導触媒器《マジックデバイス》に手を伸ばし――俺は、その腕を掴《つか》んだ。

「おいおい、やめとけよ。今の俺じゃあ、お前に勝てずに死んじゃうだろ。こんなところで俺を殺したら、優良社員のお前でも反省文じゃ済まないぞ。まだ、顔合わせから間もないんだ。お手々繋《つな》いで、友好を深めるのも良《い》いが、もう少し後でのお楽しみにしておこうぜ？」

「このゴミがァ……！」

拮抗《きっこう》する意志と意志、その狭間《はざま》で、俺はつぶやいた。

「左手でサインしろ。さもなきゃ、俺は概念構造《クオリアハイツ》を買収して、お前のことを侍女《メイド》たちと同じように路頭に迷わせる」

愕然《がくぜん》とクリスは俺を見上げて、俺は口の端を歪《ゆが》める。

「戯言《たわごと》も大概にしろよ、醜い道化が。三条家《さんじょう》がそこまでの金銭をお前に与える筈《はず》がない。このアタッシュケースの金も、どうせ、ただの虚像に過ぎない。分家の連中から金を借りて、くだらない見栄《みえ》で、私を誤魔化《ごまか》そうとし――」

「入金しろ。現時点で、替えられた分だけで良《い》い」

俺は、無線機《イヤホンマイク》にささやいて、緋墨《ひずみ》は画面《ウインドウ》を開いた。表示された新規口座の残高照会、その額面を見つめて、クリスはわなわなと身体《からだ》を震わせた。

「ぎ、偽造だ……！」

「緋墨」

ため息を吐《つ》いた緋墨は、無線機《イヤホンマイク》に指示を吹き込む。待機していたルビィとリイナが、大量のアタッシュケースを持ってきて、手際よくひとつひとつ開いていき、その中身を確かめる度にクリスの震えが大きくなる。

「こ、個人が！　ただの学生が、ココまでの金を得られるわけがない！　ニセモノだッ！　偽造だ！　貴様のようなゴミ虫が、得られるモノではない！」

「一枚一枚、丁寧に調べさせてやろうか？　偽造かどうか、銀行の入出金履歴を見せてやれば満足するか？　支店長でも呼んできて、揉《も》み手させながら説明させれば、この状況を理解して呑《の》み込めるか？」

「あ、有り得ない……こ、個人が概念構造《クオリアハイツ》を買収なんて……お、オーナーが認めるわけがない……」

「どうかな」

俺は、クリスの腕を押さえつけたまま微笑《ほほえ》む。

「この応接室まで、男の俺がトコトコ来れた時点で、そこらへんのいざこざは解決済みだとは思わないか？　営利団体と化すってことは、結局のところ、金の魔力で動くようになるってことだ。純粋な魔法結社なら、目的と理念のために幾ら金を積まれようとも動かないだろうが、お前が勤めているココは、そこらの企業と同じように見せかけのコンプライアンスとリスクコントロールの下で動いている。ちょっと突《つつ》けばきな臭いことのひとつやふたつ、ぽろぽろ湧いて出てくるような場所なんだぜ？」

「お、脅すつもりか!?」

「脅す？　失礼だな」

俺は、満面の笑みでささやいた。

「実行にまで移して、お前のことを破滅させるつもりなんだよ。お前が、俺のお友達として、依頼を受けてくれないならな」

「こんなことをして……こんなことをしてなにになる……お前の利益はなんだ……ココまでして、私を敵に回して、お前になんの得がある……!?」

「得だらけだろ」

俺は、ニヤリと笑う。

「女の子は女の子同士で、幸せになれば良いんだよ。邪魔な輩《やから》は粗大ゴミ置き場で、三角座りしてくれてれば、胸がスッキリしてよく眠れるんだ。悪いが、俺の快眠のために犠牲になってくれ」

「しょ、正気か、お前は……他人のために、なにをそこまで……?」

「他人のためじゃない」

笑いながら、俺は、掴《つか》んだ腕に力を籠《こ》める。

「百合《ゆり》のためだ」

「く……」

力なく、クリスは項垂《うなだ》れる。

「くそ……が……」

脱力した彼女は、緩慢な動きで、その場に膝をついた。

数分後、ようやく我を取り戻したクリスは、ろくに文面も読まずにサインをした。去り際に、俺のことを黒々とした憎悪で睨《にら》みつける。

「必ず……お前を……殺す……」

「良《い》いね～！　実行まで移せないお前の虚言は、実に耳心地が良いぜ～！」

素晴らしい敵意に拍手を送ると、歯を食いしばったクリスは去っていった。

彼女の姿が見えなくなった途端、緋墨《ひずみ》は「はぁ～」と息を吐いて、ソファにぐったりと倒れ込む。

「こ、殺されるかと思った……あ、あんた、もう少し、言葉選びなさいよ。魔力探知のセキュリティゲートに引っかかるから、なにかあっても、シルフィエル様たちは助けに来れなかったんだからね？」

「リイナ、ルビィ、見てみて！　めっちゃ高い！　すげー遠くまで見える！　いやぁっほぉおおおおおおおおおおおおおおおおおおおおおおおおおおおお！」

「わっ……ほ、ホントだ……えへへ、すごい、お空が近く見える……！」

「カメラ、持ってくればよかったかな？　オレ、最近、新しいデジカメ欲しくてカタログ見ててさぁ」

「唐突に観光を始めるな。気疲れしてるのは私だけって、おい。この短期間で、概念構造《クオリアハイツ》の買収交渉が終わるわけないんだから、初めから終わりまで、ただのハッタリだったたってことは理解してる？」

「そんなことは、クリスだって承知の上だろ。その上で、コイツらなら、それに近しい何事かをやりかねないって思わせた俺らの勝ちだ」

　応接室の壁は防音仕様になっているのか、オフィスで働いている社員は、騒いでいる俺たちに目を向けるようなことはなかった。

　敵対地の観光と記念撮影を終えた後、エレベーターに乗って階下に下りる。

「で、あの契約書、なにを書いてたの？」

「緋墨《ひずみ》ならわかるだろ」

緋墨は、苦笑する。

「『新入生歓迎会の警備依頼』とか？」

俺は口笛を吹いて、マネしたリイナの唇から「ひゅーひゅー」と空気が漏れる。

「あんたも意地の悪いこと考えるわね。わざわざ、脅しをかけてまで、潰そうとしてた歓迎会の警備をさせようとするって」

「クリスが警備してくれれば、アイズベルト家も手が出せなくなってお得だからな」

「あのプライドの塊みたいなクリス・エッセ・アイズベルトの頭が、沸騰しちゃうんじゃないの？」

「まぁ、良《い》い機会だろ。直《す》ぐ近くで、自分が追い出した侍女《メイド》の働きぶりと、妹が頑張って企画した歓迎会の様子を見守れば、少しは感じ入るところもあるんじゃないか？」

苦笑いしたまま、緋墨は壁にもたれる。

「どうだか。で、あのお金は、全部、本当にクリスにあげるの？」

「時給千百円」

「は？」

画面《ウインドウ》で、謎の曲線を確認しているルビィを眺めながら俺はささやく。

「時給千百円だよ。アイズベルト家から追い出された子たちが、今、メイドカフェでもらってるお給金。だから、同じ額面、アイツには警備代を出すさ。たまには、お嬢様にも、お金の有り難みを感じてもらわないとな」

緋墨は、嬉《うれ》しそうに微笑《ほほえ》む。

「あんた、本当に意地が悪いわね」

「ちなみに、コレ、どこぞの魔人のアイディアも混じってるんで」

性格の悪さでは、ダントツで俺たちの上を行く魔人《アルスハリヤ》様は、エレベーターの隅でふわふわ浮いていた。

「まぁ、でも、ココからが本番だ。後は、今回の俺の悪評を広めて、功績を月檻《つきおり》に押し付けるだけだ。くくっ、俺の百合《ゆり》ＩＱ１８０が冴《さ》え渡《わた》るぜ！」

「「………」」

「なんで、急にそっぽ向いて黙り込むの!?　ねぇ!?　おかしくない!?　ココまで上手《うま》くいったんだから、上手くいくに決まってるじゃん！　ヒイロくんのこと、ちゃんと、信じてあげようよ!?」

「また、僕が手伝ってや――」

「黙れ、カスがァ！　地獄通り越してマントルまで旅行に連れてくぞ、テメェ!?」

「教主様、エレベーターの隅を旅行に誘ってる……こわい……」

こうして、金の力で、障害物をひとつ取り除いたその翌日――

「やめろ、ばかぁあああああああああああああああああ！　三条《さんじょう》燈色《ひいろ》、やめろぉおおおおおおおおおおおおおおおおおお！」

俺は、なぜか、泣き喚《わめ》く寮長《ミュール》を必死で引きずっていた。

＊

ミュール・ルートでは、彼女の成長物語が描かれるが、それは魔法士としての実力ではなく人格的な成長についてのものだ。

序盤のミュールに反感を抱くプレイヤーはそれなりの数いて、シナリオが進むにつれ、彼女に好感を抱き始めるプレイヤーも多い。

それは即《すなわ》ち、彼女が人間として成長した姿を目の当たりにしたことを示していた。

ぐすぐす言いながら、俺の隣に立つミュールは涙目で、俺がゲームで見た晴れ姿とはまるで異なっている。

彼女の前に立っているのは、元黄《フラーウム》の寮の寮生だった人物。かつて、ミュールによって家財道具を放り出され、寮を追い出された彼女は、小さな寮長のことを怨嗟《えんさ》に満ちた目で睨《ね》めつけていた。

「謝りなさい」

俺が寮長《ミュール》に謝罪を促すと、彼女は勢いよく顔を上げる。

「ば、ばかを言うな！　なぜ、わたしが謝らないといけないんだっ！　悪いのはこいつだっ！　わたしは、黄の寮の寮長だぞ!?」

「華族だろうが大統領だろうが魚を咥《くわ》えたどら猫だろうが、悪いことをしたなら謝るのが当たり前です。ほら、謝りなさい」

譲らない俺を見上げて「うぐぐ……」と、ミュールは歯を食いしばる。

「なんで、わたしがお前の言うことを聞かないといけないんだっ！　わたしは、ミュール・エッセ・アイズベルトだぞ！　男のお前の言うことを聞いてやるほど、落ちぶれたつもりはないっ！」

「無駄よ無駄」

リボンの色からして、最上級生の先輩は、やれやれと首を振った。

「コイツが、今まで、何人の寮生を追い出してきたか知ってる？　反省する気なんてゼロ。お得意の『アイズベルト家のわたしが～』が炸裂《さくれつ》して、ふんぞり返った挙げ句、自分の思い通りに人生を進めていくのよ」

「偉そうに言うな！　お前が悪いんだぞ！　わたしは、ただ、寮長であるわたしを敬えと言っただけだ！　生活態度に難があったから指摘してやったのに、反論してくるからわたしの寮から叩《たた》き出してやったんだ！」

先輩は肩をすくめて、俺はため息を吐《つ》いた。

「寮長。そんなこと続けてたら、周りから誰もいなくなりますよ」

「……ふん、そんなもんいるか」

ミュールは、そっぽを向いてささやく。

「孤独は人に力を与える。わたしは、最初から最後まで独りを貫くんだ。周りから誰もいなくなった方が気楽だし、わたしは、アイズベルト家の末女としての責務を全うする義務がある。そうしないと、お母様もお姉様も、こっちを見てはくれないんだ」

「はんっ、そうやって、被害者面してるのもムカつくのよ」

「な、なんだとっ！　お、おまえーっ！　もっぺん、その無駄口叩《たた》いてみろ！　叩いた無駄口の分だけ拳叩き込んでやるーっ！」

水に油、陰と陽、氷炭相容《あいい》れず。

両者は正面から睨《にら》み合い、俺は、ひょいっとミュールを抱き上げる。

「こ、こら！　お、おまえーっ！　は、はなせーっ！　な、なにをするっ！　わたしをだれだとおもってるんだーっ！」

ジタバタジタバタ。

俺の腕の中で、暴れ回る寮長の拳を避《よ》けながら、俺は先輩に頭を下げる。

「いずれ、きちんと、本人に謝らせます。その時になったら、また、黄の寮《フラーウム》に戻ってきてくれませんか？」

「なんで、君みたいな子が、ソイツなんかのためにそこまでするの？」

俺は、満面の笑みを浮かべる。

「綺麗《きれい》な花が咲いたら、他の人にも見てもらいたくなるものでしょ？」

「おろせーっ！　ぶれいものーっ！　ちょっと高くて怖いだろうがーっ！」

「私の目には、咲く季節はもうとっくの昔に過ぎ去っちゃってるように見えるけどねぇ」

苦笑する先輩と別れてから、俺は、ブンブン腕を回す寮長を下ろす。

ブンブンブンブンブンブン……腕を振り回しながら、少しだけ前進して、ねじ巻き式の玩具《おもちゃ》かこの子はと思った。

「ふざけるな！　お前が、特別指名者じゃなかったら追い出してるところだ！」

「うっす、すんませ〜ん！　うっす、自分、特別指名者なんで追い出したら大損こきますよ〜？　うっす、デカい口叩くのやめてもらっていいすか〜？」

「デカい口叩いて、脅迫してきてるのお前だろっ！　なに唇尖《とが》らせてんだ、ムカつくからやめろ！　どこ見てんだ、その目！　人のこと煽《あお》るのが上手《うま》すぎるだろ！」

右斜め上方向を見つめて、尖らせた唇から息を吐いていると、予定通りやって来た月檻《つきおり》がこちらに手を挙げる。

「ヒイロくん、おはよ。朝に会ったから、夜這《よば》いじゃなくて朝這い？」

「なんで、エンカウントした瞬間に性犯罪確定してんだよ」

月檻《つきおり》は、微笑《ほほえ》んで両手を広げる。

「おいで」

間髪を容《い》れず、俺は寮長を突き飛ばし、月檻の両手にすっぽりと小さな彼女は収まった。

「うわっ、急になにをするっ！　放せ、朝這《ば》いナメクジッ！」

「よしよし、がんばったね。よしよしよしよしよし」

ニチャついた笑みを浮かべて、俺はふたりのハグを見つめた。

前日の夜、俺は月檻に泣きついて、今回の『アメとムチ』作戦を受け入れてもらった。

寮長の成長を促すために俺がムチとなって彼女を叱り、月檻がアメとなって彼女を慰め甘やかす。

当然の帰結として、ムチである俺は嫌われ、アメである月檻は好かれる。

神々しい飴色《あめいろ》の慈雨を受けた百合《ゆり》は、すくすくと育って、いずれその美しい花弁を広げることだろう。俺は、セルフダストシュートを決めてチームに貢献する。リバウンドは任せろ、何度でも地獄に叩《たた》き込んでやる。

ついでに、寮長に俺の悪評を広げてもらえば、他の連中の好感度も下がる。寮長も徐々に成長し、月檻も彼女と関わることで、ミュール・ルートは進行していくことになる。

まさに、一石一億鳥くらいの策である。

頭ってのはね……こうやって、使うんですよ。

「月檻桜《さくら》！　お、お前、なんのつもりだっ！」

月檻の胸から抜け出したミュールは、真っ赤な顔で彼女を突き飛ばす。

「え、だって、ヒイロくんから頼まれ――」

「こらこらこらぁあああああああああああああああああああ！　よんべぇだぁあああああああああああああああああああああああ！」

俺は、腰の位置で両手を構えて大声を上げる。どうにか、注意を惹《ひ》いて、誤魔化《ごまか》すことに成功する。

ハァハァ言いながら、俺は、月檻を手招きする。

「どうしたの、急に気を解放したりして」

「いや、話を誤魔化したい時には界○拳を叫ぶと良《い》いんだよ。成功率かなり高い。じゃなくて、なんで、唐突に裏切りに走った？　びっくりしたわ。秒で裏切るじゃん。お前の血、本当に赤色か？」

「うん」

「素直にお返事すれば、花丸もらえるステージはとっくの昔に終わってんだよ」

いつものように、俺の寝癖を弄《いじ》り始めた月檻の手を止める。

「やめなさい。人の髪の毛をカールさせてキープさせようとする遊びはやめなさい」

「イヤ」

「イヤイヤ期も、もう終わった筈《はず》でしょうが。昨日の俺の涙ながらの説得はなんだったんだよ。俺の涙、返せよ。あの号泣、間違いなく、リットル級だぞ」

「だって、私、あの子のことは興味ないし。ヒイロくんを甘やかすって話なら、喜んで引き受けてあげるけど……まぁ、やる気、起きないかな」

あいも変わらず、ローテンションでブイブイいわせている主人公様だった。

何時《いっ》になったら、この子の恋愛スイッチがONになるんだ。ONにさえなれば、四六時中、ヒロインのケツを追いかけ回す無敵の月檻桜《つきおりさくら》様が完成するのに。

心中で嘆いていると、ひょっこりと、寮長が俺たちの間へ顔を出してくる。

「おいっ！　ふたりで、なにをコソコソと話してる！　良《い》い雰囲気で、眼前逢瀬《おうせ》か!?」

「街中でデートしてるカップルを見かける度、『眼前逢瀬か!?』とか叫んでるんすか？　デートスポットのこと、眼前逢瀬多発地域とか呼んでんの？」

憤慨する寮長の前で月檻の脇腹を肘で突《つつ》き、小声で頼み込むと、苦笑した彼女は「しょうがないんだから」とつぶやく。どうやら、作戦を引き受けてくれる気になったらしい。

俺たちは、黄《フラーウム》の寮の寮長室へと場所を移すことにした。

「で」

寮長室の執務机の上で、物寂しさを醸し出している二枚の参加用紙を六つ目が見下ろす。

「新入生歓迎会が差し迫っているのに、どうして参加用紙が二枚なんですか？」

「きっと、わたしのカリスマに惹《ひ》かれたんだな！」

「いや、褒めてないです。今のを褒め言葉と受け止められるポジティブ性には惹かれました。どうして、未《いま》だに俺と月檻の参加用紙しか集まっていないのかと聞いています」

俺の背後に回った月檻は、俺に寄りかかったり離れたりを繰り返し、謎の遊びに興じ続けている。

その行為を無視して、俺は目を逸《そ》らした寮長を見つめた。

「寮長、お答え願います」

「し、知らん……」

ちらりと、俺を瞥見《べっけん》し、寮長は「ふんっ」とそっぽを向いた。

「寮長、俺の心はアルプス高原のように広々として豊かで澄み切っている。貴女《あなた》の罪を受け入れる懐の広さ、試してみたいとは思いませんか」

不安気に、寮長は上目遣いで俺を見つめる。

「あ、アイツら、リリィの悪口を言ってたんだ。出来損ないのお守りとか、金目当てだとか。だから、待ち伏せして、頭から水をぶっかけてやった。そしたら、一年生の間でも、わたしの悪評が広まってて……さ、参加申請を取り消された」

怒られるとでも、思っていたのだろうか。

ビクビクしていた寮長の頭の上へと、俺は、そっと手のひらを置いた。

「正しくないけど正しいことをしてるじゃないですか」

「……え？」

「まぁ、先に手を出したのは悪いかもしれないですけど、大切な人を護《まも》ろうとしたのは百合《ゆり》観点で捉えれば百点満点ですよ。少なくとも、俺は喜んで花丸つけますね。でも、寮長、貴女《あなた》は上に立つべき人間ですから。自分の手を汚さないでください」

俺は、笑う。

「そういうのは、俺の仕事です」

俺が、そっと頭を撫《な》でると、彼女は目を逸《そ》らした。

その反応を見て、俺は、ニヤリと笑う。

ククッ、嫌いな男に頭を撫でられるのは、相当嫌なことらしいからな。頭を撫でて、好感度が上がるのはラノベ主人公くらいのもんだ。寮長に不快感を与えるのは申し訳ないが、ココで、一気に好感度を下げさせてもらうぜ！

手を払《はら》い除《の》けられたタイミングで、月檻《つきおり》とバトンタッチする。

コレこそ、ベストユリニスト賞を受賞した俺の実力だ！　アメとムチ作戦の本髄。その身でとくと味わうが良い！　喰《く》らえッ！　燈月スイッチ式アメムチ好悪反転ナデポッ！

ナーデェナデェッ！

「…………（余裕の表情）」

ナデナデナデ。

「…………（違和感を覚え始める）」

ナデナデナデナデ。

「…………（汗を掻《か》き始める）」

ナデナデナデナデ。

「…………（顔が歪《ゆが》む）」

ナデナデナデナデ。

「…………（苦悶《くもん》の息を吐く）」

ナデナデナデナデ。

「…………（絶望で膝が震え始める）」

ナデナデナデナデ。

「…………（泣きながら神に祈り始める）」

ナデナデナデナデ。

「…………（自我が崩壊を始める）」

ぐにゃりと、景色が歪んでいた。

荒い息を吐きながら、俺は、ぼやける視界の中を彷徨《さまよ》う。

な、なんだ、この悪夢は。お、俺は、いつ目覚めるんだ。バカな、俺が編み出した奥義が破られる筈《はず》がないのに。つ、月檻《つきおり》、たすけてくれ。今、俺はどこにいるんだ。なにをしている。俺は起きたら転生直後、百合《ゆり》をたっぷり見てから眠るんだ。

「ヒイロくん、いつまでやってるの？」

声をかけられて、ハッと、俺は寮長の頭から手を離した。

びっしょりと、全身に汗をかいた俺は、ふらついて月檻に抱き止められる。

「つ、月檻……今は何年の何日だ……？」

「急激なストレスで、タイムトラベラーと化してる……」

俺の前で、頬《ほお》を染めて、顔を背けた寮長はささやく。

「……………さ、さーびすだ」

ビシリと俺の胸を指し、寮長は、釘《くぎ》を刺すように一言一句を打ち込んでくる。

「次はないからな！　リリィに免じて、お前の忠誠を受けてやっただけだ！　男がわたしの頭を撫《な》でるなんて、本来、考えられないことなんだからな！」

「月檻、契約書にサインさせろ！　次はないと！　契約書にサインさせろっ！」

「よしよし、こわかったね。はいはい、大丈夫大丈夫。ヒイロくん、よく頑張ったね」

月檻にあやされて、たっぷりのアメを受けた俺は寮長を見つめる。

「寮長、急にチョロインみたいなことしないでくださいよ。情緒がダラシないいんだよ、あんた。好意ってのはな、サイズがわからない指輪みたいなもんだ。どこの誰の指に嵌《は》まるかは神のみぞ知る。だからこそ、たった一度きりの人生の中で、その指輪をあげちゃっても良《い》いなって思える大切な人にしか向けちゃいけないいんだ！　なのに、あんたって人はァッ！」

「ロボットアニメの主人公みたいな口調で熱く語るな！　リリィが、お前には恩があるからとうるさいから！　特別に我慢して、手を払《はら》い除《の》けなかっただけだ！」

再度、恐る恐る、寮長の頭を撫でようとすると、肩を怒らせている彼女にビシリと手を払い除けられる。

意識を失いかけていた俺は、蘇生《そせい》を果たし、復活の息を長々と吐いた。

「良かった、男に頭を撫でられて喜ぶヒロインがいる百合ゲー世界なんて存在しなかったんですね。数分前までの記憶はフォーマットしたので、早速、本題に入りましょう」

本題に思い当たるところがなかったのか、寮長は首を傾《かし》げて、俺は笑みを浮かべる。

「新入生歓迎会のことですよ。このまま、参加する新入生が俺と月檻のみとなってしまったら、クリスに鼻で笑われることになりますからね」

「……ふん、別に、いつものことだ」

いじける寮長に、俺は笑顔を向ける。

「だから、ココにいる月檻桜《つきおりさくら》が寮長に魔法をかけますよ。そうすれば、歓迎会の参加者は爆発的に増えて、会場内が熱気に包まれ、寮長は栄光の下に旗を打ち立てられる」

「ま、魔法だかなんだか知らないが、わたしは謝ったりしないからな！　アイツらが悪いのに、謝ってやる道理があるか！　アイズベルト家は、頭の下げ方を習ったりしない！」

「ところがどっこい、今ご契約なされるのであれば、謝るどころかなにもする必要は御座いません。おまけにトイレットペーパーと洗濯用洗剤、感想（百合《ゆり》限定）機付き手動雑用機ＨＩＩＲＯと全自動女口説きマシーンＴＳＵＫＩＯＲＩまで付いてくる。ただ、寮長は、そこで座っていれば万事都合よく収まる。それこそが、上に立つべき者のすることです」

俺は、笑いながら、机に両手を突いた。

「魔法使いの月檻はかぼちゃの馬車を生み、寮長はそれに乗っていれば良《い》い。貴女《あなた》は、魔法の軌跡に導かれ、泥だらけの道を歩かずに歓迎会を堪能してくれればいいんですよ」

「その馬車は、誰が引くんだ？」

「言ったでしょ」

正面から、俺は、彼女を見つめる。

「そういうのは、俺の仕事です」

＊

早朝、誰もいない筈《はず》の中庭で、ひとつの人影だけが動き続けている。

小柄な身体《からだ》を動かし、ひとつひとつ丁寧に型を描き、小さな拳を撃ち続ける小さな女の子。

リリィさんが『お寝坊さん』と称した少女――ミュール・エッセ・アイズベルトは、まだ、太陽が昇り切っていない時間帯に延々と拳法の修練に取り組んでいた。

痛みで顔を歪《ゆが》めた彼女は、運動靴を脱いで、マメが潰れて血塗《ちまみ》れになった裸足《はだし》をタオルで拭ってから仕舞《しま》う。

どれだけ長い間、継続すれば、アレだけの練度を得られるのか。

激痛で顔をしかめている彼女は、大量の汗を垂れ流しながら、素人目でもわかる熟練者の動きで早朝訓練を続ける。

「…………」

一日たりとも、サボったことのない彼女の日課を見守った後、俺は自室へと戻っていった。

＊

新入生歓迎会、当日。

新入生でごった返している黄の寮《フラーウム》の広間で、目に涙を溜《た》めた寮長は立ち尽くし、両手をポケットに入れた俺はその場を後にする。

黄の寮の裏。誰も見ていないその裏側で、俺は、待ち人と対峙《たいじ》し——闇に閉ざされた舞台裏で、紫と蒼《あお》の閃光《せんこう》が瞬いた。

血に塗《まみ》れた俺の前で、クリスは、螺旋《らせん》を畫《えが》き——魔眼『螺旋宴杖《らせんえんじょう》』を開く。

指先から垂れ落ちる血液、その音を聞きながら星を見上げる。

冷え切った空の下で、俺は息を吐いて、顔を片手で覆い——指と指、その狭間《はざま》から——魔眼『払暁叙事《ふつぎょうじょじ》』が闢《ひら》いた。

四方が、赤と黒に分かたれて、断続的な獄に染まる。

訪れた漆黒と紅蓮《ぐれん》の夕暮れは、俺の四肢から入って神経を包み込み、深淵《しんえん》の底から膨大な魔力が解放される。

それは、あたかも、現実に現れた煉獄《れんごく》を思わせる。

魔力で全身が焼け焦げる臭いが鼻をつき、満ちた払暁、三条燈色《さんじょうひいろ》の叙事詩が世界に刻まれる。

手の内で、九鬼正宗《くきまさむね》の刀身が——朱に染まった。

「十五秒だ」

愕然《がくぜん》とするクリスへと緋色《ひいろ》の眼《め》を向ける。

「十五秒で片をつける」

夕色に焼けた両目で、俺は、彼女を見つめ——光が閃《ひらめ》いた。

＊

新入生歓迎会、一週間前。

なぜか、俺は、師匠《アステミル》と一緒にテントを選んでいた。

カ○ンズとかビ○とか頭について、ホームで終わるタイプの店……所謂《いわゆる》、ホームセンター。月檻《つきおり》がかける『魔法』の仕込みに夢中だった俺は、久方ぶりの金曜日、銀髪エルフの師匠と並んでテントの群れを眺めていた。

アウトドアグッズ・コーナーで、前かがみになった師匠は、編み込んだ長髪を揺らしながら「うーん……」と唸《うな》っている。

彼女の視線の先には、一人用のテントがあった。

「ヒイロ、一人用でも大丈夫ですか？」

「……いや、まず、説明を求めても良《い》い？」

灰色のアウターとプリーツスカートを穿《は》いた師匠は、愛らしい出《い》で立《た》ちで、そっと俺を抱き締める。健全な男の子を堕落させるには、十分過ぎる香りと柔らかさ。

吐息が俺の耳朶《じだ》をくすぐり、思わず、びくりと反応してしまった。

「なんか、いけそうですね。ヒイロが都合の良《い》いサイズ感で生まれてくれて助かりました」

そっと、俺から離れて、ニッコリと師匠は笑いかけてくる。

「いや、あの、本当に、プリーズ・エクスプラネーション。要説明。人と人は、語らい合うことで理解し合える生き物ですよ」

「鍛錬ですよ、鍛錬。今から、金・土・日と、三日かけて泊まり込みで鍛錬するので。テントとか寝袋とかヒイロの実印とか臓器提供意思表示カードとか、諸々《もろもろ》、必要になりそうだなと思いまして」

「今の発言だけで脳死判定もらえるから、とっとと臓器提供してこいよ」

「テント……ヨシッ！」

「ヨシじゃないヨシじゃない。人を置いてけぼりにして、指呼確認するな。ダブルチェックは基本だろうが」

「ヨシ、ヨォシッ！」

「気合入れて、二回連続確認しろなんて誰も言ってない」

俺は、師匠の人差し指を握り込む。

「なに、金・土・日の鍛錬って。初耳だよ。さっきのハグで受けたトキメキを返せ。一人用のテントでも、ふたりで抱き締め合えば、ぴったりフィットで収納上手ってか。自分の脳みそですら、頭の中に収納出来てないエルフが寸法測定なんて小細工を弄するな」

「いや、ふたりではなく三人ですよ」

ベージュのニットとレザーショートパンツを穿《は》いたレイが、ひょっこりと棚の奥から顔を覗《のぞ》かせ、綺麗《きれい》な姿勢を維持したまま小走りで寄ってくる。

顔を伏せた彼女は、前髪を手櫛《てぐし》で何度も梳《す》きながら上目遣いで見上げてくる。

「お、お兄様と聞いて、我慢出来ずに……か、駆けつけた三条黎《さんじょうれい》です……」

「誰だァ!?　うちの可愛《かわい》い妹にクソみてぇな冗談植え付けた洗脳者はァ!?」

「……………い、インターネットカフェ」

三条家のお嬢様が、こそこそ隠れてネカフェで調べ上げたユーモアで脳細胞が死滅する。

「隣席の方に服を選んでもらいました。現代ファッションは、お眼鏡に叶《かな》いますか？」

後ろ手に組んだ彼女は、己の体躯《たいく》を曝《さら》け出し、長い睫毛《まつげ》の下に隠した瞳で俺を捉える。

三条家の教育のせいか、ロングスカートを好むレイにしては珍しく生足を出していた。

天井の照明が発する白色光を受けて、艶《あで》やかに陰影をつける太ももを見つめて――俺は、近くにあった手鍋で己の頭を殴りつける。

「お、お兄様……？　鍋で自傷しても、取れる出汁《だし》は赤色ですよ……？」

「良い鍋だ、一発で凹《くぼ》んで、悪《あ》しき心が吹き飛んだ。まるで、俺の心を表しているかのようだ。この状態で、『我が心』との題を付けて美術館に飾りたい」

俺は、ベコベコに凹《くぼ》んだ手鍋をお買い上げしてから師匠たちの下に戻る。

「見ろよ、この鍋、もう元の形には戻らないように見えるだろ？　コレが、俺だよ」

「なんで、レジに行くまでの間、自分の頭を殴り続けてたんですか？　自分の頭がバーコードスキャナーだと勘違いして、セルフレジで賠償しようとしてたんですか？」

問いかけてきた師匠の背中に頭を押し付け、俺は静かに「０円……」と値段を告げる。

師匠から離れると、今度は、そっとレイが寄り添ってくる。

俺は、ゆっくりと、彼女から距離を取った。

すすすと、レイが寄ってきて、俺はわなわなと口を震わせる。

つ、追尾型百合《ゆり》挟男破壊ミサイル……！　完成していたのか……っ！

顔を覗《のぞ》き込まれて、俺は、ハッと我に返る。

微笑《ほほえ》みを浮かべたまま、レイは俺を見つめており、目と目が合うと勢いよく視線を逸《そ》らされる。

その数秒後、また熱っぽい視線を感じて、ビクンビクンとひとりでに俺の全身が震える。

「し、師匠……な、なんで、レイがココに……？」

「暇そうだったので、誘っちゃいました。兄妹仲《きょうだい》にまで配慮するなんて、まさに師匠の鏡、世界の誇り。ふふーん、ヒイロも、立派な師匠が持てて鼻が高々ピノッキオですね～？」

「お前も俺の敵か」

胸を張る師匠の脇腹に、ドシュドシュと手刀を入れる。笑いながら師匠も反撃してきて、アウトドアコーナーでじゃれ合う。

ぽすっと、音が立った。師匠に叩《たた》かれていた右脇腹の逆、左脇腹に感触が伝わってくる。

反対の方向に目を向けてみれば、おずおずと、レイが俺の脇腹に拳を入れていた。

俯《うつむ》いていたレイは、ちらっと、不安そうに俺を見上げる。

「オラ、面打ち、一本。まるで修行が足りんな。主に女性との恋愛方面で」

なるべく優しく、俺は、彼女の頭を手刀で叩く。

彼女は、嬉《うれ》しそうに微笑を浮かべて、憧憬に満ちた目を俺に向ける。

こういった家族との触れ合いは、レイにとって久方ぶりのことの筈《はず》だ。だからこそ、彼女のルートでは、月檻桜《つきおりさくら》と三条黎《さんじょうれい》が家族になるまでが描かれる。

レイの事情を知っているが故に、ココで無視するなんて鬼畜な対応を出来るわけもない。

俺は、ぽんぽんと頭を叩いて彼女の不器用な甘え方をいなした。

「で、師匠、いつの間にレイと知り合ってたんですか」

「ラピスと仲良くしてもらってますからね。よくチャットもしますよ。この間、スタンプも千個くらい送ってあげました」

「無差別スタンプ爆撃《テロ》はやめろ。後に残るのは、既読無視の荒野だけだぞ」

ため息を吐《つ》いて、俺は、一人用のテントを見つめる。

「まさか、あんた、三人でひとつのテントに泊まろうなんて考えたわけじゃないよな……？」

「前か後ろかは、じゃんけんで決めれば良《い》いじゃないですか」

「誰も前後の心配してねぇわ！　なんで、俺が真ん中で挟まる形に決定してんだオラァ！

次の日の朝には、舌噛《か》み切って、冷たくなってるわ！」

首を傾《かし》げた師匠は、前から俺を抱き締める。

おずおずと、レイは俺の背中にぴったりと貼り付いて頬《ほお》をつけた。

「大丈夫ですよ、ほらこんな感じで」

「ギィャァアアアアアアアアアアアアアアアアアアアアアアアアアアアァ！」

そこから、俺の記憶は途切れている。


意識を取り戻した時には、テントや寝袋といったアウトドアグッズを背負った俺は、ブナやナラが蔓延《はびこ》る鬱蒼とした山中を進んでいた。

頭上には、苔《こけ》むして傾いた赤鳥居があって、遥々《はるばる》、遠路までその門戸は続いている。

樹々《きぎ》を繋《つな》ぐ血管のように注連縄《しめなわ》で結ばれており、地面に付く程に長い紙垂《かみしで》が俺の足元にまで延び、木の葉と混じりながら地面を埋め尽くし絨毯《じゅうたん》のようになっていた。

どこからか、鈴の音が聞こえてくる。

しゃん、しゃん、しゃんっ。

幾重にも重なって耳に届く鈴の音。空気中を伝搬して、俺の耳の中で這《は》いずり回っている。

いつの間にか、霧が出ていた。

ねっとりとした、乳白色の霧が全身にのしかかっている。

重い、そして、苦しい。

この感じ、魔力切れの感覚に似ている。霧に魔力を吸われてるのか。どこかで、この霧、見たことがあるような……そうだ、御影弓手《アールヴ》が使っていた。

「はぁ……はぁ、はぁ、はぁ……」

じっとりとした汗をかきながら、俺は、ひたすらに歩き続ける。

俺の右隣を歩く師匠は、ひょいひょいと、石や泥で崩れた悪路を登っている。

左隣のレイは、いつの間に着替えたのか、登山に相応《ふさわ》しい服装になっていた。ひとり、シャツとジーパンで歩く俺は、山を舐《な》め腐っている遭難チャレンジ一年生だった。

先行する師匠は、ニコニコしながら俺を見つめている。

この嗜虐性《しぎゃくせい》に溢《あふ》れた笑顔、『私の愛弟子《まなでし》なら、このくらいは自分でどうにかしますね』のパターン。褒めて伸ばさず叩《たた》いて伸ばす、人体鍛冶師の顔になっている。

マズイな。このままだと、遠からず失神する。標高が上がる程、魔力を吸われる量が増えている。いや、魔力量そのものが減っているのか。

第一優先は、霧の遮断。十中八九、この霧が原因であるのならば試行錯誤を繰り返す。引き金《トリガー》。

即席の対魔障壁を生成《クラフト》した俺は、レイの全身を包み込むが、彼女の症状は改善せず荒い呼吸音が伝わってくる。

ダメだ。呼吸か。対魔障壁の密度が薄いせいか、霧が通り抜けて、肺に吸い込んでしまっている。こんなもん、幾ら、張ったところで無意味だ。ちくしょう、苦しそうなヒロインを眺め続ける趣味なんて俺にはねぇぞ。

大量の汗を流しながら、俺は、妹の後ろに回る。

「……レイ」

真っ青な顔で、今にも倒れそうな彼女の背に手を当てる。

「お前の魔導触媒器《マジックデバイス》、陽炎《かげろう》と俺の九鬼正宗《くきまさむね》を同期させろ……俺の魔力をお前に流し込む……多少はそれで楽になる……」

「で、でも、お兄様が……」

「良《い》いから、早くしろ……こういうのは兄の役目だ……」

ぼんやりとした表情で、レイは、槍袋《やりぶくろ》に仕舞《しま》っていた陽炎を取り出す。

白霧の中で、揺動して見える赤い槍が伸びる。

ミルク色の濃霧の只中《ただなか》で、銀色の穂先を伸ばしたレイは、目を閉じて同期を始める。

躊躇《ためら》わず、俺は、彼女に魔力を流し込む。

レイは、呻《うめ》き声を上げて、汗だくの俺は必死で魔力を制御する。

魔力を制御——あれ？　出来てる？

スムーズに魔力が流れ込み、徐々に、レイの顔色が良くなってくる。

なんで、急に制御出来るようになってるんだ？　アルスハリヤの持つ魔力は、膨大すぎて手に負えなかっ——この霧か。

「霧が……俺の制御しきれなかった魔力を吸ってるのか。俺の意図通りに魔力が流れて、霧が俺の魔力の流れを整えてる。整流してるのか？」

「それは、補助輪ですよ」

大樹に身を預けて、白い霧で、顔を隠した師匠はささやく。

「ヒイロ、この霧は、貴方《あなた》にとっての導き手だ。魔力を抑えつけてくれる師でもある。この霧の正体を掴《つか》むことこそが、私からの貴方への問いかけです。貴方は、三日を費やして、この問いに答えを出さなければならない」

「いや、霧の正体を掴めって……たったの三日で？　この近所のコンビニまで赴く用の装束で、お腹《なか》を減らした蚊の皆さんに食事提供を続けながら？」

「ひとりではめげそうだから、可愛《かわい》い妹さんも連れてきてあげたんですよ。更に、ドォン！　貴方《あなた》には、ひとりの仮想敵を設定します」

疑問を表情に表すと、霧の向こう側で、師匠が笑ったのがわかった。

「クリス・エッセ・アイズベルト」

「いや、嘘《うそ》だろ？　あの化け物相手に、たった三日で勝てるようになれって？　麻雀《マージャン》で言えば天和《テンホー》、ポーカーならロイヤルフラッシュ、一石投じてフライドチキンが落ちてくるくらいの運《ラッキー》が掴《つか》めなきゃ無理だろ。それこそ、魔眼でも開眼しないと」

「誰も勝てるようになれとは言ってませんよ。魔眼を無理矢理《むりやり》開くことは絶対に許しません。アレは長期的なアプローチをかけて、自然と開くものですからね。今のヒイロが、払暁叙事《ぎょうじょじ》を開眼したら廃人になってもおかしくない」

「アレもダメコレもダメって、親指でもしゃぶってれば、師匠《ママ》が勝利をプレゼントしてくれんのか？　嬉《うれ》しいね、喜んでボリュームＭＡＸの駄《だ》々っ子を提供するぜ」

「やることはたったひとつ単純《シンプル》に、クリス・エッセ・アイズベルトに敗《ま》けないようになれば良《い》い。それは、ヒイロ、貴方の得意分野の筈《はず》だ」

ゆっくりと、霧が晴れて――俺の眼前に、断崖絶壁が広がる。

大木の横に佇《たたず》む師匠の横には、抜けるような青空と切り立つ崖、そこにしがみつく赤と金の天宮が在った。

あたかも、紆曲《うきょく》する龍が空を這《は》い上るかのように。

細く白い雲が、青い空を蛇行していて、その下で銀色の師が微笑《ほほえ》んでいた。

「さぁ、始めましょうか、天才への第一歩を」

彼女は、俺に手を差し伸べる。

蒼穹《そうきゅう》の下で、俺は口角を上げて、その一歩を踏み出した。

余裕綽々《よゆうしゃくしゃく》の師匠《アステミル》は、樹上でリンゴを食べていた。

悠然たる師の下で――

「うぎぎぎぎぃいいいいいいいいいいいいいいいいいいいいいい！」

俺は、謎の少女と鍔迫《つばぜ》り合《あ》いをしていた。

黒い刀身、湾曲した短剣。

『属性：闇』で、構築されている刀身は、空気中で揺らめいている。

殺意丸出しで急に襲いかかってきた少女は、狐《きつね》のお面で顔を隠していた。奇妙な体重移動を繰り返しながら、俺の刀を搦《から》め捕《と》ろうと機を探ってくる。

霧に魔力を吸われて、刀身すら安定しない俺は、半ば死にかけていた。

お、おかしい……さっきまで、魔力の制御は安定してたのに……また、ダメになったぞ
……なんなんだ、この霧……!?

　ふっと、目の前の刀身が消える。

「うおっ」

　前に力が流れて、光剣《ルークス》の剣先は弧を描いた。

　狐《きつね》の少女は、俺の刀を避《よ》けながら、精確に縦拳を鳩尾《みぞおち》に叩《たた》き込んでくる。

　まともに喰《く》らった俺は、強烈な嘔吐《おうと》感を覚えながらも彼女の拳を右で掴《つか》み、そのまま放り投げようとする。

　すっと、彼女は、俺の右手を両手で掴み――

「人の腕の上で、サーカス開催するのやめてくんない!?　開催料ふんだくるよ!?」

　奇跡的なバランス感覚で、俺の右腕の上で逆立ちをする。

　まるで、重さを感じない。

　ふんわりと、空気中の塵《ちり》が腕の上で直立したかのように、狐の少女は自重を失《な》くしていた。

　彼女の腰元で、導体《コンソール》が光り輝いている。

　導体、接続――『操作：重力』、『変化：重力』。

　発動、重力制御《グラビティ・バランサー》。

　そっと、空中でつま先を伸ばした彼女は、バレエダンサーのようにくるりと回転し――

　俺の側頭に足先を叩きつける。

「反撃の時間《カウンタータイム》だ」

かろうじて、右手で防御した俺は、手首を返しながら彼女の足首を掴む。

視線を絞って、一点に集中し、剣閃の軌道を――見た。

瞬時、手は握りへと。

腕を交叉《こうさ》させる形で左から抜刀、下方からの逆袈裟《けさ》。

その剣筋は、美しい流線と化して――急に出現したクマのぬいぐるみに防がれ――驚愕《きょうがく》で、俺は、咄嗟《とっさ》に後ろに下がった。

天狗《てんぐ》、そして、プリ○ュアのお面をかぶった少女。

唐突に、現れた二人組は、魔導触媒器《マジックデバイス》を携えている。先程のクマは、どちらかの生成《クラフト》によるものだろう。

なぜ、狐、天狗と来て、最後にキュ○ブラックが出てくるんだ。世界観を守れよ。急にニチアサが世界を救いに来るな。

「おやおや、ヒイロ、続々と現れた謎の襲撃者に襲われるとは大変ですね」

「いや、どう見ても、コイツら御影弓手《アールヴ》だろ」

笑顔のキュ○ブラックは、顔の前でブンブンと手を振る。

その横に立っていた天狗と狐はこくりと頷《うなず》き、裏切られたブラックは勢いよく仰《の》け反《ぞ》る。

動きのみで、驚きを示していた（芸人《プロ》だ、コイツ）。

「霧の謎を解かない限り、彼女らと対峙《たいじ》することすら難しいですよ。さてはて、我が愛弟《まなで》子《し》は、どうやってこの窮地から脱するのか」

俺は、彼女たちから距離を取って樹《き》の裏に隠れる。安全地帯で不可視の矢《ニルアロウ》を発動し、身を隠しながらキュ○ブラックを狙い撃った。

「ッ!?　ッ!?　ッツ!?」

あわあわしながら、キュ○ブラックはタップダンスを踊り、カートゥーンアニメみたいな動きで不可視の矢を避《よ》けまくっていた。

「「…………」」

天狗《てんぐ》と狐《きつね》は、棒立ちして、その様子を見守っている。

助けるどころか、時々、事故を装い、そっと押したりして矢を当てようとしている。この足の引っ張り合い、三人の関係性をなんとなく窺《うかが》わせた。

どうやら、天狗と狐とプリ○ュアは、俺の修行を手伝ってくれるらしい。

対クリス・エッセ・アイズベルト戦を想定しているのだろう。

天狗とプリ○ュアは生成《クラフト》を発動させて、クリスの高速生成を再現し、殺意丸出しの狐は接近戦を仕掛けてくる。

凄《すさ》まじいのは、二人分と想定されるクリスの高速生成だった。

ほぼ意識を割かずに行われる神速の創造術。だからこそ、同時に接近戦をこなすことも考えられている。

攻撃の瞬間、チカッと紫色の光が目の端を掠《かす》めた。

打撃や斬撃や蹴撃を繰り出してくるタイミングで、紫色ＬＥＤのポケットライトを用いてこちらの顔に放射される紫光。

その光を嫌って、俺は反射的に顔を背ける。

「いや、さっきから、なんなんだよこの光！」

「アルファ・アクイラエ放射光の再現ですよ。魔術演算子が媒質中で運動する時、その速度が一定以上を超えると放射される紫光。クリス・エッセ・アイズベルトの高速生成時に確認されており、彼女が名付け親になっている放射現象のことですね」

師匠は、懐から出した干芋を齧《かじ》りながら続ける。

「全力を出した時のクリスの生成には、予備動作らしきものが一切ない。脈、汗、癖、体温、仕草、視線、呼吸、唾液量、瞳孔の拡《ひろ》がり……人間が行動を起こす時に表れる体外の変化、その一切を弛《たる》まぬ努力によって打ち消している。鏡に映した己を殺すような作業を幾度となく繰り返さなければ叶《かな》わない成果ですよ。ヒイロが『クリスは、棒立ちしている』と認識した瞬間には、生成されたダンプカーが真後ろから突っ込んできている」

絶句した俺の前で、師匠は干芋をぷらぷらと揺らす。

「だが、クリスが生成した時、アルファ・アクイラエ放射光が発生する。あまりにも速すぎる生成《クラフト》の弊害ですね。アルファ・アクイラエ放射光が発生してから、生成で物質が生み出されるまでにはコンマ秒の猶予があるわけです。クリス戦で生き延びるには、その猶予を活用し、光を浴びた瞬間に回避行動が取れるようになってなければならない」

「……師匠って、不可能を可能と読んでしまうタイプの人？」

「魔法とは」

師匠は、干芋の先端を林檎《りんご》の側面に突き刺し——その先端が、林檎の上端から飛び出る。

「不可能を可能と読んでしまえるタイプの技術です」

干芋の硬度を変化させた上で林檎の中で伸ばして変形させていた師匠は、干芋イン林檎をぺろりと平らげて微笑《ほほえ》む。

「魔法も手品も同種。種がわかっていれば、どうとでも対処出来るものですよ。相手の虚を衝《つ》きなさい。相手に『不可能』と思わせた時、貴方《あなた》は勝利を『可能』とする」

師匠の言葉に感銘を受けたものの現実は無常なもので、懇切丁寧にボコボコにされた俺は、昼過ぎにはボロ雑巾のようになっていた。

「前が見えねェ、未来も見えねェ、なんにも見えねェ」

「敗北感に塗《まみ》れた見事な無様ラップですね。遠吠《とおぼ》えすれば、負け犬仲間が応えてくれるかもしれませんよ」

「お前、スノウから悪影響受けてない？　主に口周りの」

服が汚れるのも厭《いと》わず、レイは地面に膝をつき、濡《ぬ》れたハンカチで顔を拭ってくれる。

傷の治療を終えた後、そっと俺の頭を持ち上げて、自分の膝の上に乗せる。

俺は、頭を上げたまま腹筋で上体を保ち、下半身の動きのみで横にスライドする。

超動作で振り切ろうとしたにもかかわらず、いつまでも、柔らかな太ももの感触が付いてきて——得意気な笑みを浮かべているレイが、こちらを見下ろしていた。

こ、コイツ、正座したまま横に動いてるのか!?

観念した俺の頬《ほお》にハンカチを当てて、注意を与えるかのようにレイは額を叩《たた》いてくる。

「あまり、無理はなさらないでください。得意顔で無茶《むちゃ》をするのが趣味だというのは重々承知しておりますが、たまには私にも安心感をプレゼ——お説教中に消えないでください」

レイは、光学迷彩《ディストーション・フィールド》で消えた俺の腹をペチペチ叩く。

空気を膝枕したままレイは看病を続け、献身的ペチペチにより立ち上がれるようになった空気少年ヒイロは、空気の入れ替えをするためにテントの入り口を開けた。

また、霧が出ている。と思っていたら、その霧はどうにも煙たい。

何事だと訝《いぶか》しんでいると、バーベーキューコンロと四百二十歳のドヤ顔が視界に飛び込んでくる。

師匠は、トングを鳴らしながら、もくもくと上がる白煙に包まれていた。

「そろそ——げほっ、ごほっ——良《い》い時間です——げえほっ——お昼にしま——げほ、ごほ、げほぉっ！」

「バーベキューコンロで、自殺でもしてんのか？」

数分後、生木を燃やして、白煙フェイスパックをしていた師匠はお役御免となり、ぱつんと隅の方で三角座りをしていた。

「ヒイロ、まだですぅ～？　遅くないですかぁ～？　あれれ～、手際に速度制限かかってますぅ～？　遅延行為で私のお腹《なか》にダメージ与えてませぇ～ん？」

「料理出来上がってないうちから、ウザさで味付け始めてんじゃねぇーぞ！　騒音規制法で、生きがいのウザさ奪い取るぞ、おしゃべり全一耳長エルフがよぉッ！」

ちらっと、師匠はレイの反応を窺《うかが》う。

「お兄様、おしゃべり全一耳長エルフが、今度は視線で騒音被害を起こし始めました」

「無視しろ。あの目つきだけで、百二十デシベルは出してるんだから。レイも、餌食にならないように毅然《きぜん》とした態度を取りなさい。四百二十年間、媚《こ》びを売って生きてきたエルフに与えて良《い》いのは哀れみだけだ。人間の矜持《きょうじ》というものを見せつけてやれ」

炭を投入すると、火元が安定してくる。

肉を焼き始めた途端、紙皿と割り箸を持った御影弓手《エルフ》たちが湧いてくる。

「野良エルフにあげる飯はねーぞ！　失《う》せろ！」

「「「………」」」

「割り箸で、顔を摘《つま》むのはやめてください。引っ張らないで。焼こうとしないで。ほっぺたに焼き目が残って、チャームポイントになっちゃうから」

　飯を食べている時も、彼女らはお面を外すつもりはないらしい。面に空けた目の穴へと肉を投入し、こちらを凝視したお面たちは咀嚼音《そしゃくおん》を発する。

「笑顔のプリ○ュアが、こっちをガン見しながら肉を喰《く》らってる……こわ……」

　師匠は、ニコニコで、焼肉のタレ（黄金の味がするヤツ）を肉にぶっかけて、飯盒《はんごう》で炊いた白飯と一緒に食べていた。

　煙を恐れたエルフたちは、俺たちの供給が間に合っていないことに気づくと、遠距離から生肉を網の上に投擲《とうてき》する新技術を編み出した。俺の後頭部に着弾した時点で、フレンドリーファイアと判断して特許権を剥奪《はくだつ》し、代わりに俺とレイはせっせと肉を焼き続けた。

「この劣等種がっ！」

「「「…………」」」

「いけません、お兄様！　抑えて！　まだ、食べるつもりで皿を差し出してますが、ココは抑えてください！　肉に毒を仕込んだ方が早いですから！」

　賑《にぎ》やかな昼食後、鳥居の上に上がった俺は、両足を揺らしながら考える。

　霧、霧、霧か……魔力を制御してくれる霧。でも、さっき、魔力を制御してくれなかったのはなぜだ？　機嫌が悪かった。いや、霧に意思があるわけでもないし有り得ないだろ。

だとしたら、なにか条件がある筈《はず》だ。

いつの間にか、俺の隣に座った魔人が、同じタイミングで足を揺らしていた。

「やぁ、悩める青少年。明晰《めいせき》な頭脳を持つサポーターが必要かな?」

トレンチコートを着た魔人は、舌足らずな声でささやく。

ため息を吐《つ》いて、俺は、遠く彼方《かなた》を見つめた。

「ん? なにが見え――わあああああぁぁぁ………!」

釣られたアルスハリヤの背を押して、鳥居から突き落とす。

頭から着地したのを確認し、上から不可視の矢《ニルアロウ》を撃ち込む。矢の山となった魔人を見下ろし、ようやく、俺の心に安寧が訪れた。

さて、この霧の問題をどうしたら良《い》――

「おい」

パッと、また隣にアルスハリヤが現れる。

「挨拶代わりに人を殺すな。追い討ちは、オプション料金を徴収するぞ」

「なら、気安く人に話しかけるな」

「随分と御大層な口を利くじゃないか、皇帝陛下。僕は救い手、救世主。君を救うためだけに、わざわざ、こうして美麗な顔を出してやったんだぞ」

鳥居の上で起立し、両手を広げたアルスハリヤは嗤《わら》う。

「霧の謎を解き明かすヒントをやろ――」

「要らん」

両手を広げたまま、アルスハリヤの表情が固まる。ゆっくりと、両手を下ろした彼女は、うろうろと歩き回ってから俺の顔色を窺《うかが》う。

「ヒン――」

「失《う》せろ」

アルスハリヤは、諦めて、俺の隣に腰掛ける。

「そう、嫌うなよ。僕と君は一心同体。百合《ゆり》を破壊する者同士じゃな――冗談だ、やめろ！　足で押すな！　徐々に恐怖を与えながら突き落とすのはよせっ！」

仕方なく許してやると、彼女はホッと安堵《あんど》の息を吐いた。

「なら、別方面からのアプローチだ」

アルスハリヤは、一本、綺麗《きれい》に人差し指を伸ばした。

「君に力をやろう」

視線を向けると、魔人は口角を上げる。

「魔眼だ」

俺は、目を見開く。

「開けるのか？」

「僕は、君の内部を知り尽くしているからな。開眼のメカニズムも理解している。ただ、強制的に開くことになるから身体《からだ》にかかる負荷は測りきれないし、今の君では、扱いきれないかもしれないが……いざと言う時の切り札くらいにはなる」

誘うように魔人は微笑し、俺は笑って首を振る。

「いや、やっぱり、要らんわ。必要になるとしたら、クリス・エッセ・アイズベルト戦……でも、アイツと戦う羽目になるかと言えばならないだろうしな。仮想敵のままで終わるよ」

「さぁて、どうかな。想定は想定だ。時に、現実の揺らめきは想定外の結果を導く」

翠玉《すいぎょく》を嵌《は》め込んだかのような円《まる》い瞳が、深淵《しんえん》の底から俺を覗《のぞ》き込む。

「僕の知る君なら、殺《や》り合うことになる気がするがね」

「ねぇよ、俺は自殺志願者じゃない。ほら、とっとと失《う》せろ。修行の邪魔だ」

「好きにすると良《い》いさ。君の進む道には関与しない。ただ、その気になれば、僕に耳打ちすれば良い。僕は、君の素晴らしいパートナーで、唯一無二の絶対的な味方なんだからね」

アルスハリヤを追い払った俺は、思考を霧のことに戻した。

野鳥が鳴いている。

間延びした鳴き声は、濁った夜にこだまして鳴り響く。灯籠の内部に灯《とも》った火の玉は、樹々《きぎ》の合間を抜ける涼風を受けて揺らめき、その灯明が投影された水面《みなも》が呼応するかのように震えた。

野趣あふれる岩造りの露天風呂は、磨き込まれて丸みを帯びた石材で囲まれている。

木の葉のカーテンを透かして、入り込んだ三日月の光芒《こうぼう》。三日月と灯籠とが、湯気の背景《スクリーン》へと光を投じ、自然光と人工光が交わりながら光模様を描き出す。

ぴちょんと、水音が鳴った。

桜色に染まった肩から水滴が流れ落ち、湯に浸《つ》かった髪先が広がり、俺の肘先へと手を伸ばすかのように漂う。

湯に潜った顔半分、赤面したレイはブクブクと泡を吹いていた。

一糸まとわぬ姿の彼女と背中合わせになった俺は、大きく開いた口から息を漏らす。

な、なぜ、こうなった。『お先にどうぞ』と言われたから、俺が先に入浴した筈《はず》なのに。

な、なんで、我が物顔で全裸ＩＮしてきたのこの子？　男の俺が、百合《ゆり》ゲー世界で、全裸のヒロインと一緒に温泉に入って良いわけがなくない？

俺は、顔を湯に浸けて、自害中《ナウローディング》へと移行したが、何時《いつ》まで経《た》っても天に召されることはなかった。どうやら、俺の顔の表面に空気の層を作って、アルスハリヤが延命を図っているらしい。

魔人は、全身が魔術演算子で構築されている。その全身を自由自在に操ることで、魔導《マジック》触媒器《デバイス》なしで簡易的な魔法発動くらいはやってのける。

魔人戦の厄介なところは、そういった簡易魔法の発動にもあるのだが……まぁ、今、言えることは、俺はアルスハリヤのせいで死ねないということだ。

仕方なく、俺は顔を上げる。

朧気《おぼろげ》に、灯籠の裡《うち》で灯が揺れていた。

たぶん、師匠か御影弓手《アールヴ》が灯《とも》したものだろう。濁った湯の表面で、月夜と灯明が映えている。

ちゃぷりと、音が立った。目線の下で、波紋が腕に当たる。

視界の隅にきめ細やかな肌が映り、肩と肩がかすかにぶつかって体温が伝わってくる。

「はぁ……はぁ……はぁ……！」

目を見開いた俺は、大量の汗を流しながら、横目でレイの様子を窺《うかが》う。

へ、変なこと考えてないよな。みょ、妙なことになったりしないよな。こ、コレは、百合《ゆり》ゲーだよな。い、いざとなったら、アルスハリヤが反応出来ない速度で心臓を止めるしかないが……出来るのか、そんな芸当が……い、一《いち》か八《ばち》か、殺《や》るしかない……！

「……お兄様」

声をかけられて、俺は、びくりと反応する。

「お、オレ、アニ！　お、オマエ、イモウト！　キョウダイッ！」

「三条《さんじょう》家の都合で、そういう形式にはなっていますが……ほぼ、血が繋《つな》がっていない遠縁ですし……民法第734条で結婚が禁じられているのは『直系血族又は三親等内の傍系血族』で……男女同士の結婚は、色々と壁もありますが……私とお兄様は、問題なく婚姻を結べます」

「はぁ、はぁ、はぁ、はぁ、はぁ、はぁっ！」

うっすらと、俺の眼尻《めじり》に涙が浮かぶ。

こ、コイツ、調べやがった。そ、そんなこと、調べる必要ないのに。し、調べやがった。み、民法の勉強？　こ、公務員でも目指してるのかな？

「勘違いしないでいただきたいのですが、コレは家族間コミュニケーションの一環です。アステミルさんから『誰も入浴していない』と聞いた故の事故に過ぎません。意識をし過ぎているお兄様が変なんです。むしろ、そういった手籠《てご》めチャンスを期待しているのではないかという変態性が匂いで漂ってきてます」

手籠めチャンスってなんだよ、スロカスみてぇな用語使いやがって。レディコミの熟読によって培ってきた語彙力が、パワーワードを嗅ぎ当てる嗅覚まで育て上げちゃってるよ。

「でも、こうして、お兄様と一緒にお風呂に入れて嬉《うれ》しいです」

真顔の俺は、スッと、九鬼正宗《くきまさむね》の刃先を心臓の上に当てる。

「家族風呂とか……そういうものに憧れてたので……」

笑顔の俺は、スッと、九鬼正宗《くきまさむね》を鞘《さや》に仕舞《しま》う。

そっと、甘えるように、レイの後頭部が俺の肩に置かれた。

少し濡《ぬ》れて、外気で冷たくなった黒い髪が俺の肩をくすぐる。水分を吸って重たくなった髪は、恐ろしいくらいの艶《つや》めきを保っていて、波立った水面で白魚のような指先が泳ぐ。

安心しきったかのように、目を閉じたレイは背中を預けてくる。

戸惑うように俺の肩に触れている指先が、俺の存在を確かめるように、ゆっくりとその輪郭をなぞってゆく。

「私の家族は、スノウとお兄様だけです。いつか、一緒に三人でお風呂に入りましょう」

「別に構わんが、俺は、溺死体での参戦と相成る……その覚悟はお有りか？」

ギリギリで、家族愛の範疇《はんちゆう》に入っている。そう判断した俺の呼吸は、正常さを取り戻し、ゆったりとリラックスしてきた。

「レイ。三条《さんじよう》家の魔眼、『払暁叙事《ふつぎようじよじ》』について知りたいんだが」

バシャリと、水音を立てて、レイが完全にこちらに向き直る。

「なぜ、お兄様が三条家の魔眼のことを？」

「やだぁ……こっち、見ないでよぉ……！　えっちぃ……っ！」

「も、申し訳ありません」

にごり湯でなければ、全部、見られてしまっていただろう。顔を赤くしたレイは、胸元を両手で覆って、くるりと向きを変える。

「師匠に教えてもらったんだよ。あの女性《ひと》、基本的になんでも知ってるから。俺、もっと強くなりたいからさ。今、払暁叙事の開眼に向けて努力してるところ」

「左様でしたか。三条家の人間がお兄様に魔眼の情報を与えるわけがありませんし、関連資料は本邸の大金庫の中で管理されていますから。私ですら、正式に家名を継ぐまで開けてはいけないと言われておりましたので」

本来のヒイロも知らなかったろうが、俺はゲーム内知識で既知の下だ。

三条家の連中が、魔眼の情報を隠そうとするのも無理はない。支配下には置けず、敵対的で、不名誉の象徴たる男であるヒイロのような人間が、魔眼という力を得れば収拾のつかない事態を招きかねない。

魔眼の開眼は、身内同士の骨肉の争いにも関わってくる。

故に、三条家の直系で魔眼の開眼条件を揃《そろ》えているヒイロは、三条家にとって厄介極まりない爆発物のようなものだと言えるだろう。

「魔眼は、血統を基にした相伝に拠《よ》るものだとされています。もし、お兄様が魔眼を開眼すれば、今まで、お兄様の血筋を認めていなかった『三条黎《れい》派』の立場が一気に悪くなる。お兄様が払暁叙事を開いたことが周知されれば、水面下で動いていた『三条燈色《ひいろ》派』が台頭してくるのは自然の流れ。お兄様を正統後継者として祭り上げて、三条家内の権力を握ろうとするでしょう。万が一にも、お兄様に魔眼を開眼してもらったら困るんです」

祖父母及び父母が既に死亡しており、配偶者を持たない三条燈色《さんじょうひいろ》は、唯一無二の直系として存在している。

それは、つまるところ、唯一の直系として味方がいないことを示している。

三条燈色は直系の血筋ではないと言い張っている傍系（分家）の連中は、俺が直系であることを示す物的証拠を処分しているが故に、俺に払暁叙事《ふつぎょうじょじ》という直系の証《あかし》を立てられたら困るのだ。

三条家は、一枚岩ではない。

全員が全員、三条黎《れい》を立てているように見えてはいるが、その裏では、隙あらば彼女を陥れ己を立てようとしている人間もいる。中には、血筋と伝統を重視する変わり者もいて、三条燈色を直系として証明し、三条の旗印にしようと画策していたりもするのだ。

要するに、俺が魔眼を開眼すれば、三条家周辺で面倒事が巻き起こる。

「安心しろ。魔眼を開眼しても、バレないようにはするよ」

「はい、私もお力添えします。隠し事と謀《はかりごと》には一日之長がありますので」

レイに背を向けたまま、俺はささやく。

「払暁叙事を開いた時に、脳と目に負荷がかかると聞いた。その負荷の程度を知りたい。例えば、無理矢理《むりやり》、開いたような場合……人体は、何秒まで耐えられる？」

少し間があってから、レイは口を開いた。

「聞き及んだ話ではありますが……十六秒……いえ、十五秒が限度とされています。かつて、陰陽《おんみょう》の邪法によって魔眼を強制的に開いた人間が、『十と六の刻《とき》を経て、人ではなくなった』と……どういう意味かはわかりませんが、無事では済まないと思います」

ゲーム内では、魔眼の開放限度時間はターン数で表されていた。

次の使用までには、ゲーム内ターンでのクールタイムが経過するのを待つ必要がある。

無理矢理、魔眼をこじ開けられるような仕様は存在しなかった筈《はず》だ。

だからこそ、無理にでも開き続けたらどうなるのか。限度時間はどれくらいなのか。身《から》体《だ》にかかる負荷はどの程度なのか。それらを知りたかった。

「十五秒……」

「払暁叙事は、藤……三条家が誇った最強の陰陽師《おんみょうじ》が開祖とされています。彼女は、その眼《め》で全てを見通したと言われていますが、その力を世に知らしめた結果、ひとりの怪物を生み出し多くの犠牲を齎《もたら》したとも伝えられています。巫蠱《ふこ》継承の儀と呼ばれる古《いにしえ》の儀式が文献に残っていますが、その儀は強制開眼を促す効果があり、臨んだ全員が死亡したとあります」

「忠言は心に留《とど》めておくよ。無理をするつもりも、強制的に開くつもりもない。ただ、知識として頭の中に入れておきたかっただけだ」

「古往今来、払暁叙事《ふつぎようじよじ》に関わった人間が幸福を掴《つか》んだことはありません。開眼した人間は、全員が全員、『亡霊が見える呪われた眼《め》』と宣《のたま》った。呪われているのです、その眼は。いえ、むしろ、呪われているのはこの血なのかもしれませんが……霧雨《キリウ》さんも華扇《カオウ》さんも、あの時代、三条屍《さんじようカバネ》の簒奪《さんだつ》劇さえなければきっと……」

三条家に纏《まつ》わる悲劇を知っているレイは、顔を伏せたまま独言を吐いた。

俺もまた、原作ゲームを通してその帰結を知っており、だからこそ払暁叙事の取り扱いには気をつけなければならないと注意を払える。

十五秒。開けるとしても、たったのそれだけか。まぁ、興味本位で聞いてみただけだ。アルスハリヤの誘いに乗るつもりはないし、クリス・エッセ・アイズベルトと殺《や》り合うつもりもない。

考え込んでいた俺の視界に、目を細めている師匠の姿が映り込む。

「ふたりでお風呂……そういう関係ですか……？」

「お前のせいだろうがっ！　オラァッ！（ぴゅっぴゅっ）」

「熱いッ！　弟子からのヴァイオレンスッ！　この水鉄砲の上手《うま》さは、私との鍛錬のお陰ですか！　ま〜た、私の強強指導力が実を結んじゃいましたねぇ！」

俺の水鉄砲で、師匠は退散していき、あわあわとレイが立ち上がる。

「今、立ったらアカン！　全部、見え——死ね、クソがァッ！」

肌色が視界の端を掠《かす》めた瞬間、俺は二本指を自分の目玉に叩《たた》き込む。

「きゃっ……ぁ……ご、ごめんなさぃ……」

俺の目潰しシーンは、慌てているレイの目には入らなかったらしい。衣擦《きぬず》れの音の後に足音が聞こえてきて、弁明するためか、師匠の後を追いかけていったようだ。

「良かった、穢《けが》された百合《ゆり》はなかったんですね」

「きゅ、急に自分の目を潰そうとするな。き、際どいところで、防御が間に合ったが……僕がいなかったら、本当に失明してたぞ、あの勢いは」

視力が回復してから、俺は湯から上がる。

その瞬間、俺に纏《まと》わりついていた湯けむりが肌に沿って線状となり、置かれていた九鬼《くき》正宗《まさむね》の鞘《さや》を見て――ふと、気づいた。

「霧の謎が」

俺は、ニヤリと笑う。

「解けた」


二日目、深夜。

朝から晩まで、戦い続けた俺は、半死人の体で立つ。

俺の相手をし続けた三人の御影弓手《アールヴ》たちも、ぜいぜいと息を荒らげており、暗がりに任せて邪魔なお面を外していた。

霧の謎が解けても、その感覚をモノにしなければ意味がない。

頭の先から足先まで、すべてが、熱を持って震えていた。

もう一度。

もう一度、それで解ける。

全身の感覚が鋭敏になり、身体《からだ》に染み付いた構えを取る。

月を隠していた雲が流れ去り、月明かりが、俺と御影弓手《アールヴ》たちの狭間《はざま》を照らし——動く。

霧を肺に取り込み、俺は、その霧を線として四肢に伸ばした。

魔力線へと膨大な魔力を流し込み、その管が破裂しないように補強を重ねる。

指先……指先、指先、指先ッ！

「ぐっ……おっ……！」

人差し指と中指の先端へと。

アルスハリヤの魔力が流れ込み、全身全霊で構築した魔力線がその制御を手助けし、必要なだけの魔力が供給される。

瞬間、ふと、全身が楽になる。

今までの苦しみが、嘘《うそ》だったかのように。苦楽相交じり、世界が、照らされていく。

目。

目が、闇《ひら》く。

ぼんやりと、闇いた目が、暗中に活路を見出《みいだ》した。

幾千と表示された経路線《ルート》、両眼《りょうめ》に映ったそれらの中から、緋《あか》に照らされた一本を選び取る。

「緋色《ひいろ》……」

立ち上がった師匠は、ぼそっとつぶやいて。

暗闇を拒絶するかのように、ふたつ、緋色の灯《あか》りがぼんやりと浮かび上がる。それは、あたかも迷い人を導く誘人灯。

前へと踏み込むと同時、自然と上体が倒れ、二条の光線がゆらりと揺れた。

瞬間、御影弓手は叫ぶ。

「避《よ》けろッ！」

遅い。

俺は、左手を振って、掻《か》き分けられた霧が空気中を飛び――生成《クラフト》。空気を擦《こす》る摩擦音、彼女らの逃走経路を塞ぐように魔力壁が敷き詰められる。

そっと、指先を添える。

撃つ。

緋色の経路線《ルート》が見えて、俺は、そこに魔力を乗せた。

撃——転瞬——師匠の足が、俺の腕を上方へと蹴り上げ——ドッ。

完璧に制御された不可視の矢《ニルアロウ》は、天空を支配する月の足元にまで伸び上がり——その姿を現した。

ドッ——ゴォッ！

形成されたと同時に、凄《すさ》まじい炸裂《さくれつ》音と共に破裂した水の矢《ウオーターアロー》は、傾いた鳥居を更に傾け、大木を根こそぎなぎ倒して、防御反応をとった御影弓手《アールヴ》たちを地にねじ伏せる。

ざーっと、雨が降る。

びしょ濡《ぬ》れになった俺の前で、濡れた前髪を垂らした師匠は微笑《ほほえ》んだ。

「おめでとう」

祝福の言葉を受け取って、俺は意識を失った。


目覚めたのは、次の日の昼間だった。

見えたのは、頭上を覆う天幕。聞こえたのは、涼風のささやき。感じたのは、熱を帯びた全身。

ゆらゆらと風でそよぐ入り口、その隙間から入り込んだ陽《ひ》の光が足元でゆらめいていた。心地の良い温《い》かさと柔らかさが俺の前後を包んでおり、どこからか、香ばしい匂いが漂ってきて鼻孔を刺激している。

どうやら、意識を失った後、テント内に担ぎ込まれたらしい。

「……基本的人権の侵害だろ、コレ」

俺を抱き締めたまま、すぅすぅと師匠は眠りこけており、俺の背中に縋《すが》るようにしてレイも眠っていた。

師匠を押しのけて、レイの両手を外し、俺はテントの外に出る。

「「「…………」」」

御影弓手たちは、三人で焚《た》き火《び》を囲んでおり、木の棒に突き刺したマシュマロを焼いていた。

薄暗闇に照らされて、三人のお面が怪しく蠢《うごめ》いている。

じゅうじゅうと音を立てて、白色の塊が溶け落ち、微動だにしないプリ○ュアたちがソレを見つめていた。

「「「…………」」」

「人が寝てる横で、生贄《マシュマロ》捧《ささ》げるのやめてもらっていいですか？」

「「「…………」」」

「一斉にこっち見ないで……こ、こわい……」

折りたたみ式の椅子を設置し、暗褐色の天狗《てんぐ》が手招きしてくる。

断り難《にく》い迫力があったので、俺はその輪に加わり、手渡されたお面（般若《はんにゃ》）を着けてマシュマロを見つめた。

見計らったかのように、あくびをしながら師匠がテントから出てくる。

「ふぁあ、よく寝まし――」

「「「……………」」」

「それ、もしかして、マシュマロじゃなくてハラワタですか？」

数分後、レイも起きてきて、同じ流れを繰り返した。

全員協同で作製した闇鍋カレーを頬張《ほおば》り、マシュマロを引き当てた師匠が吐きそうになりながら俺に問いかける。

「霧の正体は、掴《つか》めましたね？」

薄く微笑《ほほえ》んだ俺は、指先に魔力線を伸ばす。

「アレは、霧の形をした魔力線だ。つまり、魔力を通す極細の管。初日の俺とレイは、無意識に魔力を流しっ放しだったから、肺に取り込んだ霧から空気中の霧にまで魔力が流れて魔力切れの症状を起こした」

魔力線とは、内因性魔術演算子を用いて作られた人体内部を通る管のことだ。魔力以外を流すことは出来ないが、訓練次第で変更調節が利きやすい。太さを増して一度の流入量を調節したり、細く伸ばして圧力を増すことで流入速度を増したりすることが出来る。

普段、内因性魔術演算子……人体内を流れる魔力は全身を循環しており、流れっ放しの状態になっている。

その流れを担っている『道』、血液を流す血管のようなものが魔力線だ。

「一日目は、霧の濃度が高かったお陰で魔力の流出量が増加し、扱いきれなかった魔力が体外に流れたことで制御が簡単になっていた。逆に、二日目は霧が薄かったせいで、俺の扱いきれなかった魔力が体外に流れることはなく制御出来なかったんだ」

正解音の代わりに、師匠はスプーンを指で弾《はじ》いて音色を鳴らした。

「俺は、魔力線を『魔力の流れを一時的に変える分岐器』としてしか扱ってこなかった。過去の俺の魔力量は僅かで、魔力の流入流出を考える必要がなかった。でも、実際の魔力線の本領は分岐以外のところにある。例えば、その本数と太さを使用魔力量に応じて構築すれば、管の中を通る魔力は均一になる。理論的には、どれだけの量の魔力でも制御出来る」

「それもまた正解。貴方《あなた》なら、自分で到達出来ると思ってましたよ」

微笑を浮かべながら、師匠は俺の頭を撫《な》でる。

「一時的にですが、魔眼も開いていましたし……いずれ、『払暁叙事《ふつぎょうじょじ》』も自然と開くことでしょう。ただ」

師匠は、匙《さじ》の腹で俺の額をコツンと叩《たた》く。

「まだ、魔眼を開くには早すぎる。一瞬、貴方は魔眼の力に溺れて、前後見境なく撃とうとした。アレは、ヒイロの意思ではなく、魔眼の意思だった筈《はず》です」

「仰《おつしや》る通りで、まさしく、意識乗っ取られてたわ……ほぼ記憶ないし……」

「まぁ、それはそれとして。どうやって、気づいたんですか？」

俺は、ニヤリと笑う。

「温泉のお陰だよ」

「え……」

頬《ほお》を染めたレイが俯《うつむ》いて、師匠と御影弓手《アールヴ》たちが揃《そろ》って俺を見つめる。

「スケベ心で、霧の謎を解き、魔眼を開眼したんですか……？」

「まぁ、そうだね。俺の下卑た性欲が、服の下に潜む謎《シルエット》を解き明かしちゃったね。ハッシュタグ、『魔眼でスケベ』でお友達ともシェアしてね」

「で、では」

顔を赤らめたレイは、笑顔で好感度下げに勤《いそ》しむ俺を見つめる。

「お兄様は、私のことをそういう目で見――」

「嘘《うそ》に決まってんだろふざけんなよ誰がスケベだ冤罪《えんざい》だ俺のような清き心の持ち主がそんなことする筈ないだろ妹に対してそういう感情を持つわけがないし正々堂々正しい方法で謎を解いたわ失礼極まりないことを抜かすなこのアホタレが」

「なら、温泉のどこで、謎を解いたんですか？」

俺は、ため息を吐《つ》く。

「湯けむりだよ」

俺の頭上を漂っているアルスハリヤが吐いた煙が、線状となって腕の上を這《は》いずり回り、霧と入り混じりながら空気中に溶け落ちる。

「湯けむりが、肌に沿う形で線状になって、九鬼正宗《くきまさむね》の鞘《さや》にまで伸びてたんだ。鞘には、導体《コンソール》同士を繋《つな》ぐ導線がある。そのことから、魔力の通り道……魔力線のことを連想して、絡まっていた謎が解《ほど》けた」

膝の上で手を組んだレイが、尊敬と愛情が籠《こ》もった眼差《まなざ》しを向けてくる。三人衆からもお面越しに視線を注がれて、俺は、誤魔化《ごまか》すようにカレーをかきこんだ。

「やはり、ヒイロは目が良《い》いですね」

師匠は、慈愛溢《あふ》れる手付きで俺の頭を撫《な》で付ける。

「その着眼点、戦闘センスに裏付けられている。日常の些細《ささい》なところからヒントを得て、己の糧とする学習能力の高さは随一でしょう。その上、たったの一日で、魔力線の扱い方も会得していますからね」

師匠は、俺の髪を整えるように指先で撫で回してくる。

「ただ、まだ、完璧に制御出来ているわけではない。実戦で使えるように、徐々に馴《な》らしていきなさい」

俺は、頷《うなず》いて——着信音が鳴り響いた。

自動《オート》で画面《ウインドウ》が開いて、怒りで顔を真っ赤にしている寮長《ミュール》が映り込む。

「や、やってくれたな、三条燈色《さんじようひいろ》……よ、よくも、ココまで人を虚仮《こけ》にしてぇ……っ！」

彼女は、画面越しに俺を怒鳴りつける。

「な・に・が！　座っていれば良《い》い、だ！　この大嘘《おおうそ》つきがぁっ！　今直《す》ぐ、戻ってこい！　今直ぐ！　今直ぐだぁっ！　三、二、一、はい、ぶっ殺すからなぁ！　覚悟しろよぉっ！」

「ごめん、ヒイロくん」

ひょいっと、寮長を抱き上げた月檻《つきおり》が微笑を浮かべる。

「バレちゃった」

丁度良いタイミングだ。

ニヤニヤと笑いながら、俺は、暴れ回る寮長に「明日、帰る」と告げた。


「よ、よくもまぁ、のうのうと顔を出せたものだなぁ……！」

翌日、寮長室に足を運んだ俺を捉えた瞬間、勢いよく立ち上がった寮長は、脅すように杖《つえ》を振りながら寄ってくる。

「なんすか、寮長」

「なんすか、じゃないだろうがぁあああああああああああああ！　お前、自分が何をし

たのかわかってないのかぁあああああああああ！」

屈《かが》んであげた俺の肩を掴《つか》んで、寮長はガクガクと前後に揺さぶる。丁度、そのタイミングでリリィさんが部屋に入ってきて、慌てて俺から寮長を引き剥《は》がした。

「放せぇえええええええええええええええええええ！　コイツは、生かしておいちゃいけないんだぁああああああああああ！」

「GUEHEHEHEHEHEHE！」

雑誌を顔に置いて、ソファで眠っていた月檻《つきおり》がむくりと起き上がる。

「あぁ、帰ってきてたんだ……おかえり、ヒイロくん」

「おう、ただいま」

騒いでいるミュールを見て、目元を擦《こす》った月檻は微笑《ほほえ》む。

「楽しいお土産話の真っ最中か」

「盛り上がってるのは寮長だけで、俺の置き土産で大興奮してるんだけどな」

ふぁあと、あくびをして、主人公様は伸びをする。

「で、どうする？　新入生歓迎会の前にバレちゃったけど」

「バレて当然だし、逆に丁度良かったよ。所謂《いわゆる》、グッドタイミングってヤツだ」

ようやく、落ち着いた寮長は、ぜいぜい言いながら俺に指先を突きつける。

「犯人は！　お前だ！」

「う……うぅ……し、仕方なかったんですぅ……！」

俺は、両手で顔を覆って膝をつく。

「仕方なかったんですぅ……っ！」

「火サスで、よく見るヤツだ」

「お、お前……よくも、こんなデタラメを……！」

寮長は、俺に寮内新聞を突きつける。

そこには、寮長が寮から追い出した元寮員だった先輩への謝罪文が書かれていた。涙目の寮長と追い出した先輩が並ぶ写真が貼られ、あたかも、寮長が謝罪をして和解が成ったかのように見える。

「さ、最初から、このつもりで……い、いつの間に撮ってたんだこんなもの……わ、わたしのフリをして、寮内新聞を発行するなどどういう権限で……！」

「嫌だなぁ、寮長。その可愛《かわい》いお日々で、ちゃ～んと見てくださいよ」

笑顔を寄せた俺は、ツンツンと新聞の記事を指で叩《たた》く。

「誰もその欄を寮長が書いたなんて、言ってないじゃないですか。ただ、主語を『わたし』にして、俺からの謝罪文を載せてもらっただけですよ。でも、寮長が寮内新聞に力を注いでいることは、寮内では周知の事実。もしかしたら、寮の皆さんは、その記事を寮長自身が書いたと勘違いしてしまうかもしれませんが」

ニヤリと、俺は笑う。

「仕方ない……よねぇ～？　ね～え、りょぉ～ちょぉ～？　ぅん～ん？」

「や、八つ裂きにしてから、コンクリでコトコト煮詰めてやる！　こいつーっ！」

俺に飛び掛かった寮長が、その軌道を読まれてリリィさんにキャッチされる。中国雑技団のように、寮長が空を泳ぎ出し、手慣れた手付きでリリィさんが着地させた。

「私は、ヒイロくんのお願いを聞いて、その記事の掲載権を手に入れてあげたわけだけど」

寝そべっている月檻《つきおり》は、新入生歓迎会の参加申請用紙を見せつける。

「お陰様で、この魔法の効果は抜群。ミュールの悪評が流れる前と同じくらいの勢いで、どんどん、参加申請用紙が提出されてきてる」

寮長室の扉の隙間から、女の子たちが中を覗《のぞ》き込んでいる。

足を組んで寝そべる月檻と目が合うと、彼女らは「きゃーっ！」と黄色い歓声を上げて逃げていった。

「で、この魔法をかけた魔法使いさんにお尋ね。ミュールを反省させて和解をさせたのは、月檻桜《さくら》ってことになってるみたいだけど……どういうこと？」

「そりゃあ、狭い寮内の出来事だからな。お前自身が、懸命になって寮内新聞の掲載権を獲得したなんて噂《うわさ》は、出処《でどころ》にかかわらずあっという間に広がる。それが、昨今、寮内を騒がせている幽霊が噂の発端だなんて言ったら一大センセーションを巻き起こすだろうな」

光学迷彩《ディストーション・フィールド》を使って姿を消し、寮の廊下でブツブツと噂を流しまくった俺はニヤニヤと笑う。

「本当に、よく回る頭。その場その場で、勝利条件の前提を揃《そろ》えるのがお上手」

楽しそうに、月檻は俺を見つめる。

「どんどん、欲しくなるな……キミのこと……」

「とりけせー！　この寮内新聞をとりけせー！　巧妙に寮内新聞の発行日をズラして、わたしの目を欺くなんてあくどすぎるだろうがーっ！　この悪人がーっ！　どれだけ狡賢《ずるがしこ》く生まれたら、こんな最低な手口思いつくんだ、このクズ野郎がぁーっ！」

俺は、完璧に成った理想図を前に、寮長の称賛を浴びながら両手を広げて目を閉じた。

コレこそが、俺が目指した理想《ユ》連《リ》な《ー》る《ト》百《ピ》合《ア》世界。

ミュールは俺を嫌って、月檻は大勢の女の子に好かれる。

クリスに新入生歓迎会を警護させれば、そのことを疑問に思った寮長は、警護理由を調べ始める筈《はず》だ。そのタイミングで、情報工作を仕掛ける。

月檻桜が裏で手回ししていたという捏造《ねつぞう》証拠をばら撒《ま》いておけば、全ての功績は主人公のものとなる。俺を嫌悪しているクリスは、きっと、俺への悪口雑言《あっこうぞうごん》を妹に吹き込み好感度低下を加速させるだろう。

開け放った窓から吹き込んだ風が、カーテンを揺らし、日光が俺を照らした。

そのぬくもりを感じながら、俺は、心中でそっとつぶやく。

勝っ――

「ミュール、ヒイロさんは、全て貴女《あなた》のためにしてくれてるのよ?」

勢いよく、俺は、刮目《かつもく》する。

真顔のリリィさんが、ミュールを見つめていた。

「ヒイロさんなら、貴女が喜ぶようなやり方は幾らでも出来た筈《はず》。それでも、わざわざ、こんなやり方を選んだのは、貴女が自分で解決することを望んでいるからなの」

「リリィさん……あ、あの……きょ、今日の晩御飯……晩御飯なに……? あの……?」

「わ、わたしには、解決するようなことなんて……なにもない……」

「でも、謝りたかったんでしょう?」

ミュールは、びくりと身じろぎをする。

「謝りたかったのに謝れなかったのは、アイズベルト家の看板に泥を塗りたくなかったから。ミュール、貴女は、自分にはこの寮しかないと思っているのかもしれない。自分が無価値で、必要とされていないと感じているのかもしれない。でも、それは違う。貴女は、ミュール・エッセ・アイズベルトとして、ひとりの人間として生きて良《い》いのよ。アイズベルト家なんて関係なしに謝りたいなら謝っても良いの」

「よ、余計なお世話だ……男なんぞに……世話になるつもりはない……」

「クリス様が、新入生歓迎会に来てくださるって」

勢いよく、ミュールは顔を上げる。

見る見る間に、彼女の顔に笑みが広がっていて、嬉《うれ》しそうに浮き立つ。

「ほ、本当か!?」

「えぇ、ヒイロさんが、クリス様をお招きしてくださったの。クリス様が、ヒイロさんに『是非、御礼をしたい』って」

「お、お姉様が……三条燈色《さんじようひいろ》に……」

「ねぇ、ミュール、貴女にも味方がいるのよ」

両目に涙を浮かべたリリィさんは、彼女の両手を握ってささやいた。

「私以外にも……ちゃんと、味方がいるのよ……」

ミュールとリリィさんは、こちらを見つめて、顔を青くした俺は後ろに下がる。

いつの間にか、日の光は遠ざかり、勝利の余韻は過ぎ去っていった。

取り残された俺は、徐々に後ずさりをして……断崖絶壁にしか見えない窓際にまで追い詰められる。

真っ青な顔を横に振りながら、死物狂いで俺はささやいた。

「お、俺は……俺は違う……！　お、俺じゃない！　俺じゃない俺じゃない俺じゃない！

俺はなにもしてない！　クリス・エッセ・アイズベルトなんて知らない！　会ったことも

聞いたこともない！　本当だ！　信じてくれ！　月檻《つきおり》ッ！」

震えながら、俺は、月檻の両腕を掴《つか》む。

「つ、月檻なら信じてくれるよな……お、俺はなにもしてないって……俺は無実だ……し、信じてくれるよな……な……!?」

月檻は、微笑《ほほえ》んで、ゆっくりと首を横に振る。

呆然《ぼうぜん》となった俺は、周囲を見回し、誰も味方がいないことを知った。

がくりと、膝をつき、俺は両手で顔を覆う。

「う……うぅ……仕方なかった……！」

俺は、暗闇にささやく。

「仕方なかったんだぁ……！」

「なんで、褒められることとして、火サスみたいな追い詰められ方してるの？」

こうして、新入生歓迎会事件は幕を下ろした。

ように、思えた。

新入生歓迎会に向けて、着々と準備が整っていき、かつてアイズベルト家に勤めていたメイドたちは自信と笑顔を取り戻していった。

寮長も、また、クリスが来場するという楽しみが出来たお陰か、何時《いっ》になくそわそわしており、毎日毎日、まだかまだかと指折り数えて待っているようだ。

「クリス様から、ミュールにお泊りのお誘いが」

新入生歓迎会の二日前。そんな微笑ましい光景が広がる中で、リリィさんが齎《もたら》した凶兆が不穏な気配を漂わせた。

「アイズベルト家を通してのお誘いですから、まず断るわけにもいきません。クリス様は、三条《さんじょう》様を気に入っていたようですので、新入生歓迎会に参加すると言っても不審には思いませんでしたが、ミュールだけを誘うなんて……本人は大喜びで準備を始めてましたが」

妙な勘違いをしているリリィさんは、クリスが俺目当てで新入生歓迎会に来ると思っているようだった（ある意味、勘違いではない）。

たったひとりで、アイズベルト家の魔の手からミュールを護《まも》り続けてきた彼女は、現実をきちんと認識していた。クリスが、妹《ミュール》のために新入生歓迎会へと足を運ぶ筈《はず》がない。だからこそ、急なお泊りの誘いに不審感を覚えたらしい。

見計らったかのように、リリィさんに着信があった。席を外して戻ってきた彼女の顔は曇っており、胸の前で握り込まれた拳は小刻みに震えている。

「……クリス様からです」

俺を巻き込みたくないと、逡巡《しゅんじゅん》していた彼女は、当の俺自身に促されて顔を上げる。

「三条様と話がしたい、と」

頷《うなず》いて、俺は電話を代わる。

「外に出ろ。迎えを出した。お前と私で――」

画面《ウインドウ》の中で、含みを持たせたクリス・エッセ・アイズベルトは微笑《ほほえ》む。

「友好を深めたい」

「良《い》いね～、クリスちゃん。以心伝心、心まで通じ合っちゃってるかもね」

俺は、自分が最も殺したいと願う三条燈色《さんじようひいろ》を真似《まね》て笑いかける。

「俺も、丁度、可愛《かわい》い女の子と遊びたかったところだよ」

画面越しに、クリスの顔が歪《ゆが》み――悠然と、俺は、寮の前に到着したリムジンへと乗り込んだ。


トーキョー、中央区――ギンザ。

洒落《しやれ》たレストランの並ぶ通りに、一台のリムジンが停《と》まる。

長身の運転手は、恭しく扉を開き、リムジン内でスパークリングジュースを飲んでいた俺は外に出た。

アイズベルト・グループが運営している会員制高級レストラン。ガラス張りの大扉が自動で開き、上着を預けた俺は、薄暗い店内へと足を踏み入れる。

暗中。

目が慣れてくると、調度品の数々が見えてくる。

　スタインウェイのグランドピアノ、古美術品《アンティーク》の蝋燭《ろうそく》台、幾何学模様を描いているオブジェクト、純白のテーブルクロスがかけられた木製《ウォールナット》の円机……その中央で、灯《あか》りが立っていた。

　ひとつのテーブルに、人影が宿っている。

　闇夜を徊う奇怪な妖精《スプーキー・ゴースト》。

　深紅のドレスを着たクリス・エッセ・アイズベルトは、人ならざる魅力を背負い、闇の中から俺を覗《のぞ》いていた。

　仄《ほの》かな灯りに照らされて、捻《ね》じくれた両眼《りょうめ》が俺を見ている。

　俺は、一歩、踏み込む。

　踏んだ瞬間——足元から導線が伸びて——レストランの床は、蒼色《そうしょく》に光り輝き、俺の股をくぐるようにして金魚たちが通り過ぎる。

　敷設型特殊魔導触媒器《コンストラクタ・マジックデバイス》による映像投影だ。

　ほんのりと、輝いている蒼色の水面。足裏で踏む度に、波紋が広がって、どこからか押し寄せてくる波とぶつかり消える。

　ワキン、リュウキン、ブリストル・シュブンキン、ピンポンパール、テツオナガ、キンランシ……様々な種類の金魚たちが、迷い子を誘《いざな》うかのように、一筋の光の元へと向かっていった。

俺は、金色の魚たちに導かれてゆく。

どこからともなく、純黒の礼服を着た女性が現れて、洗練された所作で椅子を引いた。

俺は、座って――足を組む。

クリスは、微笑を浮かべ、彼女のワイングラスに赤色の液体が注がれる。

「不躾者《庶民》が」

「失礼、淑女もどきの前で足を組むのは趣味《マナー》が悪かったな」

怪しげな美貌を司《つかさど》る彼女は、運ばれてきた前菜を見下ろし苦笑する。

「質が悪い。ギンザの一等地、かつて英国の王侯貴族の前で腕を振るっていた料理人《シェフ》でも、こんな質の悪いものしか揃《そろ》えられない。たとえ、この後、一流のメインディッシュが運ばれてきてもコレでは台無しだな」

魔眼を開放しているクリスは、その眼《め》で俺を睨《ね》めつける。

「正餐《せいさん》で供される料理というのは、その順も、その質も、その供され方も統一されていなければならない。どれか一皿でも、出来損《ゴミ》ないであれば――」

勢いよく、クリスは、フォークを前菜に突き立て――音もなく、皿ごと割れて、彼女は微笑《ほほえ》んだ。

「除いた方が良《い》い」

クリスは、目線で皿を下げるように命令し、ウェイターはその指示に従おうとする。俺は、その手を阻み、彼女の皿から前菜を取って自分の口に運んだ。

「でも、中には必要とする人間もいる。俺は、もう、夕飯は喰《く》ってきたからな。前菜だけで十分だ」

「……合わないな」

彼女の口端が歪《ゆが》む。

「お前とは合わない」

「そんなことが言いたくて呼び出したのか。マッチングアプリで満足しとけよ」

俺は、苦笑する。

「悪いが、俺には、性悪腐れ女と夕食《ディナー》を嗜《たしな》めるような器量はなくてな。口悪メイド女の家庭料理の方が性に合う」

「大した男だ」

ワインをくゆらせながら、彼女は笑う。

「私にそんな口を利いて、まだ生きている」

「相手の心が読めなくて良かったな。もし、お相手の心が読めてたら、お前は今頃大量殺人鬼だよ。俺は、全人類を代表して、お前にデカイ口叩《たた》いてるからな」

殺──不可視の矢《ニルアロウ》──気。

立ち上がったクリスの額に、人差し指と中指、その間に番《つが》えた不可視の矢を突きつける。

「おいおい、人を呼びつけといて、先にキレてたら世話ないだろ。知らなかったかもしれないが、水のお代わりなら、ウェイターが運んでくれるぜ？」

微笑《ほほえ》んだクリスは、俺の前に幾つも並んだフォークの位置を整える。

俺は、微笑を浮かべたまま、彼女が座り直すのを見守った。

「本題に入れよ。俺とお前が、仲良しこよしで談笑しながら、フルコースに舌鼓を打つなんて不気味過ぎる」

ひらりと。

俺の前の皿に、純白の手袋が落ちる。

演劇役者のように、華麗な手付きで手袋を投げたクリスは微笑む。

「決闘だ」

「デッキ、持ってきてねぇよ」

「私はお前が気に食わない、お前も私が気に食わない。殺し合うための条件は整っている」

足を組んだまま、俺は両手を広げる。

「あんた、決闘罪って知ってる？　そんなに人様と殺し合いたかったら、腰に刀ぶら下げてた時代にタイムスリップして黒船とでも戦ってな」

「お前は男で、私は女。ただの男女の私的なお付き合いに、日本政府が法を適用すると思うか？」

俺の前にスープが運ばれてきて、俺は、たくさん並んでいるスプーンを眺める。

「コレ、どれ使えば良《い》いの？」

「受けたら教える」

俺は、画面《ウインドウ》を呼び出して電話をかける。

「もしもし、スノウ？　うん、フルコースの食器、スープ用ってどれ使うの？　うん、うん、えー、そんなん知らんわ、良いから教えてよ、帰り、アイス買ってくから……いや、ハー○ンは無理だろ、そんな金、うちにねぇから……はいはい、わかったわかった。はーい」

ニヤリと笑って、俺は、一番小さなスプーンを手に取る。

「それは、デザート用だ」

「あのクソメイドがァッ！」

テーブルにスプーンを叩《たた》きつけ、大恥をかいた俺は、赤くなった顔を両手で隠した。

「ち、ちっちゃいなって思ったもん！　ちっちゃすぎるなって、ちゃんと、思いはしたもおん！」

「誘いを受けろ、三条《さんじよう》家の出来損ない」

挑発するかのように、クリスは嘲笑《あざわら》う。

「良いのか、あの末妹は、私からの誘いに胸を高鳴らせていたようだが……苦楽どちらに傾くかは、お前の回答次第だ」

ぴたりと、俺は、動きを止める。

「……どういう意味だ？」

「急に勘を鈍らせるな、この愚鈍が。お前なら理解《わか》るだろ。その素敵に腐った脳みそで、少しはシナプスを発火させてみろ。このクリス・エッセ・アイズベルトが、あの小さな出来損ないで、お人形遊びをするような歳《とし》に見えるか」

静かに、俺は彼女を見つめる。

「良い面だ。多少は、お上品になった」

「お前がミュールをお泊り会に誘ったのは」

ぼそりと、俺は、ささやく。

「俺を決闘の場に引き出すためで……そのためだけに……あの子を誘ったのか……？」

クリス・エッセ・アイズベルトは吹き出す。

「あは、あは、あははっ！　傑作！　傑作だ！　な、なんだその間抜け面は！　お、お前！　こ、この私が！　この私が、あの出来損ないを！　それ以外の理由で、誘ったとでも思ったのか!?　ば、バカだ、この男は！　あ、頭の中で花が咲いている！　あは、あははははっ！　は、腹が痛い！」

ひとしきり笑った後、涙を滲《にじ》ませたクリスは笑みを歪《ゆが》ませる。

「今更、あの出来損ないと仲良く出来るとでも思ったか？　お前みたいな男《ゴミ》と同じように、この世界に必要のない存在と？　ゴミはゴミ箱に、って、お前は育ての親に習わなかったのか？」

クリスは、俺を睨《ね》めつける。

「私は、慈善事業《ボランティア》をしようとしている。わかるか。使えない侍女《メイド》、出来損ないの妹、そしてクソみたいな男……それらをまとめて処分するために、貴重な時間を割いてやっている。それをお前は、新入生歓迎会の警備だと？　このクリス・エッセ・アイズベルトに？　足を引っ張るだけの出来損ないの妹のお守りを……ふざけるのも大概にしろよ、このゴミがァアアアアアアアアアアアアアアアアアアッ！」

猛烈な勢いで叩《たた》きつけられたクリスの拳の下で、テーブルが真っ二つに折れる。

微動だにしなかった俺は、半分になって、彼女の下に傅《かしず》いた木製の円机《ウォールナット》を見下ろす。

息を荒らげながら、目玉に螺旋《らせん》を畫《えが》いたクリスは、片手で顔を覆い込む。

「お前は……あの出来損ないの妹の前で殺す……いつまでもいつまでもいつまでも……どれだけのことをしても……あの出来損ないは……まるで、自分はクリス・エッセ・アイズベルトの妹だと言わんばかりに懐いてくる……ふざけるな……私は……私は、あんな出来損ないの姉じゃない……ウザいんだよ……なんで、嫌われているとわかっているのに……付いて回る……あの出来損ないが……ッ！」

　原作通り、螺旋《らせん》を描くように、己の歪《ゆが》みへと収束したクリスは両眼《りょうめ》を俺に向けた。

「受けろ、三条燈色《さんじょうひいろ》ッ！　お前を！　お前を殺すッ！　あの出来損ないの前で！　さもなければ、あの出来損ないを先に壊す！」

　俺は、そんな彼女の醜態を見学しながらスープを啜《すす》る。

　飲み終えてから……席を立った。

「逃げるのか？」

「帰るんだよ。デートってのは、相手に呆《あき》れられたらそこで終わりだ」

　振り向いて、俺は、微笑を浮かべる。

「お前じゃ、相手にならねぇよ」

「ふざけ――」

　ひゅっ。

　彼女の頬《ほお》を切り裂いた不可視の矢《ニルアロウ》は、真《ま》っ直《す》ぐに飛んでいき――凄《すさ》まじい破裂音を立てて、彼女の前のテーブルを含めた一列を吹き飛ばし、天高く舞い上がったソレらは――破砕音と共に墜落した。

　呆然《ぼうぜん》と。

　目を見開いたクリスの頬から、ゆっくりと血が滴り落ちる。俺は、微笑を浮かべたまま彼女に問いかける。

「見えたか？」

「…………」

「見えないだろうな、お前如《ごと》きには。たったひとりの妹の想《おも》いも見えないお前如きには。

一生、俺の矢は見えねぇよお前如きには。たったひとりの妹とも、向き合えないお前が、誰に勝てるって言うんだ？」

毎日毎日毎日。

嬉《うれ》しそうに楽しそうに、姉《クリス》のことを話して、彼女のことを自慢していたミュールの姿が浮かぶ。お泊りに誘われたのは初めてだと、そわそわしながら、リリィさんに語っていた小さな彼女のことを思い浮かべる。

彼女の笑顔は、純粋で、そこには姉妹の間で咲き誇る絆《きずな》があった。

その美しい花を、眼の前で、踏みにじるヤツがいる。

大事に大事に抱えていた想いを。彼女が育ててきた祈りを。担い続けてきた願いを。汚らしい笑顔で、ブチ壊そうとするヤツがいる。

許せるか？　俺は、俺に問いかけて――叫んだ。

「許せるわけねぇだろ、テメェみたいなクソ女ァ！」

俺は、魔力を迸《ほとばし》らせる。

「人様の花壇に踏み入って、散々に踏みにじったテメェを！　俺が許せるとでも思ったか!?　あぁ!?　そんなにブチのめされてぇなら、ブチのめしてやるよ！」

笑いながら、俺は、叫び続ける。

「お前の言う男《ゴミ》がッ！　お前の言う出来損ないがッ！　お前の言う無価値な底辺がッ！」

俺の叫声が、その場に響き渡る。

「天才《メインディッシュ》を凌駕《りょうが》するところを見せてやるよッ！　今更、逃げ出すんじゃねぇぞ、クリス・エッセ・アイズベルトォオッ！」

ひらひらと。

宙を舞っていた純白の手袋が、クリスの手元に落ちる。

彼女の頬《ほお》から滴った血が、真っ白な手袋に落ちて、無垢《むく》な白は醜怪な赤に染まってゆく。

クリス・エッセ・アイズベルトは――遥《はる》か高みから――嘲笑《あざわら》った。

「上等だ、踏み台が」

＊

人間《ひと》には、原風景が在る。

例えば、それは天蓋を覆う空。

緑で覆われた大地。茫洋《ぼうよう》たる海原。戦火を遺《のこ》した古城。踝《くるぶし》を撫《な》でる波打ち際。本で埋もれた書庫。水平線を焦がす太陽。大切な人が眠る墓所。賽子《さいころ》の転がる斜面。光と闇の狭間《はざま》を抜ける虚空。たったひとつの窓が在る部屋。

ミュール・エッセ・アイズベルトにとっての原風景は、宵闇を貫く光点――『星』だった。

その風景を彩るのは、星だけではなかった。

右隣には、母がいる。左隣には、姉がいる。後ろには、もうひとりの姉が。その姉の隣には家庭教師が控えていて、そのまた隣には幼い頃から親しんでいる従者がいた。

「ほら、見て、ミュール。アレが、夏の大三角。ハクチョウ座の一等星、わし座の一等星、こと座の一等星が結んで出来る星座よ。あの三つを線で結ぶと三角形に見えるでしょう？」

ミュールの肩を抱いた母――ソフィアは、身を寄せながら笑顔で天を指す。

目を凝らして、三つの星を見つけたミュールは母の顔を見上げる。

「いっとうせい……？」

「この地球から見て、一番、明るい星のことよ。お星さまの一等賞ってことね」

「お母様、お星さまに一等賞なんてものはありませんよ」

車椅子に乗った病身の長女、シリアは、咳をしながら笑みを浮かべる。

「なによ、シリア、一番明るいんだから一等賞ってことでしょう？　まるで、私の娘たちみたいじゃない！　ほら、アレがシリアで、そっちがクリス、あっちがミュール！　さすがは私の娘たち、どの子も綺麗《きれい》で明るく一等賞で素晴らしいわね！」

腕を組んでうんうんと頷《うなず》く母に対し、従者であるリリィは苦笑する。

「でも、お母さま、ミュールはあっちの星に似てるってみんなが言ってたよ」

ミュールは、はくちょう座の隣で、微《かす》かな輝きを灯《とも》している星を指した。

「こぎつね座……明るい夜空の下では、決して見えない四等星……他の星の輝きに打ち消される弱々しい光……」

身を固くした母の後ろで、次女のクリスが口端を引き攣《つ》らせる。

「良《い》い度胸だな、私の大切な妹に喧嘩《けんか》を売るとは。どこのどいつだか知らないが、幸い、明日は燃えないゴミの収集日だ。星屑如《ほしくずごと》きが大層な口を利いた罪を教えてやる」

「クリス様、お付き合いしますよ」

満面の笑みで、ボキボキと拳を鳴らしながら、家庭教師である劉《リウ》がささやく。

「不届き者には、私の拳の射程距離が大気圏まで及んでいることを知らしめましょう」

「こら、リウ、クリス。冗談でもそんなこと言ったらダメでしょ」

シリアに叱られて、リウとクリスは舌打ちしながら怒りを収める。

「ミュール、皆って？　また、学校の皆に虐《いじ》められたの？」

「ううん、学校のせんせー。あのね、ミュールね、魔力がないからね。目立ったらダメなんだって。自然学校でね、教えてもらったの。他のみんなが、夏の大三角だとしたら、ミユールはこぎつね座だって。変に頑張ろうとするから、目立っていじめられるのよって。だから、なるべく、隅っこの方で大人しくしてなさいって」

「……クズ教師がッ！」

額に青筋を立てたクリスが、駆け出そうとして——その手をシリアが掴《つか》む。

「お姉様、なぜ、止めるのですかッ！」

「今から、トーキョーに戻って、その教師の自宅を襲撃したところでなにも解決しない。クリス、暴力は実に簡単で実に都合の良い解決手段よ。だからこそ、人は暴力で物事を解決したらいけないの。手段で暴力を使うのはまだいい、でも、それを目的にしてはいけない」

「お姉様は、いつも、そうやって甘いから付け込まれる！　理想論を振りかざすのは、さぞ気持ち良いことかもしれないが、世の愚民たちは大義も疑義も正義も持ち合わせていない！　耳触りの良い世論に流される木偶《でく》の集まりじゃないですか！　その木偶どもから妹を守れるのは力だけ！　有りもしない理想を語るのは詐欺師だけだ！」

「シリア、クリス、子供が知った風な言葉で世論を飾り付けるのはやめなさい」

ミュールの頭を撫《な》でながら、ソフィアは自信満々で己の胸を拳で叩《たた》く。

「大人である私に任せなさい！　この私に！　アイズベルト家のクソババアどもと渡り合っている私であれば、こんな問題、ちょちょいのちょいで解決よ！　だから、子供は、なにも考えずに鼻水垂らしながら遊んでいりゃあ良いのよ！」

　ソフィアは、シリアへと微笑《ほほえ》みかける。

「ね、そうでしょ、シリア？　貴女《あなた》が頑張る必要はなにもない。お母さんのこと、信じてくれるわよね？」

「……はい、もちろん」

　膝にかけたブランケットの位置を直し、シリアは綺麗《きれい》な笑顔で応える。

「信じてますから。お母様は……正義は必ず勝つって」

「もちろん、勝つわよ。何年費やそうとも、台無しにされたものを全部取り返して、貴女たちと笑うために。これ以上……これ以上、私たちから、なにも奪わせてたまるもんですか」

　様子を見守っていたリリィは、そっと、ミュールに寄り添って鈍い光を指した。

「ミュール様。あのこぎつね座は、私のことですよ。一等星の輝きの下で、一等賞を支え続ける。まさしく、私のことではありませんか。先生は、なにか思い違いをしていたんですよ」

「ねー、リリィ。ミュール、別に、こぎつね座のこときらいじゃないよ」

「「「「え？」」」」

　全員が目を丸くしている中で、バタバタと足を振りながらミュールは微笑む。

「だって、きれいだもん！　それにねー、さいしょから一等賞って決まってたら楽しくないんだよ！　かけっこだって、おえかきだって、まほーだって！　がんばってがんばってがんばって、さいごに一等賞になるから楽しーんだよ！」

絶句する母の前で、ミュールは次々と星を指差す。

「だからね、あの星とあの星はミュールのライバル！　で、ミュールはあの星を目指すの！」

小さな指が指した先で、一際、まばゆい光を放つ星を見つけてリリィは息を呑《の》む。

「アルタイル……アラビア語で『飛翔《ひしよう》する鷲《わし》』を意味する星……」

忠実な従者は、唇を震わせながらミュールの隣で星を見上げる。

「そうですね……ミュール様は、飛び立つんですよね……夜空に咲いた孤高の星……きっと、いつか、自分自身の力で……一条の光となって天を流れる……誰もの眼差《まなざ》しに入る輝きとなって、胸に宿した黄金の想《おも》いを遂げる……誰も……誰も追いつけない高さまで……高く……高く高く高く、舞い上がり、ひたすらに飛翔する……」

「届くかなぁ？」

ミュールは、光り輝く光点へと手を伸ばす。

「ミュールの手、あの星にまでちゃんと届くかなぁ」

「……届くわよ」

鼻を鳴らしながら、強く、ミュールを抱き締めたソフィアはささやく。

「きっと……きっと、届く……貴女《あなた》の手は……貴女の手は必ず……あの星に届く……辛《つら》くても苦しくてもしんどくても、その手を伸ばし続ければきっと必ず……星にかけられた数多《あまた》の願い、その願いが結実するのは、きっと、最後まで手を伸ばし続ける者だけ……だから……だから……」

瞳を潤ませた母は、優しくミュールの頬《ほお》を撫《な》でる。

「星を……星を掴《つか》みなさい、ミュール……誰がなんと言おうとも、誰が邪魔立てしようとも、誰が貴女を嘲笑《あざわら》おうとも……手を伸ばすの……伸ばし、続けるの……あの星は、ずっと、ソコにある……貴女の……貴女の手の中にあるのよ……」

「はい、お母様！」

ミュールは、母と星に誓う。

「ミュールは、ぜーったい、あの星を掴んでみせます！」

そう、コレこそが。

ミュール・エッセ・アイズベルトが懐《いだ》いた原風景。

ミュールの視線の先では、いつも、姉が努力していた。

クリス・エッセ・アイズベルト——アイズベルト家の次女である彼女は、病弱な長女シリアとは異なり、魔法と武術に重きを置く武闘派だった。

「ミュール様」

アイズベルト家専属の家庭教師――リウから拳法の指導を受けていたクリスを眺めていると、汗ひとつ掻《か》いていない家庭教師の方に声をかけられる。

シリアを生涯の主人と謳《うた》うリウは、普段はシリアの影のように彼女の傍《そば》で控えているが、なぜか検診の付き添いは認められておらず、シリアが検診で邸宅を離れている時はクリスの指導に当たっているのが常だった。

「もしや、魔拳に興味がお有りですか？」

かつて『祖』の魔法士にまで上り詰めた過去をもつリウは、魔法協会の言いなりで金遣いが荒かったために『金屏風《きんびょうぶ》の虎』と呼ばれていた。そんな過去の姿はおくびも出さず、今の彼女は、質素で険のとれた柔らかな雰囲気をもつ美人だった。

「まけん……？」

「ええ、魔拳。ミュール様と同じように、私は、魔力を持っておりません。故に、仙術と形意拳を基礎《ベース》とし、体外魔力を拳に乗せて運ぶ拳技を考案しました。コレを魔拳と呼び、この魔拳を操るための歩法などを含めて『無形極《むぎょうきょく》』という流派を作りました」

「り、リウって、あんなに強いのに魔力がないの⁉　人体、爆発させられるのに⁉」

「いえ、魔拳は関係ありません。人は殴ったら破裂するものです」

「魔拳、必要ないじゃん！　ただの筋肉バカじゃん！」

「いえ、そもそも、私は特異体質で外家拳の真髄を掴《つか》んでいると言いますか……」

「なんだ～、ミュール！　お前も、一緒に無形極《むぎょうきょく》を学ぶつもりか～！」

タオルを首に巻いたクリスに後方から抱き締められて、ミュールはくすぐったさで笑いながら姉を押す。

「く、クリスお姉様、くすぐったいです！　やめて～！」

「ほら～、こちょこちょ～！　無形極無形極ぅ～！」

「あの、クリス様、無形極にくすぐりはありませんから。やめてください。頑張って考えた流派なんですから、本家本元の前で貶《おとし》めないでください。シリア様に泣きつきますよ」

いつものように、クリスの腕の中に収まったミュールは、姉の指先を順番にニギニギしながらリウを見上げる。

「ミュール、まほー使えないけど、むぎょーきょくが使えればクリスお姉様みたいに強くなれる？」

「ええ、もちろん。実のところ、その言葉を待ち望んでおりました。経緯は異なれど、私とミュール様は似ている。同様に魔力を持たず、それ故に、この世の悪意に晒《さら》されてきた。ミュール様の心に寄り添える私であれば、貴女《あなた》を祖の魔法士と肩を並べる程の存在へと昇華させられるでしょう」

「「おぉ～！　調子のってる～！」」

パチパチと、ミュールとクリスが拍手を送ると、頬《ほお》を染めたリウは咳払《せきばら》いをする。

「ま、まぁ、実は、シリア様には止められていたんですが。ミュール様から言い出したことであれば、あの子も渋々ながら首を縦に振るでしょう」

「お姉様が？　なぜ、止める？」

ミュールの両手を使って、拍手していたクリスは顔をしかめる。

「いつもいつもいつも、お姉様は考え過ぎるんだ。ミュールは、この私の妹だぞ？　才能があるに決まってる。先天性の疾患のせいで、確かに魔力はないかもしれないが、その分、勉強や武術や芸事に励めば良《い》いんだ。なにせ、私の可愛《かわい》い妹だからな」

「ええ、私もそう思う。アイズベルト家は、代々、著名の才人を輩出してきた。どの分野かはわかりませんが、ミュール様がその才を発揮出来る切っ掛けを与えれば良い」

リウの賛同を得て、意気込むクリスは拳を握り込む。

「よし！　そうと決まれば、ミュール、頑張るぞ！　お前のことをバカにしてきたアホどもの頭を、お姉様が認める暴力なしで、その才覚でぶん殴ってやるんだ！」

「はいっ！」

「暴力なしと言いながら、暴力的ではありますが……千里の馬は常に有れども伯楽は常には有らず。私は私の才をもって、ミュール様を玉へと磨き上げてみせましょう」

結論から述べれば、ミュールは『玉』へと至ることはなかった。

人生という名の盤上を進めてみて、ようやく、己が操る駒が何で出来ているかがわかる。

彼女は、『石』だった。

当初、楽観的な態度を取っていたリウも、徐々に余裕をなくして表情をこわばらせ、何時《い》まで経《た》っても無形極《むぎょうきょく》の基本である『体外魔力の操作』を身につけないミュールに対し、失望を滲《にじ》ませた顔つきを向けるようになった。

リウは優しかった。それは、強者から弱者へと送る哀れみの優しさ。

数瞬、浮かべてしまった失望を押し隠し、リウは『玉』へと上り詰めるための無極形の基本を無視し、魔力を介在しない偽の魔拳へと変化させてミュールに教え込んだ。

それは、最早《もはや》、ただのエクササイズ。

フィットネスボクシングのようにダイエットや運動不足を解消するための健康維持へと様変わりし、ミュールはそのことに薄々気がついていたものの、教えられたことを忠実にこなすことに没頭した。

いち早く、ミュールに魔拳の才がないことに気づいたクリスは、大切な妹のために代替となる『ナニカ』を探し始めた。

勉強、運動、語学、裁縫、ピアノ、生花、執筆に絵画、はたまたeスポーツ……そのすべてで、ミュールが結果を残すことはなく、その度に焦燥で汗を滲ませたクリスは『まだ子供だから』と己に言い聞かせるように言葉を吐いた。

何時しか、クリスのその言葉もまた変わる。

「ミュールは、私の傍に居《い》れば良い」

それは、言の葉の楔《くさび》──

「ただ、私の傍《そば》に。生きてくれさえすれば良い」

弱い妹へと捧《ささ》げる強い呪いだった。


風がそよぐ。

窓から入ってくる涼風を受けながら、掛け布団越しにシリアの膝へと顔を埋《うず》めたミュールは時間が流れ去るのを待っていた。

「また、お稽古、サボっちゃったの？　泣きそうな顔で、リウが探してたわよ？」

枯れ枝のようになった細腕で、シリアはミュールの髪を撫《な》で付ける。その慈愛に溺れながら、妹たる立場に甘えて、ミュールは返事もせずに暗闇へと逃げた。

その様子を見下ろして、シリアはクスクスと笑う。

その笑い声にムッとして、顔を上げたミュールは恨めしそうに姉を見上げる。

「……なにがおかしいのですか」

「おかしいわよ。だって、この家で、一番強い貴女《あなた》が落ち込んでるんだもの」

「一番強い……また、からかってるんですか。わたしは、魔力不全の落ちこぼれで、なにひとつ才能のない欠陥品ですよ。アイズベルト家の歴史を鑑みても、わたしは、歴代随一の劣等者です。そういう意味では、一番強いと言えるかもしれませんね」

「ふふっ、一端《いっぱし》の口を利くようになっちゃって。お勉強、いっぱいしたのね。ちゃんと、努力した成果が出てるじゃない」

「お茶を濁さないでください。わたしのどこが、一番強いと言――」

「あの日、あの時、あの瞬間、星を見上げていたのは貴女《あなた》だけよ」

青白くなった肌、痩せこけた頰《ほお》、ひび割れた唇……その死相の奥底で輝く眼差《まなざ》しは、光を宿して、ミュールの深奥を覗《のぞ》き込んでいた。

「憶《おぼ》えてる、家族で星を見に行った時のことを。学校の先生に『こぎつね座』と呼ばれたと貴女が言った時、クリスは『敵』を、私は『妹』を、リウは『闇』を、リリィは『心』を、お母様は『昔』を見ていたわ。そんな時、貴女だけが『星』を見ていた」

押し黙るミュールの前で、シリアは風で流れる自身の髪を押さえる。

「誰もが、あの星から目を逸《そ》らした時、貴女だけは決してその手から星を放さなかった。握り込んだまま、その眼差しで天にたなびく光を射抜いていた。それを強さと呼ばず、なんと呼ぶの。だから、私は、貴女の心底に眠る強さを確信した」

「で、でも、わたしは、クリスお姉様やリウのような力を持っていないし、シリアお姉様やリリィみたいに賢くもありません。お母様のように芸事に通じているわけでもないし、アイズベルト家を支えてきた才人のように才能に溢《あふ》れているわけでもない。一体、わたしに、なにが在るというんですか。手を伸ばすべき星は、どこに在るというんですか」

真っ白な人差し指が、ミュールの胸の中心に触れる。

「貴女の一等星はココに在る」

じんわりと、その温かさが広がり、ミュールは姉の微笑を見つめる。

「ミュール、輝いて。貴女が胸に仕舞《しま》い込んだその輝きを失わないで。お母様とクリスとリウとリリィを助けてあげて。きっと、コレは貴女にしか出来ないの。その輝きで、家族を守って。あまりにも空は広い。太陽の光に溺れた星々を救えるのは、きっと、貴女があの日見出《みいだ》した一等星だけ。その眩《まばゆ》い光、その輝きの下に、光を失った星々が集う時が来る」

涙を流しながら、大切に大切に大切に、シリアはミュールの頬を撫《な》でる。

「貴女だけなのよ、ミュール……貴女だけなの……あの日、星を見上げた貴女だけが……皆を救えるの……私は、そう信じてる……絶対にそうなるってわかってる……だって、あの日、あの時、あの瞬間、私は貴女の目に映った星を見た……あの輝き……あの輝きこそが……私が、ずっと、目指していた正義……ねぇ、ミュール……」

頬を伝いながら落ちた涙が、姉と妹が繋《つな》いだ手へと染み込む。

そこでようやく、ミュールは、シリアの視線の先が自分の顔を捉えていないことに――

姉の目が、殆《ほとん》ど、見えていないことに気がついた。

「正義は……必ず勝つよ……」

この日、ミュールが垣間見《かいまみ》た姉の強さと弱さが――彼女にとっての遺影となった。

訃報が齎《もたら》された時、へにゃりと崩れ落ちた母が、流体と化したかのように思えた。

栓が開けられることのなかったワイン瓶を抱えたソフィアは、真っ暗な部屋に閉じこもって食事も摂《と》らず、四六時中、赤ん坊をあやすようにして瓶を揺すっていた。

「シリア……シリアシリアシリア……私の赤ちゃん……また、取られた……また、アイツらに……護《まも》れなかった……なにも気づけなかった……母親なのに……母親なのに、あの子を護れなかった……失敗した失敗した失敗した……手段を選ばなければ良かった……使える手をすべて使って……奴《やつ》らを利用していれば……シリアを殺した……シリアを殺したシリアを殺したシリアを殺した……私がシリアを殺した……」

荒れ果てた部屋の隅で、シリア・エッセ・アイズベルトの思い出の品々に囲まれ、ブツブツと独言を吐き続けるソフィアに過去の面影はなかった。

「リウッ！」

小さな鞄《かばん》ひとつに荷物をまとめた家庭教師は、乱れた黒スーツと髪の毛を直そうともせず、薄汚れた風体のままでこちらを振り返る。

真っ黒な両眼《りょうめ》。

なんの感情も宿していない漆黒の瞳、路傍の石ころを眺めるかのような眼差《まなざ》しが、なんの思いやりもなくミュールへと向けられる。

憎悪と悔悟と悲嘆を燃やし尽くし、なにも遺《のこ》さなかった虎は遺灰の上で蹲《うずくま》る。

「い、家を出るってホント……？　ど、どこに行くの？　な、なんで家を出ていくの？　お、お願いだから、わたしたちの傍《そば》に居《い》──」

「やめた方が良い」

「え？」

獣が唸《うな》るような声音で、リウはミュールへと忠告する。

「貴女《あなた》には、なんの才能もない。無為だ。なにも得られず、なにも認められることはない。私と同じで、生きている価値がない。なにも成さず、なにも見出《みいだ》さず、なにも発することなく陰で息を潜めていろ。行き場のない獣は、野に下る他はない。牙も爪も持たない無能は、生と死の狭間《はざま》で『こぎつね座』としてくすんでいろ」

絶句して、思わず、ミュールは数歩後ずさる。

「な……なんで、そんな酷《ひど》いことを……お、お前、ホントにあのリウか……？」

「事実を述べただけに過ぎない。貴女と同じ似非《えせ》だからこそわかる。私は、無為であり無能であり無価値だった。そのことをようやく思い出した。このくだらないぬるま湯に浸《つ》かっていたせいで、私は、たったひとつ残っていた『玉』すら喪《うしな》うことになった」

真っ黒な手袋で覆われた両手で、リウは己の顔面を覆って――充血した両眼《りょうめ》で、その隙間からミュールを捉える。

「お前も私も……無価値の垃圾《ゴミ》は殺しておけば良かった……シリア……貴女《あなた》が命を捧《ささ》げてでも、見出《みいだ》した正義はどこに……どこに在る……こんな肉袋の中のどこに……こんな無価値のモノのために貴女は……ッ！」

ギチギチと音を立てて、リウの拳が握り込まれる。

赤黒い血が流れ込んでいったその両眼、瞳の中に映るミュールへと殺意が向けられて――地面から突き出したコンクリ製の槍《やり》が、彼女の喉元に突きつけられる。

「リウッ！」

大量の汗を流し、息を荒らげたクリスは、全身に纏《まと》った魔力を彼女に向けながら叫ぶ。

「その薄汚い拳を！　私の妹に向けてみろッ！　殺す！　その瞬間に、貴様の喉を貫いて殺してやるッ！　失《う》せろ、この薄汚い獣がッ！　私たちの家から出ていけ、部外者風情がッ！　殺処分される前に、その醜い姿を私の視界から退《ど》けろッ！」

「部外者……」

ほんの一瞬、ほんの一瞬だけ、リウはかつての『悲しい』という感情を浮かべて、よろめきながらミュールへと両手を伸ばし前へと進む。

「も、申し訳……申し訳ありません……ど、動転していて……わ、私は、なんてことを……し、シリア様が護《まも》ろうとした大切な妹様を……わ、わた、私は、ち、違……ま、間違えて……た、ただ、私は、これ以上、ミュール様が傷つかないように……」

「進むなァア！　リウ、その一歩先が、生と死の境目《ボーダー》だッ！　それ以上、私の妹に近寄ったら殺すッ！　貴様の首を狙って、生成《クラフト》するッ！　首と胴体を分割し、門前に飾り付けて鳥に食わせるッ！　殺すッ！　殺す殺す殺すッ！」

本気だ。本気で、クリスお姉様はリウを殺す。

ミュールは、憤怒と殺意で、全身を震わせている姉を見て確信する。

「リウ！　リウ、わかった！　わ、わたしは、大丈夫だ！　謝ることはない！　後ろに下がれ！　後ろへ！　お姉様から逃げろ！　お、お姉様は、きっとお前を殺す！　だ、だから、リウ、逃げろッ！　早くッ！」

喉奥から唸《うな》り声を発し、くるりと反転したリウは、ゆっくりと歩み去っていく。

その姿が見えなくなった瞬間、駆け寄ってきたクリスはミュールを抱き締め、興奮で昂《たか》ぶった身体《からだ》を落ち着かせるように呼吸を繰り返した。

「ミュール……ミュールミュールミュール……大丈夫だ……大丈夫……お姉ちゃんが護るから……絶対にお前を奪わせたりしない……シリアお姉様は優しすぎたんだ……大丈夫、私は、アイズベルト家の人間だから……凄《すご》いから優秀だから天才だから……全部……全部、全部、全部、私の力で理不尽を焼き払ってやる……」

「お、お姉様……い、いた……痛い……痛い痛い痛い……痛い……っ！」

ミュールが泣いても、その力を緩めようとはせず、生暖かい息を吐き続けたクリスは何時《い》《つ》しか笑みを浮かべていた。

ソフィアは変わった。

己の隙を失《な》くすかのように、常に着飾るようになり、ミュールとクリスの指導と称して外部の家庭教師と共に目を光らせるようになった。

「なんで、こんなことも出来ないの!?」

必要最低限の食事と睡眠と入浴の時間を除いて、一室に閉じ込められたミュールは毎日のように母の罵声を浴びていた。

「こんなの基礎も基礎じゃない！　この無能！　こんなことも出来ないで、私が居なくなった時にどうするの!?　ねぇ!?　ちゃんとやりなさいよ！　出来損ないは出来損ないなりに、努力しないといけないってわかるわよね!?」

「わ、わかります……でも……」

「でもぉ!?　はぁ!?　あんた、アイズベルト家の査察が、何時《いつ》、入るかわかってんの!?　あんたみたいになんの才能もない無能が生きていられるのは、アイズベルト家のお陰でしょう!?　アイズベルト家の人間として、貴女《あなた》、恥ずかしいとは思わないの!?」

「は、恥ずかしいと思います……」

「だったら、ちゃんとやりなさいよ！　落ちこぼれの無能なりに、すべきことをしなさい！　時間がないのよ！　もう、時間が！　あんたがアイズベルト家に『不要』と認められたら、クリスにまで累が及ぶのよ！　あんたと違って、才能のあるあの子が、余計なことを考えたらどうするの!?」

「ソフィア様。お言葉ではありますが、ミュール様は寝る間も惜しんで勉強を──」

甲高い破裂音が鳴って、リリィの頰《ほお》が見る見る間に腫れ上がり、彼女の口端から赤い血が滴り落ちる。

「下賤《げせん》の従者風情が、アイズベルト家の教育に口を挟むなッ！」

自身の頰を張ったソフィアを呆然《ぼうぜん》と見つめていたリリィは、ハッと我を取り戻し深々と頭を下げる。

「申し訳……御座いません……」

「次、口を挟んだら殺すわよ。覚悟しておきなさい。あんたみたいな生まれの悪い娘が、いつまでもミュールの傍《そば》に居られるとは思わないことね」

その言葉を聞いた瞬間、表情が凍ったリリィは、勢いよくその場に伏せて額を床に擦《こす》り付ける。

「申し訳御座いません！　申し訳御座いません申し訳御座いません！　それだけは！　そ

れだけは、お許しください！　申し訳御座いません申し訳御座いません！」

「薄汚い下民が」

舌打ちをして、ソフィアは部屋を出ていき、ミュールがリリィの下へと駆け寄ると――強く抱き締められる。

「ごめんなさい……ごめんなさい、ミュール、なにも出来なくて……ごめんなさい……貴女《あなた》を助けられなくて……ごめんなさい……許して……妹のように想《おも》っている貴女の傍《そば》に居たいの……朗らかで、優しくて、星みたいに輝いている貴女の傍に……だから……ごめんなさい……ごめんなさいごめんなさいごめんなさい……」

温かな涙滴を肩で受けながら、呆然《ぼうぜん》とミュールは彼女の謝罪を耳にしていた。


クリスは、ソフィアのようには変わらなかった。

いつも、彼女はミュールの味方で、優しくて、誇りとも言える素敵な姉だった――ソフィアの矛先が、クリスへと向かうまでは。

切っ掛けは些細《ささい》なことで、クリスが『優しい姉』である以上は避けられないことだった。

ある日、クリスは、ソフィアに『ミュールに厳し過ぎる』と苦言を送った。その瞬間から、ソフィアの執着はクリスただ独りに注がれるようになった。

「あんた、その程度でミュールが護《まも》れると思ってるの？　あの出来損ないを？　随分と大きく出たものねぇ。この程度の成績で、この程度の魔法で、この程度の実力で……アイズベルト家の御歴々《おれきれき》を見てみなさいよ。あんたなんか、ただのゴミと同じよ」

始まった当初は、クリスは母の説教を意にも介していなかった。

「ミュール、気にするな。矛先がこちらに向かった方が良い。今のお母様には、時間が必要なんだよ。パレイドリア現象と同じようなものだ。お母様には、ただの木の葉の擦《こす》れる音が、幽霊のささやき声のように聞こえているんだよ」

才能のないミュールとは違って、才能のあるクリスは気が強かった。

故に『母の言葉を意にも介していない』というポーズを取ってしまい、それがソフィアの怒りを買って締め上げがキツくなる。負けず嫌いのクリスは、弱音ひとつ吐くことなく、理不尽な要求をすべて吸い上げて解決してしまった。

人間の心には、共振点がある。

この調べでしか、この言葉でしか、この感情でしか、震えない琴線が存在する。

幼いミュールは、そんなことは知らなかったし、同様に経験の浅いクリスもまた知らなかった。

ズタボロになった心は目には見えず、形を保っているように思えるが、その共振点を外部要因が捉えた瞬間――一気に崩れ去り、二度と、同じ形に戻ることはない。

前提として『姉は天才で無敵だから大丈夫』という盛大な勘違いがあり、幼少の頃から気高い姉に護《まも》られて、彼女に空想の主人公像《ヒーロー》を重ねていた少女には、絶対に気づくことの出来ない綻びは亀裂となって押し広がっていった。

毎日。

毎日、毎日、毎日、『お前は、出来損ないの妹のために努力しなければならない』、『お前は、出来損ないの妹のために最優秀でなければならない』、『お前は、出来損ないの妹のために己のすべてを捧《ささ》げなければならない』とささやかれ、罵声を浴びせられ、余暇を己のために充てようとすれば嫌味《いやみ》を言われる。

その言葉は心を蝕《むしば》み、侵食された心は、更に自分自身をキツく締め上げる。

食事時間が減り、睡眠時間が減り、入浴時間が減り、更にクリスは己の『眼《め》』すらも妹のために捧げてみせた。

クリスの人生は、ミュールのものだった。

何時《いつ》しか、それは、彼女にひとつの思いを抱かせる――私がミュールを支配しているのではなく、ミュールが私を支配しているのではないか。

喪《うしな》った姉の代わりに、得ようとした妹の安寧。

人間に善人がいないように悪人もいない。

善人のように振る舞う人間と、悪人のように振る舞う人間がいるだけだ。

クリスは、善人のように振る舞う人間であった。

だがそれは、たったひとりの妹を護るための仮面《ペルソナ》であり、すり減って荒《すさ》んだ心は何時しかその行動に『価値』を求めるようになった。

餌が出てこないボタンを押し続ける猿がいないように、無価値だと思える行動を続けられる人間は存在しない。

奇《く》しくも、クリスは、かつて『獣』と蔑んだリウと同じように——護るべき妹に価値を求めるようになっていた。

コレだけの時間を費やし、コレだけの犠牲を払い、コレだけの自分を捧げた妹が、母が言う通りの出来損ないで無価値であるわけがない。母は間違えている。ミュールには、才能があり、何時しかその才覚が花を開く筈《はず》だ。

皮肉なことに、クリスにトドメを刺したのは『妹を信じる心』だった。

待てど暮らせど、ミュールは才能を示そうとはしない。

対照的に己の負荷は増すばかりで、その功績はどんどん積み上がり、心に積もった重責で軋《きし》む音が全身を侵していく。

お姉様、お姉様と、纏《まと》わりついてくる妹の笑顔が醜悪に思えてくる。

お姉様、お姉様と、相談事を持ちかけてくる妹の無邪気さが醜悪に思えてくる。

お姉様、お姉様と、呑気《のんき》に雑談に花咲かせようとしてくる妹の声音が醜悪に思えてくる。

だから、ある晴れた日に。

勉学に励んでいなければならない時間に、満面の笑みを浮かべて、リリィとじゃれ合いながら遊んでいるミュールを見つけてしまった瞬間——クリスの心が、初めて震えた。

その瞬間は、クリスの心を打った。

美しい調べが全身に染み渡り、響き渡った母の罵声が四肢へと浸潤し、今まで見過ごしていた怒りの感情が幾度も打ち寄せて彼女を焦がした。

一秒にも満たないその刹那、クリス・エッセ・アイズベルトは感動していた。

己の身を打ち震わせるその陶酔は、善人のように振る舞うことを忘れさせ、己を保つために誇示し続けてきたアイズベルト家という尊大さを引き出した。

すべての時間を妹のために費やし、己の心を見失っていたひとりの少女は、久方ぶりに感じたその情動に歓喜していた。

あぁ、そうだ。母は間違えている。

クリスは、嬉《うれ》しさのあまり、花開くかのような満面の笑みを浮かべて頷《うなず》いた。

出来損ないは、私ではなく、あの無価値な妹の方だ。


この日、ミュールは、クリスの誕生日プレゼントを買いに来ていた。

常に自分を愛し、自分を護《まも》り、自分の味方であった姉の誕生日を祝うため、数時間にも及ぶ母の説教と折檻、その後に及ぶであろう悪辣な教育も受け入れて、なにもかもを犠牲にして手に入れた貴重な時間であった。

この時、ミュールとクリスの間には悲劇的なすれ違いがあった。

執拗《しつよう》な母の責めにより、クリスは己の誕生日など憶《おぼ》えていなかったこと。軟禁状態にあったミュールは世俗を知らず、供としてリリィを連れていかなければならなかったこと。サプライズを計画していたが故に、このことは一切、クリスには相談していなかったこと。

このどれかひとつでも欠けていれば、姉に対する妹の真摯な想《おも》いが、ついに姉の琴線を震わせることはなかっただろう。

時間の問題だったとはいえ、もう少しの間だけ、クリスは理想的な優しい姉でいられたかもしれない。

だが、そうはならなかった。

限界を迎えていたクリスの心は、幾度となく、地下室に閉じ込められた自分を救った妹の光のことを憶えてすらいなかった。

否、己の心を保つために忘れ去っていた。

だから、二車線の道路越しにクリスを見つけたミュールが笑顔で姉へと手を振った時、その結末は既に予想されていた。

「お姉様！」

笑いながら、クリスは手を振り返す。

そして、愛する妹へと素敵な返事を返してみせた。

「このゴミが」


真っ暗な地下室の中で、百足《むかで》が蠢《うごめ》いていた。

窓ひとつなく、闇に閉ざされた地下室。土と死の臭いが充満する一室に閉じ込められたクリスは、暗闇の中で声を張り上げていた。

「お母様！　お母様、申し訳御座いません！　お母様！　出してください！　こ、ココだけは！　ココだけはダメなんです！　お願いです！　お母様！　お母様ァア！」

幾ら喚《わめ》いたところで、母が許すことはないと知っているのに叫ばずにはいられなかった。

クリスが唯一、恐怖を感じるのは『闇』だった。視界を塗り潰す漆黒、その中に己が紛れ込み、眼《め》が見えなくなったかのように錯覚した瞬間に全身が粟立《あわだ》つ。

怖い、怖い、怖い！

あまりの恐怖で、歯がカタカタと鳴り始め、頭の先から爪先まで震えが伝わり、口の端から赦《ゆる》しを求める言葉が吐き出される。

だが、許されることはない。

何時《いつ》しか、声が嗄《か》れて、あまりの疲労で指先ひとつ動かなくなる。

「…………」

冷たい石畳の上に寝そべり、流した涙が鼻や口に入る。

それでも、心は恐怖を訴え続けて、クリスはしゃっくりを上げながら救いを求める。

たすけて。

たすけて、たすけて、たすけて。

無限に連なる苦しみから逃れたくて、彼女は、呻《うめ》きながら手を伸ばし――小さな明かりが、ぽつんと灯《とも》った。

闇に慣れた眼では、あまりにも眩《まぶ》しすぎて、涙が滲《にじ》む程の痛みを与える光。

でも、それは、とても綺麗《きれい》な光だった。

あたたかくて、うつくしくて、いつまでも見ていたかった。

「お姉様」

足元にある食事用の小窓、そこが開いていて、大切な妹の声が聞こえてくる。

「大丈夫ですよ。わたしが来ました。今回も、お母様にバレてません。もし、バレたとしても、わたしが勝手にしたことだと言いますから大丈夫です」

「みゅ、ミュール……」

血と痰《たん》が混じった声が出て、小窓から飲用水と軽食が載せられた銀盆が差し出される。

「リリィが作ってくれました！　毒見はしておきましたが美味《おい》しかったですよ！」

思わず、クリスは安堵《あんど》の笑い声を漏らす。

何時《いつ》ものことだった。

クリスが暗闇に怯《おび》えていることを知っているのは母と妹だけで、なにがあろうとも、ミュールは母の眼《め》を盗んで闇に光をもたらした。

「大丈夫ですよ、お姉様。もう安心してください、わたしが来ましたから」

ぼんやりと揺動する光を眺めて、食事を終えたクリスは微睡《まどろ》みに誘《いざな》われる。

小窓から差し出された妹の手。

薬指の爪が剥《は》がれていて、手のひらには乾いて固まった血がこびりついていた。

地下室に忍び込もうとした時に、無理矢理《むりやり》、扉をこじ開けようとして失敗したのだろうと見当がついた。

ミュールは弱いから、きっと、泣いただろう。ソフィアにバレるわけにはいかないから、今夜は病院にも行けず、リリィの応急手当を受けてから泣いて眠るのだろう。

ただ、苦しみを受け続ける妹を想《おも》った時――クリスの眼から、とめどなく涙が溢《あふ》れた。

「ごめん……ごめん、ミュール……ごめん……弱いお姉ちゃんでごめん……護《まも》るって誓ったのに……いつも、ミュールは、辛《つら》い目に遭ってるのに……暗いところが怖いなんて、言ってたらいけないのに……ごめん……ごめんね……ごめん……」

言葉を返す代わりに、ミュールは、手探りで探し当てたクリスの手を握った。

「大好きですよ」

その優しい光を受けて、クリスは嗚咽《おえつ》を上げる。

「大好きですよ、お姉様。ずーっと、大好きです。何があろうとも、わたしは、お姉様のことが大好きです。お母様もシリアお姉様もクリスお姉様もリウもリリィも、みーんな、大好きなんですよ。だから、ずっと、ずーっと！」

視界を染め上げるその眩《まばゆ》い光は——

「いつまでも、わたしのお姉様でいてください！」

まるで、あの日、皆で見上げた星のようだった。

＊

「敗《ま》けるぞ」

深夜。

屋根裏部屋の丸窓から、星を見上げていた俺は振り向く。

星明かりの下、紫煙で彩られる魔人……アルスハリヤは、かつての姿を取り戻し、椅子の端に腰掛け微笑《ほほえ》んでいた。

「……なんで、元の姿に戻ってんだ？」

「君の殺意が和らいだからな。大方、意中の女性《ひと》に恋い焦がれ、同じ身体《からだ》に同棲《どうせい》している恋人のことは、頭から消えているんだろう？」

「…………」

「ほらな」

苦笑して、アルスハリヤは肩を竦《すく》める。

丸窓に映り込む魔人は、俺の後ろで、ギィギィと椅子を揺らしながら煙を吐く。

「言ったろ、『僕の知る君なら、殺《や》り合うことになる気がする』って」

「名推理だな。鹿撃ち帽でもかぶって、虫眼鏡でも携帯したら？」

「開くのか？」

俺は、こくりと頷《うなず》く。

「それしか、クリス・エッセ・アイズベルトに勝てる方法はない」

クリス・エッセ・アイズベルトは、全ての点において、三条燈色《さんじょうひいろ》を上回っている。

原作観点で言えば、運用次第では、ヒイロも終盤戦まで通用する。

だが、それは、飽くまでも鍛えれば、の話だ。

元々の能力値《パラメーター》からして、三条燈色とかいうクソ野郎が、クリス・エッセ・アイズベルトに勝っている点はひとつもない。

特に魔力の能力値の差は、ダブルスコアどころではなかった。

能力も技倆《ぎりょう》も経験も力量も地位《スコア》も。

なにもかもが、三条燈色を上回り、彼女に勝ち得る可能性は万にひとつもない。

百回戦えば百回敗《ま》けて、そのうちの百回、なにも出来ずに殺されるだろう。

本来であれば、同じ土俵に上がることも出来なかっただろうが……今の俺には、魔人の能力《ちから》が備わっていた。

付け入る隙があるとすれば、そこしかない。

魔眼──払暁叙事《ふつぎょうじょじ》。

三条家の魔眼を開ければ、そこに勝機が備わる。

「今の君では、払暁叙事の力を使いこなせない。まず、固有魔法は発動出来ないだろう。君に扱えるのは、玩具《がんぐ》に付いてるおまけ菓子程度の部分だ」

「空腹で死にかけてれば、おまけ菓子の方が有り難いだろ」

「おいおい、主題を捉えろよ。君は、君の言うところの『死亡フラグ』の只中《ただなか》にいるんだ。鼻の下まで浸《つ》かってて、誰かがそっと押せば、あっという間に地獄行き。死は眼前に迫り、真っ暗な絶望へと、息も出来ずに沈んでいくところだ。君が縋《すが》ろうとしている藁《わら》は、あまりにも心もとない」

「だからって、ココで戦わない選択肢はねぇんだよ」

俺は、暗中で、烟《けむ》る魔人を見つめる。

「たったの一度でも、自分がブレたら……俺は、そこで終わりだ。一度、言葉にしたなら、俺は必ずそれを遂行して落とし前をつける。それが出来なくなった時、俺は、三条燈色《ゴミ》に成り果てる」

「……君の裡《うち》には、よくわからないものがたくさんあるな。まるで、分類が出来ずに処分し損ねたゴミの山みたいだ」

ふーっと。

アルスハリヤが吐いた煙が、宵闇へと薄れてゆく。

「君は、本当に三条燈色《さんじょうひいろ》か？」

「………………」

「まぁ、どうでも良《い》い。今は、な」

ニタリと嗤《わら》って、アルスハリヤは両手を広げる。

「踊ろうじゃないか、我が友よ。その酔狂に酔い痴《し》れ、踊り狂うのもまた一興。星明かり《スポットライト》の熱に身を預け、華麗なる一幕に己《おの》が生涯を懸け、民衆どもから阿呆《あほう》と罵られようじゃないか」

両手で顔を隠した魔人は――ニタァと、半月に口端を裂いた。

「生きるか死ぬか、その未来《さき》に矜持《きょうじ》を懸けよう。そういう無知蒙昧《むちもうまい》が世に蔓延《はびこ》ってこそ――」

嬉《うれ》しそうに、アルスハリヤはささやいた。

「人間だ」

「十五秒」

俺は、命を分かち合う魔人に手を差し伸べて。

「十五秒で片をつける」

「良いね」

アルスハリヤは、恭しくも手を取った。

「素敵な殺し文句だ」

*

「底の抜けたバスタブみたいな人生だ」

空に星が宿る。

新入生歓迎会が行われている黄の寮《フラーウム》の裏で、星明かりを受けた人影が伸びた。

夕暮の橙《だいだい》と宵闇の紫が入り混じる天の下、起立したクリス・エッセ・アイズベルトはささやく。

「私は、いつも、リラックスして安心感と共に身を預ける。沈んでいくんだ、何処《どこ》までも。手掛かりはない。藻掻《もが》いても無駄だと直《す》ぐに理解する。底はないから無限に水没する。目を見開いて、揺らめく水面を見上げて、ぼうっとした陶酔の中で後悔する。なぜ、私は、底のないバスタブに身を任せたんだろうか、とな」

クリスは、星へと手を差し伸ばし——握り潰す。

「力だ。力だけが願いを叶《かな》える。弱者は星に願いを懸ける。自分の弱さを識《し》り、己《おの》が手の届く先を識って、他に祈りを捧《ささ》げることを識ったからだ」

対峙《たいじ》した俺が、見つめる先で彼女はつぶやく。

「私は……私は、もう、二度と星に願わない……闇の中に灯《とも》る光に希望を見出《みいだ》さない……己の力のみで道を切り拓《ひら》き、見果てぬ荒野を闊歩《かっぽ》し、届かない願望には手を伸ばさない……そうしなければ……そうしなければ、何も、誰も、夢も、なにひとつ護《まも》れなくなる……」

手が、堕《お》ちる。

澄み切った瞳で、クリスは俺を捉える。

「貴様を殺す。それが、私の存在証明と成り得る」

「他人の死で飾り付ける存在証明書は、さぞや洒落《しゃれ》てるんだろうよ」

ゆっくりと。

半円を描くように歩み始めたクリスに対し、逆回りで距離を測った俺は引《トリ》き金《ガー》に手をかける。

「全て貴様の意図通りに、新入生歓迎会は成功するだろうな。あの惰弱な妹は、なにひとつ成し遂げず、貴様におんぶに抱っこで親指をしゃぶっていただけだ」

「どっかのアホが育児放棄したせいで、俺が親指のしゃぶり方から教えてやる羽目になったんだよ。なんで、あの歳《とし》になるまでおしゃぶりが必要なのか考えてみろや」

「不要を必要と容喙《ようかい》するなよ。同じ教育を受けた私は自立して歩いている」

「自立？　実の妹を『ゴミ』と吐き捨てる人間を自立した立派な人間と称してるのか？　良《い》いねぇ、実に吐き気がする価値観だ」

「ゴミはゴミだ。貴様は、排出した生ゴミの悪臭を処理しないのか？」

「捨てるだけが処理方法じゃねーんだよ。輩出した強者はお高く留まって、排出した弱者はゴミ溜《た》めへ、ってか？」

生成《クラフト》した光剣《ルークス》で、自身の肩をぽんぽんと叩《たた》いた俺はニヤリと笑う。

「だったら、お前が俺に負ければゴミってことだよな？」

「安心しろ、私の実力は自他共にハッキリしている」

両手の人差し指で、天と地を指したクリスは満面の笑みで応える。

「俯仰《ふぎょう》天地に慚《は》じず――杞憂《きゆう》だ」

「天地は万物の逆旅、とも言うぜ？　ひっくり返るかもなぁ……天地が」

「精々、憂慮で身を焦がせ」

ふっと、クリスは息を吐いて微笑《ほほえ》む。

「煩悶の中で死ねよ、俗物」

「来るぞッ！」

現出したアルスハリヤが叫ぶ寸前、俺の視界を紫光が掠《かす》めて、半自動的に動いた身体《からだ》は回避動作を取っていた。

真後ろから突っ込んでくるダンプカー。

運転者のいない十一トントラックは、スピードリミッターが解除されており、法定速度を遥《はる》かに上回る時速百四十キロメートルで突っ込んでくる。

導体《コンソール》、接続──『操作：重力』、『変化：重力』。

発動、重力制御《グラビティ・バランサー》。

ふわりと前輪が浮き上がり、振り向きつつ膝で滑り込んだ俺の額を擦《こす》りながら、猛スピードでトラックは前方へと突き進む。

皮が破れて、肉が焦げて、赤黒い血が地面に落ちる。

「煩悶の中で生きてるのがお前だろ、俗物」

膝で地を滑りながら後輪も避《よ》けきった俺は、突き刺した光剣《ルークス》を軸にして半回転し、驚愕《きょうがく》しているクリスの前で指を構える。

「アルスハリヤ、演算よろしく」

「誤差は修正してやる、後は自分で狙え」

撃つ。

猛スピードの四輪が巻き上げた土煙の只中《ただなか》から、不可視の矢《ニルアロウ》を連射する。

「何故《なぜ》、避けられる……ッ！」

舌打ちをしながら、軌道を読んだクリスは杖《つえ》を払い、かすり傷を負いながらも叩《たた》き落した。

「その足りない頭で考えてみろよ。正解しないとゴミになる瀬戸際だぜ？」

俺のウィンクに舌打ちを返してきたクリスは、マントを大袈裟《おおげさ》に広げながら身を翻し
――姿が掻《か》き消える。

「あのマント、魔道具《アイテム》か。存外、小賢《こざか》しい真似《まね》をするお嬢さんだ」

アルスハリヤは苦笑し――紫光――左右から生成《クラフト》されたダンプカーが迫る。右、左とフロントガラスで三角蹴りをした俺は上空に逃げて、凄《すさ》まじい破壊音と共にひしゃげた二台から飛んできたガラス片を斬り落とす。

「九時の方向だ。避けろ」

紫光。

上体を反って飛んできた弾丸を躱《かわ》し、撃ち返すと舌打ちが返ってくる。着地して引き金《トリガー》を引き、不可視の矢を充填《じゅうてん》する。

「おやおや、接近戦は不得手らしいね。ダンスで相手の御足《おあし》を踏んでしまうタイプか」

「生成速度《クラフト》が速すぎるが故に、接近戦を挑む必要がないとも考えられるけどな。ただ、ココまで見下してる相手にビビり過ぎてるとも思える」

俺は、口角を上げる。

「勝ち筋が見えたな」

「わかってるだろうが、切り札は切り札のままにしておくのがベストだ。十五秒に全てを懸けるなんて、生死の境目を駆け抜ける死活ジャンキーにはまだなるなよ」

アルスハリヤの忠告に頷《うなず》いて、眼前で紫光がハッキリと瞬いた。

避《よ》ける。光。避ける。光。避ける。光。避ける。

後ろへとステップを踏む度に、降り注いできた光の矢が地を貫いた。何時《いつ》しか始まった流星群、降り注ぐ矢雨の上空で流星が宵闇を駆ける。

歪《ゆが》んだ空に捩《ねじ》れる星。

一等星を背後に引き連れたクリスは、天空へと姿を現し、流星雨の只中《ただなか》から地を這《は》いつくばる虫へと狙いを定めた。

「いい加減、標本になれゴミ虫がァッ！」

「カビ臭いの苦手だからパスで」

バク転を繰り返して、最後にバク宙で締め、綺麗《きれい》に着地した俺は笑みを浮かべる。

苛《いら》つきながら歯噛《はが》みしたクリスの前で、拾った石ころを大袈裟《おおげさ》に振ってから、右方向へと放り投げる。

石が地面に着いた瞬間、クリスは勢いよくそちらに目を向ける。

「……なるほど」

俺はニヤつき、クリスは姿を消した。

繰り返される生成と共に攻撃が再開されて、俺は高速生成時に発生するアルファ・アクイラエ放射光を頼りに回避する。

回避しながら、俺は、不可視《ニル》の矢《アロウ》を撃つフリをして――二十メートル先で発砲音を発生させる。

「なに!?」

驚愕《きょうがく》の声と共にマントがズレて、クリスは自分の背後へと勢いよく振り返り――俺は、全力で踏み込んだ。

破裂した地面が、足跡の形を残し、四方八方に砂礫《されき》が飛び散る。

足裏から蒼白《そうはく》の魔力光が迸《ほとばし》り、地面に焦げ跡を残しながら、一条の光線と化した俺は捉えた敵へと疾駆する。その速度に抜剣をノせて、腰元から閃《ひらめ》いた光彩、猛烈な勢いで抜き放たれた刀光が横に薙《な》いだ。

信じ難い反応速度で、クリスは俺の一刀を杖《つえ》で受ける。

刀と杖が宙空でかち合って、余波で互いの前髪が浮き上がり、クリスは後ろに傾《かし》ぎなが

ら歯噛《はが》みする。

「よォお、お姉ちゃァんッ！　可愛《かわい》い妹の代わりにブチのめしに来たぜェッ!?」

「私の眼前で、薄汚い口を開くなァッ！」

奔《はし》る。

右、左、上、下、凄《すさ》まじい速度で振るわれた互いの斬撃が、宵闇に光の帯を残しながら打ち鳴らされ、空を流れる星の群れが次々と地表を目指していく。

流星で瞬く空の下で、紫と蒼《あお》が明滅を繰り返した。

一対の光線と化した俺とクリスは攻撃と反撃の舞踏を踊り、地上に光の流線を描いて、互いに互いの肌を斬り裂きながら殺意を突き合わせる。

「お前、視覚の弱さを補う聴覚優位だろ!?　さっき、俺が振った石ころは見えなかったのに、投げた石ころが立てた音には直《す》ぐに反応したもんなぁ!?　攻撃の方向から判断して、お前の背後に距離を合わせた発砲音を発生させれば引っ掛かってくれると思ったぜ！」

鍔迫《つばぜ》り合《あ》い。

眼前で発生する蒼光《そうこう》から目を背けて、クリスは顔面を歪《ゆが》ませる。

「頭ァ！　頭、下げろやァ！　それで手打ちにしてやらァ！　ギャハハ！　死にたくねェなら、土下座しろ女ァ！　土・下・座！　土・下・座！　土・下・座！　今日から毎日、妹と同じベッドで抱き合いながら眠ると誓えァ！」

「ぞ、俗物だ……」

ドン引きしているアルスハリヤの前で、俺は、息を荒らげながらクリスに迫る。

「どうすんだ、オラァ……！　答えろや、ゴラァ……！　妹大好きキャラとして、名を馳《は》せる準備は出来たかって聞いてんだ、ウラァ……！」

「……なるほど」

クリスは、苦笑する。

「理解《わか》った」

「ヨォシッ！　ようやく、姉妹百合《ゆり》の尊さを理解し――」

紫光。

舌打ちをした俺は、回避動作を取って――不生成――なにも生み出されてはおらず、体勢を崩した俺の視線の先で、両の指を使い天地を指したクリスは微笑《ほほえ》む。

「最初で最後の感謝を捧《ささ》げよう――解決の糸口を有難う」

生成《クラフト》された槍《やり》が俺の右胸を貫き、脳天が痺《しび》れる程の激痛、咄嗟《とっさ》に前へと転がった先に刃《やいば》が生み出される。大量の小剣が左腕を刺し貫き、血飛沫《ちしぶき》が地面に赤い斑点を描く。

「所謂《いわゆる》、意趣返しというヤツだな。貴様が行った発砲音のトリックと同じだ」

パチパチと、拍手するかのようにクリスは紫光を発生させた。

「擬光《ダミー》だ。気づくのに時間を要した。アルファ・アクイラエ放射光だろう？　私の高速生成時に発生する光だ。そこに着目したのは褒めてやっても良《い》い、正直、貴様程度の魔法士であれば調査することも叶《かな》わないと思っていた」

アルスハリヤは、苦笑して肩を竦《すく》める。

「言うは易《やす》く行うは難《かた》し、だ。この短時間で擬光《ダミー》の生成を会得するとは……天才を謳《うた》うだけはある」

パチンと、クリスは指を鳴らす。

紫光が、連続して明滅する。回避動作を取った先へと生み出される剣先が、俺の膝裏へと突きさされ、思わず膝をついて悲鳴を噛《か》み殺す。

「フェイクを織り交ぜれば、喧《やかま》しい羽虫も直《す》ぐに地へ堕《お》ちる。さて、返答しよう」

クリスは、人差し指で地を指した。

「死にたくなければ土下座しろ、男《ゴミ》」

「………………」

「あぁ、それで良い。口を噤《つぐ》んでいろ。ゴミは命乞いをしない。ただ、世に蔓延《はびこ》り、悪臭を撒《ま》き散らすだけだ」

何時《いつ》でもトドメを刺せる状況下で、クリスは地を這《は》った俺を甚振《いたぶ》り始める。

幾重にも折り重なった鋼の斬撃、どこまでも終わらない艱難《かんなん》辛苦、全面の肌を擦り下ろすようにして削られた俺は血だるまと化す。それでも死ぬことは許されず、ひたすらに痛みだけを与えられ、流しすぎた血のせいで頭に空白が出来上がる。

ぼやける視界、呼吸音が脳に響いて、痛みの信号が俺を刺激する。

「這《は》いつくばって命乞いをしろ、三条燈色《さんじようひいろ》。二度とミュールには関わらないと誓え。そうすれば、死ぬ寸前で慈悲を与えてやる。泣き喚《わめ》きながら許しを乞うて、値打ちひとつないその命《ゴミ》を拾ってみせろ。血溜《だ》まりの中に額をつけて、私が与えた慈雨に溺れろ」

「…………」

「甚振《いたぶ》り過ぎて、言葉を解せなくなったか？」

「……わかんねぇなぁ」

眉を顰《ひそ》めたクリスの前で、ふらつきながら立ち上がった俺は口の端を歪《ゆが》める。

「なんで、俺がお前に頭を下げる必要があるんだ？」

「命乞いをしなければ、私がお前を殺すからだ」

「殺せねぇよ、お前には」

笑いながら、俺は、血で濡《ぬ》れた前髪を掻《か》き上げる。

「お前に『俺』は殺せねぇ……ブレたら終わりなんだよ、俺は……くくっ……『ヒイロ』だったら、喜んで土下座してテメェの靴にキスをしそうなシチュエーションだろうがなぁ……俺は絶対にしねぇんだよ……出来ねぇんだよ……ミュールの……あの子が掴《つか》み取る……一番星のためには……俺がココで俺を曲げちゃいけねぇんだよ……」

「なにを言ってる、ついに頭のネジでも外れたか」

ぼんやりと、目を細めた俺は空を見上げて、ひときわ輝く星へと手を伸ばす。

「テメェは、星を掴むことを諦めたんだろ……眩《まぶ》しくなったのか……あまりにも眩しすぎて、怖くなったのか……怖くて怖くて怖くて……星の光が届かない底の底にまで……逃げ込んだんだろ……」

クリスが生成《クラフト》した銀槍《ぎんそう》が右脇腹を貫いて、ふらついた俺はどうにか踏み止《とど》まり、こぽこぽと口端から血泡を漏らしながら笑う。

「逃げ込んだ先に、お前が願った幸せはあったか？」

「……黙れ」

「お前は、何のために、誰のために強くなった？」

「……黙れ」

「お前が掴みたかったのは――」

俺は、目を見開いて震えているクリスへと微笑《ほほえ》む。

「一番星《ミユール》だったんじゃないのか」

「黙れぇえええええええええええええええええええええええええええええッ！」

貫く、貫く、貫く。

四方八方から生え伸びてきた銀槍が、俺を刺し貫く度に全身が痙攣《けいれん》し、穴ぼこだらけになった身体《からだ》から赤黒い血液が漏れ出ていく。

急所を避けるだけの理性はあったらしいクリスは、己の両手で顔面を鷲掴《わしづか》みにし、生暖かい息を吐きながら瞠目《どうもく》する。

「黙れ……ゴミがゴミを語るな……ッ！」

「……空を見上げろよ」

「無価値なゴミが、調子にノ――」

「空を見上げろ、クリス・エッセ・アイズベルトッ！」

びくりと、身動《みじろ》ぎしたクリスの前で、身体に突き刺さった銀槍《ぎんそう》を引き抜いて――俺は、爛々《らんらん》と光る目玉で彼女を睨《ね》めつける。

「空を見上げろ……何時《いつ》から、テメェは下を見るようになった……這《は》いつくばるアリンコを見下ろして、紛《まが》い物《もの》の安寧に浸るようになった……お前には、見えないのか……あそこで光っている星が……ッ！　ずっと……ずっとずっとずっと、其処《そこ》で輝きを灯《とも》している……独り、輝いている星が……ッ！　お前が見上げない限りは見えないんだよ……お前が見つけてくれるまで待ってるんだよ……お前が離れなければ一緒に居れたんだよ……ッ！　いい加減に気づけ……あの子は……あの子は……ッ！」

血溜《だ》まりの中から、伸び上がる人差し指。

小刻みに震えながら、真っ赤に染まった一本の指が――赫々《かくかく》たる一星を指した。

「ずっと、其処でお前を待ってるだろうが……ッ！」

俺の言葉に圧《お》されて、クリスはゆっくりと後ろに下がる。

「な、なにを言っている……し、知るか、そんなこと……わ、私には……才能がある……才能があるんだ……力……力がなければ奪われる……なにもかもなくなる……みゅ、ミュールを護《まも》れなくなる……」

恐れるように、天から目を逸《そ》らしたクリスは後ずさりながらつぶやく。

「違う……ッ！　なんで、私があんな出来損ないの面倒を見なければいけないんだ……ッ！　そうだ、私は悪くない……すべて、あの妹がゴミなのが悪い……ッ！」

何度も頭を振りながら、ボソボソと独言を吐いていたクリスは、ぴたりと止まって満面の笑みを浮かべる。

「もういい。面倒だ。貴様は死ね。あの子にゴミのお友達は要らない。悪臭が酷《ひど》くなる。この世から失《う》せろ」

自身から抜き放った銀槍を放り捨てて、俺は笑っているクリスを見つめる。

「……アルスハリヤ」

「無理だ、やめておけ。今の身体では、フィードバックに耐えられない。十五秒も耐えられずに死ぬぞ。たった独りのために命を捧《ささ》げるつもりか」

「………」

「あぁ、そうだな」

苦笑して、アルスハリヤは俺の肩を優しく叩《たた》く。

「君はそういう男《アホ》だった」

愉《たの》しそうに、アルスハリヤは死に体の俺に寄り添って嗤《わら》う。

心音が緩やかに止まっていき、感覚という感覚が掻《か》き消えて、己と他の境界が曖昧になっていき——

「さぁ、身命を賭して、生と死の狭間《はざま》で踊ろうじゃないか」

無形の中で、俺は眼《め》を闇《ひら》いた。

「十五秒だ」

俺が見上げた先で、星が光り輝く。

「十五秒で片をつける」

夕色に染まった両目で、俺は、彼女を見つめ——光が閃《ひらめ》いた。

開眼《オープン》。

闇いた両眼が、敵《クリス》を捉える。

開眼限度数《カウント》——十五——音もなく、俺は消える。

引き金《トリガー》を引いた瞬間、顕現した光の刃《やいば》はクリスの喉元を狙い、研ぎ澄ました剣刃が彼女の肩口を切り裂いた。

「…………ッ⁉」

魔眼──払暁叙事《ふつぎょうじょじ》。

その眼に宿る魔法は、『無限に連なる最善手を視《み》る』こと。

己と他、互いに取捨選択する無限の可能性を跪《ひざまず》かせ、魔眼の所有者にとっての最善の結果を視て選び取る。

この眼で視られている対象は、魔眼の所有者にとっての最善手を選ぶようになる。

喉を斬った可能性を視れば、どのような回避動作を取っても喉が斬れる。

矢が当たった可能性を視れば、どの位置にいようとも矢は命中する。

烏が白い可能性を視れば、それがどんなに有り得なくても、白い烏がこの世界に発生する。

俺の眼には、無限の可能性が連なって視える。

その中から、緋色《ひいろ》の最善手を選び取り、ただそれに従えば良《い》い。

ただ、現在《いま》の俺の払暁叙事は未完成で、その効力を十全に発揮することは出来ていなかった。

開眼限度数──十四。

風切り音と共に刃が流れ、俺は、彼女の足を狙い──膨大な数の斬撃の可能性《パターン》が表示され──彼女の脇腹が斬り開かれる。

血飛沫《ちしぶき》を上げながら、クリスは顔を怒りで染める。

「このゴミがぁああああああああああああああああああああああッ！」

連続して瞬いた紫光、地中から生み出された土槍《どそう》を避《よ》けながら後ろに下がる。

彼女の両眼《りょうめ》が、捻《ね》じ曲がる。

魔眼――螺旋宴杖《らせんえんじょう》。

その眼に宿る魔法は、『現象と化した魔力を視《み》る』こと。

生成《クラフト》、操作、変化を終えた魔力を視《み》て確定させる因果律の魔眼。即《すなわ》ち、それは、魔法の即時発動を意味する。

魔眼の使用者によって、視《み》て、確定させられる想像《イメージ》は異なる。

一般的な実力を持つ魔法士であれば、一本の槍《やり》の生成を視《み》るのが限界だろうが、クリス・エッセ・アイズベルトであれば幾千もの槍の生成を視《み》届ける。

それこそが、天才たる所以《ゆえん》、錬金術師《アルケミスト》である証左。天から才を賜《たまわ》った寵児《ちょうじ》であることを実証する魔法行使だった。

開眼限度数《カウント》――十三、十二。

「下がるな、ヒーロッ！　十五秒を無駄にするなッ！　それ以上は開けられない！　都合の良《い》い創作品みたいに、十五秒後は絶対に訪れないいッ！　踊れッ！　生死の境目を駆け抜けろッ！」

アルスハリヤの怒号。

緋色《ひいろ》の眼から、激痛が駆け回り、俺は呻《うめ》きながら――前に出る。

開眼限度数、十一。

魔力線を足元にまで伸ばし――魔力線補強《リインフォース》、導線接続《コンソールアクティブ》、魔力流入《インフロー》――発動、強化投影《テネブラエ》ッ！

「お、ォ、ォォオオオオオオオオオオオオオオオオオオオオオオオオオオオッ！」

双脚が地面をえぐり、蒼色《そうしょく》の粒子が迸《ほとばし》って、眩《まばゆ》い光の中へと頭から突っ込む。

高速生成された剣、槍、鉤《かぎ》、棍《つえ》、斧《おの》、鉾《ほこ》、矢、弾――ありとあらゆる殺意が、凶器と化して、俺の道程に叩《たた》きつけられる。

それらに肌を斬り裂かれ、体躯《たいく》を貫かれる。

「……ッ!?」

視界が、点滅する。

眼が。眼が痛い。

閉じそうになる。脳が悲鳴を上げて、視界が真っ赤に染まる。

眼が閉じ――『わたしは、最初から最後まで独りを貫くんだ』――ミュールの寂しそうなささやきを思い出し、俺は、激痛の最中《さなか》で開眼する。

――今更、あの出来損ないと仲良く出来るとでも思ったか？

開け。

あの子が星を掴《つか》むと願うのであれば。

俺は、息を吸う。

眼《め》を──開《ひら》け。

開眼限度数《カウント》、十、九──払暁叙事《ふつぎょうじょじ》──緋色《ひいろ》の可能性に従って、俺は剣を振るい、襲いかかる全てを弾《はじ》き飛ばす。

全身全霊で駆け走り、その全身を削りながら──開眼限度数、八──たったひとつ、辿《たど》りたい未来へと到達する道を視《み》る。

「お前は」

高速生成《クラフト》を続けながら、クリスはささやく。

「なんだ……？」

金属音。

己の耳朶《じだ》に叩《たた》きつけられる甲高い音を聞きながら、生成、生成、生成、砕け散った光の刃《やいば》を取り戻し続ける。

あまりにも、速すぎるクリスの生成。

進めなくなる。

立ち止まった俺は、血溜《だ》まりの中で、ひたすらに刀をふるい続ける。

狭まった視界の中で、クリス・エッセ・アイズベルトは嘲笑《あざわら》った。

「無駄だ！　バカが！　お前如《ごと》きが私へと至れるわけがない！　お前も、妹も！　出来損ないのゴミだッ！　最初から決まっている！　決まっているんだよッ！　天は才を与える者を選んでいるッ！　いい加減に理解しろ、このゴミどもがァア！」

開眼限度数、七、六、五。

俺は、不可視《ニルアロウ》の矢を撃ち放ち——激痛のあまりに眼を背け——クリスの眼前で、矢は弾《はじ》き飛ばされて宵闇へと消えてゆく。

「不意打ちに備えるのは、高位の魔法士の基本だ。良《い》い機会だから、冥土の土産に憶《おぼ》えて逝け」

開眼限度数、四。

俺は、息を荒らげながら、痛みの只中《ただなか》で可能性を視続ける。

視界が赤く染まっている。頭が割れ落ちてしまいそうだ。肺が酸素を取り入れず、呼吸が上手《うま》く出来ない。手足の感覚がなくて、骨という骨が曲がっている。激痛を発していない部位が存在しない。辛《つら》くて辛くて辛くて死にそうだ。

まぁ、でも。

俺は——笑った。

「ココで敗《ま》けてやるほど、俺は人間出来てねぇからなァア！　アルスハリヤッ!!」

防御を捨てて、致命傷のみを魔眼で避《よ》ける。

ありとあらゆる方向から貫かれながら、俺は、真《ま》っ直《す》ぐに人差し指と中指を伸ばした。

その腕に、魔人は、そっと己の手を添える。

人間と魔人は重なり、血に塗《まみ》れながら笑い合った。

「知っているだろうが」

魔人は、嗤《わら》う。

「機会《チャンス》は一度だ。全てを懸ける準備は出来てるか？」

開眼限度数《カウント》、三。

「今更、聞くなよ」

開眼限度数、二。

「とうの昔に」

「覚悟は――決まってる」

開眼限度数――一。

ドッ――――！

暗闇に浮かび上がる緋色《ひいろ》。

四方八方、上下左右、四荒八極、有象無象！

無限にも思える経路線《レール》の中から、緋に輝いた経路線を選び取り、魔力線で補強した指先から一撃が解き放たれる。

すべてが、一筋の奔流へと導かれる。

それは、真っ直ぐに、クリスへと到達し――

「ぐ、ぉ、ぉおおっ！」

上方へと、弾《はじ》かれた。

勝ち誇ったクリス・エッセ・アイズベルトは笑う。

「十五秒が、お前の限界だ！　私の勝――」

その顔が、驚愕《きょうがく》で彩られる。

魔眼を閉じた俺は、既に踏み込んでいる。

上段から切り下ろした俺に対し、防御動作を取ったクリスの視線は天を射抜き、恐怖の面持ちで彼女は星から目を逸《そ》らし――斬。

「…………」

刃《やいば》は、天上へと向いている。

星灯を受けて、物言わず、その斬撃は瞬いた。

「…………」

クリスは、己の胸に手を当てる。

真っ赤に右手が染まり、あっという間に、彼女の足元は赤色に沈んでいった。

「十五秒で限界を迎えるのは魔眼だ」

俺は、ささやいて、刀から血を払った。

「俺じゃねぇよ」

ガクガクと震えながら、クリスは倒れ伏した。

彼女は、地を這《は》いずり回って赤色の線を描き、俺はその後を追いかける。

「こ、このゴミがァ……ま、敗《ま》けるわけが……敗けるわけがない……こ、この私が……クリス・エッセ・アイズベルトがァ……こんなゴミにぃ……出来損ないにぃ……ま、敗けるわけが……敗けるわけがないぃい……！」

「だから、敗けたんだよ」

俺は、刃《やいば》を見せつけながら、ゆっくりと彼女を追う。

「俺は、限界まで、お前の対策を行った。アルファ・アクイラエ光も含めて、お前を倒すための術《すべ》を身体《からだ》に叩《たた》き込んだ。唯一、お前に隙が生まれるのは、生成《クラフト》による攻撃と防御を切り替える狭間《タイミング》だということも知っていた。俺を見くびったお前はなにをした？　魔眼に頼り切ったお前は、十五秒をしのいで勝ったとでも思ったのか？　あんなもん、ただの一要素にしか過ぎないのに、生まれ持った才能なんぞに頼るからそうなるんだよ」

彼女の眼前に、俺は、刃を突き立てる。

「俺がお前に勝てる見込みなんてなかった。お前は、底辺の俺を見くびって、本領を発揮しなかったから敗けたんだ」

俺は、彼女を見下ろす。

「結局、お前は、最後まで見下ろすことしか出来なかった」

「クソが……嫌だ……こ、こんなところで……こんなゴミに……し、死にたくない……いやだぁ……お、お母様ぁ……！」

「生憎《あいにく》、敗北者の弁を聞いてやる情は切らしてる。じゃあな、来世で会おうぜ」

俺は、刀を振りかぶり――手を止める。

「…………」

ひとりの女の子が、両手を広げて、俺とクリスの間に立ち塞がっていた。

ミュール・エッセ・アイズベルトは、涙を流しながら全身を震わせ、真っ直《ます》ぐに俺を見上げている。

呆然《ぼうぜん》と。

凡愚《ミュール》に庇《かば》われて、非凡《クリス》は眼《め》を見開く。

「お、お姉様が悪いことはわかる……さ、三条燈色《さんじょうひいろ》……お、お前が正しいことも……でも……でも……」

泣きながら、ミュールはささやく。

「か、家族なんだ……ゆるしてくれ……わ、わたしが謝るから……わたしなら斬ってもいいから……お、お姉様はゆるしてくれ……たのむ、ひいろ……たのむ……」

「…………」

「わ、わたしは……わたしは……出来損ないだが……そ、それでも……それでも……この女性《ひと》の妹で……」

次から次へと涙を流しながら、ミュールは顔を歪《ゆが》めて笑う。

「この女性《ひと》が、大好きなんだ……」

たったひとつ。

たったひとつ、瞳の中で灯《とも》った星の光を見上げたクリス・エッセ・アイズベルトは、わなわなと震える指先を妹へと差し伸ばす。

口端を歪ませたクリスは、不器用な笑みを浮かべたままささやく。

「なんだ……ずっと……ずっと、其処《そこ》にあったじゃないか……」

「あの日、皆で見上げた光は……ずっと……ずっと、其処に……あったじゃないか……こんなにも……こんなにも輝いて……なんだ……や、やっぱり……」

ぽつぽつと、地面に涙の跡が残る。

「私の妹は凄《すご》いじゃないか……」

ようやく、灯明を見つけた彼女は歯噛《はが》みする。

「ぐっ……」

クリスは、顔を伏せて、右手で地面を殴りつける。

「ぐっ……ぉお……ぉおおおお……！」

何度も何度も、殴りつける。

ぽろぽろと涙を零《こぼ》しながら、地面を殴り続けるクリス・エッセ・アイズベルトは、愚才と貶《けな》した妹が放つ光の下で嗚咽《おえつ》を漏らした。

俺は、刀を鞘《さや》に仕舞《しま》う。

「……良かったな」

そして、姉妹に背を向けた。

「出来の良《い》い妹がいて」

ふらふらと歩を進めていった俺は、誰ひとりいない暗がりの中で限界を迎える。

前のめりに倒れ――抱き止められて――月檻桜《つきおりさくら》が微笑《ほほえ》んでいた。

「何時《いつ》も、悪者のフリをするんだね」

「……してねぇよ」

「最初から、クリスのことを殺す気なんてなかった癖に」

彼女に抱かれたまま、俺は苦笑する。

「ミュールとクリスの仲を取り持ってあげたの？　命を懸けて？」

「……姉妹百合《ゆり》が好きだからな」

浴びた血を分かち合うかのように。

月の光に照らされた月檻は、俺のことをゆっくりと抱き締める。

「頑張ったね」

「……頑張ってねぇよ」

眠気が訪れる。

柔らかな彼女の身体《からだ》と温かさに包まれて、俺は静かに眼《め》を閉じる。

「……月檻」

「なに？」

「……俺じゃなくて、女の子を抱いてくれ」

「ばか」

俺を抱き締めたまま、彼女は微笑む。

「ホントに……ばか……」

夜が更けてゆく。

どこからか、新入生と侍女《メイド》たちの歓声が聞こえてくる。

それは、新入生歓迎会が成功した証《あかし》だった。

微笑を浮かべた俺は、その楽しげな声を耳にしながら……眠りへと落ちていった。

あとがき

こんにちは、端桜了《はざくらりょう》です。

この度は、本作を手に取っていただきましてありがとうございます。

信じ難いことに、本作も第三巻を迎えました。内容が内容だけに、正直、一、二巻で打ち切りだろうなと思っていたので、まさか三巻目も出せるとは思いませんでした。

皆様の応援のお陰です、ありがとうございます。

諸々《もろもろ》、私生活がバタバタしていたこともあってか、長期にわたって書けない状態が続いてしまい、この第三巻が今までで一番執筆に四苦八苦しました。どうにかこうにか、読者の皆様にお届け出来て良かったです。

第三巻では、アイズベルト家という星座から、ひとつの星が欠けてしまい、繋《つな》がっていた線と線とがバラけて闇夜に解けるまでを描きました。

ミュールとクリスの関係性は、この星座を形作っていた一線であり、本巻では三条燈色《さんじょうひいろ》とかいう地球外知的生命体みたいなバケモノにより帰着を迎えます。

いずれ、また他の星と星を繋ぐ一線についても語られていき、最終的にはひとつの星座物語が描かれることになるかと思います。

ウェブ版では消化不良気味に終わってしまったその物語を描くのが、私の直近の目標になります。

必要な巻数を考えてみれば、物凄《ものすご》くハードルが高いということに今更気づきましたが、書かせてもらえる間は頑張ろうかと思っております。

以降、謝辞となります。

イラストのｈａｉ《はい》さん。今回も素敵なイラストをありがとうございました。毎回、ひとつひとつのイラストのクオリティが高くて頭が下がる思いです。

担当編集のＭさん。『○日には、提出出来そうです！』と自分で言っておいて、期日までに提出出来ずすみませんでした。いつも、フォロー、ありがとうございます。

読者の皆様。毎回、皆様の『面白い』に心から救われています。本巻も、楽しんでいただければ嬉《うれ》しいです。

本作の刊行に携わってくださった方々に心から感謝します。

では、皆様、またどこかで。

端桜了

MF文庫J

男子禁制ゲーム世界で俺がやるべき唯一のこと3
百合の間に挟まる男として転生してしまいました

2023年10月25日　初版発行
2024年3月30日　再版発行

著者　端桜了

発行者　山下直久

発行　株式会社KADOKAWA
〒102-8177 東京都千代田区富士見2-13-3
0570-002-301（ナビダイヤル）

印刷　株式会社KADOKAWA

製本　株式会社KADOKAWA

Printed in Japan　ISBN 978-4-04-682991-7 C0193